COLLECTION FOLIO

Il était une fois...

Le Petit Prince

d'Antoine de Saint-Exupéry

*Textes réunis et présentés
par Alban Cerisier*

Gallimard

© Éditions Gallimard, 2006.

« *J'aurai l'air d'être mort et ce ne sera pas vrai.* »

ANTOINE DE SAINT-EXUPÉRY,
Le Petit Prince

« *Quelle sorte de plaisir éprouvent les adultes lorsqu'ils lisent un livre pour enfants ? Y puisent-ils simple distraction ? Leurs raisons ne sont-elles pas plus profondes ? N'y découvrent-ils pas plutôt une sorte de mélange alchimique où se mêle la joie, la tristesse, la connaissance, la consolation, l'espoir, l'inspiration et la sagesse, tout ce qu'ils trouvent dans leurs livres pour adultes préférés ?* »

PHILIP PULLMAN
« Pourquoi avons-nous
besoin de livres pour enfants ? »

Écrit aux États-Unis, publié à New York en 1943, à Paris en 1946, Le Petit Prince *est un livre entré dans la légende, universellement lu et connu.*

Quelles sont les raisons d'un tel succès ? Quelle est la clé de l'énigme ? Devine ! tu deviendras roi de la Thèbes des Lettres.

Car c'est la question posée et reposée. Et d'égrener, qui les millions d'exemplaires vendus en France et dans le monde, qui le nombre de traductions à ce jour disponibles. Un engouement sans fin, malgré les hoquets des uns ou des autres et les purgatoires annoncés. Le Petit Prince *a eu sa part ; mais avec lui, les Cassandre n'ont jamais le dernier mot. Qui aime bien châtie bien.*

« Puisque ces mystères me dépassent, feignons d'en être l'organisateur », faisait dire Jean Cocteau au photographe des Mariés de la tour Eiffel. *On serait tenté de faire de même face à une destinée éditoriale aussi singulière et de telle ampleur. Mais l'éditeur se doit de faire bonne figure, lui qui, dans les années 1920, eut le tact de porter attention à ce jeune homme qui aspirait encore timidement à réconcilier littérature et action. C'est que le jeune Saint-Exupéry avait été présenté à Gaston Gallimard par une dame de ce monde, de lui*

parente, Yvonne de Lestrange, duchesse de Trévise ; dans son salon, quai Malaquais à Paris, aimait à se retrouver en voisins la fine fleur de la Nouvelle Revue française, les Gide, Schlumberger, Prévost et consorts. Il fallait en avoir du flair pour faire signer à ce fougueux garçon, dès avant que son premier livre fût sorti, un contrat prévoyant une option pour ses sept œuvres à venir ! Dès 1929, contractuellement, tout était joué. Restait à l'œuvre à se construire, restait à l'homme à se faire ; et sur ces deux points, il n'y avait aucune garantie. On se gardera bien de tout commentaire qui, de proche en proche, arriverait à conclure à l'inéluctabilité de l'étonnant parcours d'un écrivain d'exception qui, comme le savait si bien expliquer son ami Roger Caillois, cautionnait son art poétique par l'authenticité et l'intensité de son engagement parmi les hommes.

Il y a toutefois bien des raisons à un tel succès. Et c'est l'ambition de ce livre, en rassemblant les documents illustrant la genèse et la réception du conte de Saint-Exupéry, en revenant sur les modalités de l'exceptionnelle fortune de cette fable, en demandant enfin à des spécialistes et à des écrivains de faire part de leur analyse et de leur sentiment à l'égard de cette œuvre, c'est l'ambition de ce livre donc que de donner quelques-unes des clés de l'énigme et d'en mettre au jour toutes les subtilités. Bien des lecteurs du Petit Prince *pourront y trouver de quoi nourrir leur réflexion, gageons-le : les amateurs d'anecdotes ou les collectionneurs comme les amoureux de la rose, les compagnons du renard et tous ceux pour qui l'essentiel restera à jamais invisible pour les yeux...*

À l'énigme du Sphinx posté aux portes de Thèbes, la réponse était « l'homme » ; et Œdipe devint roi. Il se pourrait bien que ce fût aussi notre réponse. L'homme

Saint-Exupéry qui, en ses lignes comme jamais épurées, affleure de toute part, dans sa fantaisie et ses sourires comme dans sa mélancolie ; et l'Homme à qui il s'adresse, qui seul guide son propos. Car Le Petit Prince *est l'œuvre de l'un de nos plus grands moralistes, une œuvre testamentaire signée de la seule manière que Saint-Exupéry pensait lui-même qu'on pût valablement le faire : de son sang.*

A. C.

L'éditeur tient à remercier pour leur aide Marie-Noëlle Ampoulié, Catherine Fajour, Laurent Graff, Delphine Lacroix et Frédérique Massart ; pour sa confiance, Olivier d'Agay ; et pour leur complicité, Lise, Jean-Rémi et Solène.

NOUVELLES LECTURES

ANNIE RENONCIAT[*]

Un livre pour enfants ?

> « *Relire les livres de l'enfance oubliant entièrement la part naïve qui n'a point d'effet, mais notant tout le long les prières, les concepts charriés par cette imagerie.* »
>
> A. DE SAINT-EXUPÉRY
> *Carnets*, I (1936)

*Un chant de l'innocence
offert à la jeunesse*

Dès la première édition américaine du *Petit Prince* par Reynal & Hitchcock en 1943, la question des destinataires réels de cet ouvrage — enfants ou adultes ? — a été soulevée. Si la commande par les éditeurs américains d'un livre « pour enfants » semble avoir été explicite, si les témoignages des contemporains de Saint-Exupéry ne laissent pas de doute à ce sujet, tel celui de Denis de Rougemont, qui évoque l'écrivain rédigeant « un conte d'enfants qu'il illustre lui-même à

---

[*] Université Paris VII-Denis Diderot, Centre d'étude de l'écriture et de l'image.

l'aquarelle[1] », la dimension allégorique, satirique et mélancolique de l'œuvre implique, pour la plupart des commentateurs, un lectorat adulte. Le jour de la parution de l'ouvrage, le 6 avril, John Chamberlain affirme d'emblée dans le *New York Times* que « *Le Petit Prince* est une fable passionnante pour les grandes personnes[2]... ». Béatrice Sherman estime aussi que « *Le Petit Prince* est une parabole pour les adultes sous couvert d'une banale histoire pour enfants[3]... ». De façon plus nuancée, Pamela Travers, l'auteur de Mary Poppins, exprime une idée analogue dans le *New York Herald Tribune* : « *Le Petit Prince* réunit certainement les trois qualités fondamentales que doivent posséder les livres pour enfants : il est vrai au sens le plus profond, il ne donne pas d'explications et il a une morale. Encore que cette morale bien spéciale concerne plus les adultes que les enfants. Pour la saisir il faut une âme portée vers le dépassement de soi par la souffrance et par l'amour, c'est-à-dire une sorte de sensibilité qui — heureusement — n'est pas ordinairement le fait des enfants[4]... » Les termes du débat ont évolué depuis cette première édition devant le succès mondial qu'a rencontré *Le Petit Prince* auprès de tous les publics : la question aujourd'hui est plutôt de comprendre les raisons de cette audience universelle[5].

Le présent propos n'a pas pour objectif d'alimenter un débat dont l'écrivain a lui-même dénoncé et déjoué les termes. Il s'y applique explicitement dans sa

1. Voir p. 216.
2. Rubrique « Books of the Times », *New York Times*, 6 avril 1943.
3. Voir p. 236.
4. Voir texte complet, p. 232.
5. Voir par exemple le travail récent d'un jeune chercheur, Laurent de Galembert, *La Grandeur du Petit Prince*, Éditions Manuscrit Université, 2002.

dédicace « À Léon Werth », qui s'adresse en réalité à trois destinataires différents, lecteurs potentiels de l'œuvre : les enfants, auxquels Saint-Exupéry « demande pardon d'avoir dédié ce livre à une grande personne » ; la grande personne en question, « qui peut tout comprendre, même les livres pour enfants » ; et « l'enfant qu'a été autrefois cette grande personne ». Il s'y emploie implicitement, comme nous le verrons, en fondant ses stratégies narratives sur les « incertaines frontières » qui séparent les âges[1]. Il s'agit ici de poser la question en termes différents et nouveaux, c'est-à-dire dans une perspective historique : peut-on rattacher *Le Petit Prince*, aussi bien le texte lui-même que le livre, à des formes ou motifs traditionnels de la littérature et de l'édition pour la jeunesse, et plus particulièrement aux innovations de l'entre-deux-guerres ? Fait-il écho à des œuvres antérieures françaises ou américaines ? En quoi s'en distingue-t-il ? Saint-Exupéry conteur s'est-il référé à des modèles, à des figures tutélaires ? Doit-on considérer les attributs formels de l'ouvrage (mise en pages, cartonnage) comme originaux ? Autrement dit, cet ouvrage peut-il être rattaché à l'histoire de la littérature et du livre pour la jeunesse, envisagée dans sa longue durée, et par quels traits pouvons-nous l'y inscrire ?

D'une planète à l'autre

L'ouvrage de Saint-Exupéry se caractérise d'abord par sa singularité historique : publié à New York,

---

1. Voir Boris Moissard, « Écrire pour tous les âges », et Régine Sirota, « Le brouillage des frontières d'âges », in *Littérature de jeunesse, incertaines frontières*, textes réunis et présentés par Isabelle Nières-Chevrel, Colloque de Cerisy/Gallimard jeunesse, 2005, p. 28-33 et 52-63.

où Saint-Exupéry s'est installé durant la Seconde Guerre mondiale, il tranche par son thème, son style et son esthétique avec les ouvrages publiés à la même époque dans l'édition pour la jeunesse en France[1] où, rappelons-le, le métier s'exerce dans des conditions difficiles. La censure pèse en zone nord, où une convention exige de tout éditeur « que les ouvrages publiés par lui ne puissent ni ouvertement ni d'une manière dissimulée, sous quelque forme que ce soit, nuire au prestige et aux intérêts allemands » ; elle n'est pas absente en zone « libre », où un Haut-Commissariat à la propagande a pour mission d'orienter l'opinion publique et, tout particulièrement, celle de la jeunesse, qui tient une place essentielle dans le programme du maréchal Pétain. Dans ces actions, l'imprimé joue un rôle important : livres, dépliants, almanachs, albums, imagerie diffusent le culte de l'illustre vainqueur de Verdun, qui « a fait don de sa personne à la France ». Aussi, du côté de la planète France, seules les étoiles du Maréchal brillent dans le ciel des petits lecteurs : dotées d'un pouvoir miraculeux par Paluel-Marmont dans *Six petits enfants et treize étoiles*[2], elles dégagent tous les obstacles quand le « patriarche » lance l'une d'elles sur le sol. Étoiles de papier dans l'album *Maréchal nous voilà* d'Aude Roche, elles constituent « la part de firmament » que portent avec précaution sept petits enfants qui bravent la foule à la rencontre du « grand Homme ».

---

1. Voir Gilles Ragache, *Les Enfants de la guerre : vivre, survivre, lire et jouer en France, 1939-1949*, Perrin, 1997 ; et Annie Renonciat, *Livre, mon ami. Lectures enfantines, 1914-1954*, Agence culturelle de Paris, 1991, p. 89-96.
2. Éditions et publications françaises, 1942.

Un livre pour enfants ? 19

Marchant sous le bâton étoilé, ou marqués de l'étoile jaune, les petits Français n'ont pas connu les « étoiles qui savent rire » avant l'édition du *Petit Prince* par la maison Gallimard en avril 1946.

Mutations éditoriales et littéraires de l'après-guerre

« C'était comme un réveil avec la joie de la délivrance, le souffle de la liberté retrouvée, une explosion de vie », se souvient Mathilde Leriche, évoquant les années d'après-guerre[1]. Les maisons d'édition rajeunissent, égayent la présentation de leurs livres, lancent de nouvelles collections. La sortie du *Petit Prince* au début de l'année 1946 inaugure cette embellie éditoriale, de courte durée, qui s'efforce de renouveler le répertoire littéraire en s'attachant, notamment, le concours de grands auteurs contemporains : Jacques Prévert (*Contes pour enfants pas sages*, Pré aux Clercs, 1947 ; *Lettres des îles Baladar*, Gallimard, 1952) ; Henri Pourrat (*Contes de la bûcheronne*, Mame, 1947) ; Maurice Genevoix *(L'Hirondelle qui fit le printemps*, Flammarion, 1949) ; Charles Péguy (*Cinq prières dans la cathédrale de Chartres*, Gallimard, 1950) ; Georges Duhamel (*Les Voyageurs de l'espérance*, Hartmann, 1951) ; Paul Eluard (*Grain d'aile*, Raisons d'être, 1951) : Henri Bosco (*L'Enfant et la rivière*, Gallimard, 1954), etc.

Cependant, les évolutions qui s'annoncent dans le contexte économique de l'après-guerre — compétition et concentration accrues des entreprises, dur-

---

1. Mathilde Leriche, *Cinquante ans de littérature de jeunesse. Quatre conférences sur la littérature pour enfants en France en 1939*, Éditions Magnard et l'École, 1979.

cissement des impératifs financiers et concurrence des formes nouvelles de transmission culturelle — vont entraîner, dès le milieu des années 1950, le développement d'une production plus commerciale : la bande dessinée est florissante, le film et la radio sont en pleine expansion, la télévision fait son entrée dans les foyers français. Vient le temps des séries éditoriales (les *Martine* et les *Caroline*), des rachats de typons américains (Les Petits Livres d'or) et des livres de pure distraction : le premier *Club des cinq* sera traduit en 1952.

Le Petit Prince apparaît ainsi à la jonction de deux époques, ce qui contribue tout à la fois à sa singularité et à son *aura* : l'ère de Gutenberg qui, dans l'embellie de l'édition pour la jeunesse au lendemain de la Seconde Guerre mondiale, prolonge encore pour quelques années la royauté du livre dans l'univers culturel de l'enfance ; et le temps des médias qui, dans le contexte des mutations sociales, économiques et culturelles des « trente glorieuses », va contraindre l'édition enfantine à de nouveaux combats et métamorphoses.

*Un livre phare dans le catalogue
pour la jeunesse de la maison Gallimard*

Pendant la guerre, après le départ de l'éditeur Jacques Schiffrin exilé aux États-Unis, la maison Gallimard n'a publié que peu d'ouvrages pour la jeunesse : principalement des *Contes du chat perché* de Marcel Aymé et des *Almanachs du gai savoir* dirigés par Colette Vivier. La publication du *Petit Prince*, qui paraît en même temps que les *Contes du milieu du monde* de Guy de Pourtalès, annonce des temps nouveaux qui feront bientôt de Gallimard l'un des principaux éditeurs français pour la jeunesse. Mais, à cette date, les livres pour enfants forment encore un secteur marginal de son catalogue, inauguré au lendemain de la Première Guerre mondiale avec le magnifique album du peintre Edy-Legrand : *Macao et Cosmage*. D'autres ouvrages prestigieux y figurent : *Les Histoires du petit Renaud*, de Léopold Chauveau, illustrées par Pierre Bonnard, éditées en tirage limité en 1927 ; *Mon chat*, d'André Beucler, paru en 1930 avec d'étonnantes images de Nathalie Parain. Mais c'est seulement vers 1933 que ce catalogue a commencé à s'étoffer, sous l'impulsion de Jacques Schiffrin, avec des titres comme *Châtaigne*, de Tchekhov, *Histoires vraies*, de Tolstoï, *La Vie de Jésus-Christ*, de Charles Dickens, les premiers *Contes du chat perché* (1934), *L'Âne culotte*, d'Henri Bosco (1937), et la série documentaire des « Albums du gai savoir ». L'édition du *Petit Prince* se situe donc dans la continuité de ces orientations qui, depuis les origines, réservent une place importante à l'expression artistique, associée à des textes de haute qualité littéraire. Cette politique éditoriale s'inscrit, plus ou moins directement, dans le sillon du mouvement de pédagogie esthétique qui s'est engagé dans toute l'Europe du Nord au début du XXe siècle, et auquel ont adhéré un certain nombre d'éditeurs[1] : animé par des enseignants, des collectionneurs, des écrivains et des artistes, attaché à la défense « des droits de l'enfance à la beauté », il

---

1. Voir Annie Renonciat, « L'art pour l'enfant : actions et discours, du XIXe siècle aux années 1930 », dans *L'Image pour enfants : pratiques, normes, discours (France et pays francophones, XVIe-XXe siècles)*, sous la direction d'Annie Renonciat, numéro spécial de *La Licorne*, n° 69, UFR Langues littératures Poitiers, Maison des sciences de l'homme et de la société, 2003, p. 200-217.

encourageait le développement de la création artistique pour l'enfance dans tous les domaines de son environnement familial et scolaire, au nom d'un objectif pédagogique nouveau : l'éducation esthétique, considérée comme l'un des outils du développement harmonieux de l'individu et de la société. Cette même politique relevait également des évolutions du monde éditorial après la Première Guerre mondiale. L'édition pour la jeunesse était alors confrontée à un contexte économique difficile, qui l'a conduite à deux orientations divergentes : d'un côté, la standardisation, qui visait à transformer le livre en produit de masse ; de l'autre, les recherches singulières, qui cultivaient son statut de création littéraire et/ou graphique. Aux collections à bon marché — objets sériels, rationalisés et fonctionnels, dont chacun des composants est asservi, au centime près, à de stricts calculs de rentabilité — s'opposaient les livres de luxe, creuset des expérimentations graphiques, qui maintenaient, par réaction, les techniques traditionnelles d'impression et de reproduction. Les ouvrages publiés par la NRF dans les années 1920 ont été réalisés dans ce contexte qui, par la suite, a évolué vers des oppositions moins tranchées.

Un livre-objet prestigieux

Écrit et dessiné par un écrivain français, *Le Petit Prince* a d'abord été édité aux États-Unis. Bénéficiant des avancées technologiques propres à ce pays, qui ont permis de l'illustrer abondamment, en noir et en couleurs, hors texte et dans le texte, avec — fait remarquable encore à cette époque — une grande liberté de composition qui renouvelle à chaque page le dialogue du texte et de l'image, *Le Petit Prince* est à la croisée de deux mondes : celui du dynamisme éditorial et technique de l'Amérique, ouvert à toutes les innovations, et celui des traditions françaises du « beau livre » pour enfant inaugurées par Hetzel au XIXe siècle : l'ouvrage est, en effet, publié hors collection (c'est-à-dire sur un support éditorial conçu spécialement pour l'œuvre de Saint-Exupéry), en format in-octavo (22 x 16 cm environ), sous couverture cartonnée illustrée. Lancé en avril aux États-Unis, il sera imprimé en France en novembre 1945, ce qui l'inscrit chez nous dans la catégorie traditionnelle des livres d'étrennes, proposés par les éditeurs dans des catalogues spéciaux pour les fêtes de fin d'année[1].

Livre d'exception dans l'un et l'autre pays, il fait à chaque fois l'objet d'un traitement particulier. À New York, l'édition originale en langue française proprement dite, qui s'accompagne d'une édition courante et d'une édition en anglais, est tirée à 260 exemplaires signés par Saint-Exupéry. Gallimard proposera également une édition « de luxe » et une édition courante.

La présence d'un tirage numéroté aux États-Unis et d'une édition de luxe en France, si elle est rare, n'est pas exceptionnelle dans l'édition pour la jeunesse, où des pratiques de type bibliophilique sont apparues à la fin du XIXe siècle pour les ouvrages illustrés par des artistes renommés[2]. Elles contribuent à rentabiliser les frais de fabrication de ces

---

[1]. L'ouvrage devait paraître à cette date, mais des retards semblent en avoir repoussé la sortie à avril 1946.
[2]. Annie Renonciat, « L'édition bibliophilique et les livres pour l'enfance », *Revue française d'histoire du livre*, n° 84-85, 3e et 4e trimestres 1994, p. 269-309.

livres coûteux, en assurant une partie de la vente auprès d'une clientèle de bibliophiles. Dans le cas du *Petit Prince*, elles se justifient par la notoriété de Saint-Exupéry et par la qualité artistique et matérielle de l'objet-livre. En tout état de cause, elles attestent que les premières éditions du *Petit Prince* visaient bien un double public, enfants et adultes.

Un « iconotexte »

Objet-livre aux caractéristiques si originales qu'elles ont été conservées jusqu'à nos jours (l'ouvrage est encore disponible aujourd'hui dans son format et sa présentation d'origine), *Le Petit Prince* est doté d'une autre particularité qui lui confère un statut original dans l'histoire de l'édition pour la jeunesse : ce n'est pas seulement un texte littéraire, comme on a tendance à le croire, mais un « iconotexte[1] », c'est-à-dire une œuvre dans laquelle l'écriture et l'image forment une totalité insécable, fruit de la collaboration d'un artiste et d'un écrivain, qui peuvent être une seule et même personne comme c'est le cas ici. Texte, image et support forment un tout, un concept original qui doit être considéré dans chacun de ses composants, dans leurs interactions et dans la totalité qu'ils constituent.

L'image remplit ici des fonctions éminentes, qui ne sont pas d'« illustration » à proprement parler, c'est-à-dire de mise en lumière du texte. Sa particu-

---

1. Alain Montandon l'a déjà souligné dans son ouvrage : *Du récit merveilleux ou l'ailleurs de l'enfance*, Imago, 2001, chapitre 1 : « *Le Petit Prince* ou la mélancolie de l'enfant solitaire ». Voir aussi du même auteur : *Iconotextes*, Paris, Ophrys, 1990.

larité procède en premier lieu de son auteur, l'écrivain lui-même, doué de cette double aptitude à s'exprimer par le texte et par l'image. Si l'espèce n'est pas rare dans la littérature pour adultes, où des écrivains dessinateurs, comme William Blake, Victor Hugo, Henri Michaux, Franz Kafka, etc., se sont exprimés par l'un et l'autre moyens[1], le cas est un peu différent dans l'édition pour la jeunesse, où ce sont plus souvent les dessinateurs qui se sont aventurés à écrire des textes pour leurs albums : Heinrich Hoffmann, par exemple, qui s'est inspiré du répertoire populaire pour créer son célèbre *Struwwelpeter* (« Pierre l'ébouriffé », 1845) ; mais aussi Christophe, le créateur de *La Famille Fenouillard* et du *Sapeur Camember*, André Hellé, l'auteur de *La Boîte à joujoux*, mis en musique par Claude Debussy (1913), Jean de Brunhoff, qui a inventé *Babar* en collaboration avec son épouse (1931), Samivel, sans oublier Albert Robida, illustrateur et auteur de nombreux livres pour la jeunesse[2]. En revanche, avant Saint-Exupéry, les écrivains dessinateurs sont rares en littérature de jeunesse : Töpffer — génial inventeur de la bande dessinée — ne s'adressait pas spécifiquement aux enfants ; Lewis Caroll, qui a dessiné des illustrations pour *Alice's Adventures under Ground*, a été relayé par John Tenniel pour l'édition de l'ouvrage ; Christian Andersen, surprenant inventeur de papiers déchirés et découpés, n'illustrait pas ses œuvres ; Léopold Chauveau, auteur de contes animaliers, a été l'un des rares à assumer pleinement les deux fonctions avec les *Cures mer-*

---

1. Voir « Les écrivains-dessinateurs », numéro spécial de la *Revue de l'art*, n° 44, 1979.
2. Voir « Albert Robida, 1848-1926 », numéro spécial du *Téléphonoscope*, n° 12, 2005.

veilleuses du Docteur Popotame, publiées en 1927 chez Crès. Saint-Exupéry apparaît bien, en 1943, comme une figure exceptionnelle d'écrivain dessinateur pour la jeunesse[1] : il est probable que l'ancien étudiant aux Beaux-Arts, qui a renoncé à faire carrière dans la peinture mais qui aimait à griffonner pour son plaisir, selon les témoignages de ses amis[2], a trouvé dans ce livre pour enfants l'occasion d'exprimer ses talents.

La place que cet écrivain accorde à l'image dans ce récit est tout à fait exceptionnelle dans un ouvrage littéraire : elle investit la page de titre, que ponctuent des étoiles échappées du frontispice ; elle prend corps dans la graphie du titre aux lettres rondes, qui reproduit une écriture d'écolier ; elle inaugure le texte, qui commence par la représentation d'un boa avalant un fauve ; elle crée la substance du chapitre préliminaire, où le narrateur expose et commente ses dessins d'enfant, expliquant que cette part de lui-même est restée incomprise et ignorée jusqu'à l'arrivée du petit prince. Elle fonde la rencontre avec le petit garçon, qui constitue son premier interlocuteur : « S'il vous plaît... dessine-moi un mouton ! » Elle ouvre, avec la caisse du mouton, les voies de l'imaginaire et, par là même, de la fiction. Elle assure le lien du narrateur avec les enfants-lecteurs : c'est par le biais de ses dessins qu'il les interpelle dans le chapitre préliminaire, et qu'il les retrouve dans le paragraphe final : « Regardez attentivement

---

1. D'autres écrivains exploreront cette voie par la suite. Voir, par exemple, *Drôle de ménage*, textes et dessins de Jean Cocteau, Paris, Éditions Morihien, 1948.
2. Voir Antoine de Saint-Exupéry, *Œuvres complètes*, II, sous la direction de Michel Autrand et de Michel Quesnel, Gallimard, 1999, p. 1346 et suivantes (« Bibliothèque de la Pléiade ») [désormais *OC*] ; et Antoine de Saint-Exupéry, *Dessins*, Gallimard, 2006.

ce paysage... » Image blanche qui termine l'histoire, figure allégorique de l'enfant disparu, elle invite le petit lecteur à refermer son livre sur une ouverture, un espoir, que matérialise l'étoile du petit prince brillant au firmament : « Écrivez-moi vite qu'il est revenu... » La présence de l'image, tout au long du livre, depuis le chapitre préliminaire — méditation sur le regard et les liens du visible et de l'invisible — jusqu'à la page finale, qui figure la présence-absence du petit prince, invite l'enfant à méditer sur la leçon du renard : « L'essentiel est invisible pour les yeux. » En d'autres termes, loin de n'être qu'une illustration, l'image relève pleinement des stratégies énonciatives, narratives et pédagogiques de l'auteur.

L'une des conséquences est que l'ouvrage ne peut se définir par référence aux genres traditionnels de la littérature de jeunesse : ni livre illustré en raison des pouvoirs accordés à l'image, ni album, compte tenu de l'importance du texte, ni bande dessinée, qui conjugue l'un et l'autre, mais association nouvelle de texte/image/support, suivant des formules issues des livres d'artistes pour adultes. De ce point de vue, *Le Petit Prince* participe des évolutions qui se sont engagées durant l'entre-deux-guerres, renouvelant profondément l'esthétique et l'espèce même des livres pour la jeunesse : favorisée par l'essor des techniques et la créativité des artistes, leur dimension visuelle s'élargit et s'impose dans une grande partie de la production. Elle se traduit notamment par les liens sémantiques, graphiques et topographiques de plus en plus complexes et variés que les images entretiennent avec le texte, et qui rendent obsolètes les catégories de l'*album* (fondé sur la prééminence de l'image) et du *livre illustré* (où elle est secondaire), désormais déclinés en de multiples formes intermédiaires ou conjuguées.

Un livre à deux voix

D'un point de vue stylistique, c'est la simplicité qui est recherchée par Saint-Exupéry : dessin naïf, linéaire, dépourvu d'ombres et de profondeur. Cette facture n'est certes pas le fruit de la maladresse du dessinateur, qui nous a laissé par ailleurs des dessins aux styles variés, mais le résultat d'un choix, conforme aux normes de l'illustration pour les jeunes enfants qui se sont imposées depuis le début du siècle[1] et qui ont triomphé dans les albums du Père Castor et dans les albums de *Babar* à partir des années 1930 : la schématisation des formes, les contours nettement cernés, la suppression des indices du relief et de la perspective (ombres, dégradés, convergences de lignes), la clarté des compositions, la mise en lumière du mouvement, le coloriage en aplats, veulent favoriser la lisibilité des images auprès des plus jeunes. Les couleurs aquarellées, claires et douces, s'inscrivent également dans des normes qui se sont mises en place à la fin du XIXe siècle. Une tradition d'élégance, inaugurée par Boutet de Monvel dans ses albums au cours des années 1880, oppose aux couleurs vives, primaires et contrastées, telles qu'elles se rencontrent dans l'imagerie populaire, l'affiche et les publications à bon marché, dites « criardes » et « vulgaires », les teintes pastel, considérées comme « douces » et « de bon

---

1. Louis Maurice Boutet de Monvel en fut l'initiateur à la fin du siècle dernier.

goût », susceptibles de contribuer au développement harmonieux de l'enfant. Dans l'entre-deux-guerres, la plupart des artistes qui s'adressent à la petite enfance respectent ces principes. En 1956 encore, Pierre Belvès, illustrateur des albums du Père Castor et cofondateur des ateliers pour enfants du musée des Arts décoratifs, rappellera que l'image destinée aux petits enfants « obéit à des lois de netteté, de clarté, de précision, d'isolement des objets, de non-déformation, dont sont absolument dispensées les images destinées aux adultes, l'œil étant déjà habitué à la transposition graphique des personnages et des choses ».

Cependant, Saint-Exupéry va plus loin, et ses images ne sont pas seulement simples : elles sont données pour des dessins d'enfant ou, du moins, pour les dessins d'un aviateur qui a renoncé à l'âge de six ans « à une magnifique carrière de peintre ». L'introduction de vrais dessins d'enfants dans les livres pour la jeunesse est une innovation qui date de l'entre-deux-guerres et qui procède d'évolutions engagées quelques décennies plus tôt : découverte et fascination des avant-gardes artistiques pour la supposée « liberté » des dessins enfantins[1] ; progrès des recherches sur le graphisme des enfants grâce aux travaux de Georges-Henri Luquet (1876-1965)[2] ; évolutions des méthodes pédagogiques, réformées par les tenants de la « nouvelle éducation ». À cette période, les dessins d'enfants se rencontrent surtout dans les

---

1. Voir Emmanuel Pernoud, *L'Invention du dessin d'enfant en France à l'aube des avant-gardes*, Hazan, 2003.
2. Il a publié, en 1913, *Les Dessins d'un enfant*, première monographie de l'ensemble de la production d'un enfant (sa fille), et, en 1927, un ouvrage de synthèse sur *Le Dessin enfantin*, qui a grandement contribué à mettre en valeur l'activité créatrice des enfants.

publications liées à l'univers scolaire, où ils accompagnent les « textes libres » des élèves de Roger Cousinet et de Célestin Freinet[1]. Leur présence dans l'édition proprement dite est exceptionnelle *(Proprette et Cochonnet*, par Gérard d'Houville, Hachette, 1926). Mais après la Seconde Guerre mondiale, l'engouement pour le dessin d'enfant conduit certains illustrateurs, comme René Moreu, par exemple, à imiter les dessins d'enfants dans l'illusion de toucher plus profondément par ce moyen la sensibilité enfantine[2].

Le projet de Saint-Exupéry est plus difficile à cerner, car, en réalité, ses images sont plus complexes qu'il ne le laisse entendre. Tantôt descriptives, tantôt caricaturales, tantôt symboliques, elles multiplient les perspectives en variant les regards et s'attachent à divers ordres de réalité. Ainsi, dans les deux premiers chapitres et dans le dernier paragraphe, les images se prennent elles-mêmes pour objet et sollicitent le regard du lecteur (les dessins du boa, du chapeau, de l'éléphant au premier chapitre ; les dessins des moutons du petit prince ; le dessin du paysage final). Dans le cours du récit, Saint-Exupéry varie les points de vue : représentations nombreuses du petit prince croqué par l'aviateur, immobile ou en action, dont un célèbre « portrait » en pleine page (p. 13) ; représentations du monde et des animaux évoqués par le petit prince (les éléphants, les baobabs, la fleur, le renard) ; caricatures des personnages rencontrés par le petit prince, dont la dimension grotesque relève d'une vision qui n'est pas enfantine mais

---

1. Après la Seconde Guerre mondiale, de véritables albums verront le jour. Voir *Enfants poètes, poèmes et dessins de l'école Freinet*, La Table ronde, 1954.
2. Marion Durand et Gérard Bertrand, *L'Image dans le livre pour enfants*, L'École des loisirs, 1975, p. 36 et suivantes.

propre à Saint-Exupéry lui-même. La variation et la richesse des mises en pages, qui conjuguent très librement texte et images suivant des formules qui s'inspirent parfois du livre d'artiste — l'utilisation des marges, en particulier —, procèdent de cette même fécondité narrative savante. Derrière ces images faussement naïves se profile l'écrivain artiste qui, « riant comme un gosse », suivant le témoignage de Denis de Rougemont, s'est plu à pasticher le dessin d'enfant : « Géant chauve, aux yeux ronds d'oiseaux des hauts parages, aux doigts précis de mécanicien [qui] s'applique à manier de petits pinceaux puérils et tire la langue pour ne pas dépasser[1]. » Expression de l'âme enfantine, et métaphore de la naïveté de la jeunesse, l'image se conjugue au propos du narrateur adulte dans une œuvre à deux voix qui brouille les frontières des âges.

Un ouvrage annonciateur de ruptures

Ce parti pris de non-discrimination, tant du côté des destinataires que de celui des instances narratives, annonce des temps nouveaux dans l'histoire de la littérature pour la jeunesse, fondée, depuis ses origines et dans son principe même, sur la volonté de s'adapter aux goûts, aux besoins et aux capacités — linguistiques, cognitives et affectives — des différents âges de l'enfance. Les premiers ouvrages littéraires destinés spécifiquement à la jeunesse, qui émergent en France dans la seconde moitié du XVIIIe siècle, proposent des éducations « graduées », qui suivent l'évolution des enfants depuis l'âge des

1. Voir p. 216-217.

premières lectures jusqu'au mariage en distinguant l'enfance, l'adolescence et l'âge préadulte[1]. Dans ses développements au XIXe siècle et dans la première moitié du XXe siècle, la production pour la jeunesse s'est attachée à affiner ces distinctions. On le perçoit très bien chez Hachette, par exemple, qui réorganise ses collections en fonction de ces critères au lendemain de la Première Guerre mondiale : la Bibliothèque blanche s'adresse aux enfants de six à dix ans, la Bibliothèque rose aux enfants de huit à douze ans, la Bibliothèque verte aux adolescents de onze à seize ans, la Bibliothèque bleue à la jeunesse au seuil de l'âge adulte. Les albums du Père Castor, qui ont commencé à paraître en 1931, se fondent également sur des études très fines des évolutions de l'enfant : le choix des mots, la composition des phrases, l'élaboration du dessin et des couleurs, la sélection des caractères typographiques et les options de composition des textes s'appuient sur les études expérimentales les plus récentes en matière de psychologie de l'enfant et sur des tests de compréhension et d'appréciation effectués auprès des enfants par Paul Faucher lui-même dans les écoles et les bibliothèques.

L'édition Gallimard du *Petit Prince* prélude à l'émergence de positions plus nuancées au lendemain de la Seconde Guerre mondiale : si la plupart des éditeurs pour la jeunesse maintiennent les orientations précédentes, des interrogations nouvelles commencent à se faire jour sur les objectifs, les thèmes, la spécificité de la littérature dite « enfantine » et de ses

---

1. Annie Renonciat, « L'émergence d'un nouvel enfant dans la littérature pour la jeunesse au XVIIIe siècle », dans *L'Enfant dans la ville et dans l'art au XVIIIe siècle*, numéro spécial de la revue *Péristyles*, Musée des Beaux-Arts de Nancy, Amis du musée des Beaux-Arts de Nancy, n° 26, 2005, p. 39-49.

lecteurs[1] : « Si vos parents sont, par malchance, devenus de vraies grandes personnes, éduquez-les et apprenez-leur à lire », écrit Jean Cocteau dans *Drôle de ménage*, autre *iconotexte* pour la jeunesse publié en 1948 aux éditions Morihien. À propos de ses *Contes du chat perché*, qui ont commencé à paraître en 1934, introduisant — déjà — dans la littérature de jeunesse l'acuité d'un regard adulte sur le monde adulte, Marcel Aymé déclare en 1956 dans la revue *Enfance* : « En écrivant ces contes [...] je ne savais pas encore, sauf pour le dernier, qu'ils seraient des contes d'enfant [...] Plusieurs grandes personnes qui les ont lues m'ont dit qu'elles ne les avaient pas plus ennuyées que n'importe quoi d'autre. J'en suis très content aujourd'hui, car un livre assommant pour les gens d'âge mûr l'est aussi pour les enfants[2]. » Paul Berna précise dans la même revue : « Je n'écris pas pour les enfants, j'écris des romans pouvant être lus dans tous les cas par des enfants » ; et Léonce Bourliaguet énonce explicitement : « Il n'existe pas de livres "pour les enfants", ni de "littérature enfantine" [...] Il faut parler à l'enfant un langage viril et le hausser à sa compréhension [...] Un chef-d'œuvre "pour les enfants" est celui qui tout d'abord a plu à des adultes intelligents. » Certains éditeurs s'attachent eux aussi à reconsidérer la question des publics : Gallimard lance la « Bibliothèque blanche » en 1953, collection non illustrée destinée aux préadolescents, « afin qu'ils puissent commencer, à partir de ce moment-là, une bibliothèque qu'ils continueront plus tard, au lieu d'éliminer peu à peu, à mesure qu'ils grandiront,

---

1. Un numéro spécial de la revue *Enfance* est consacré à une grande enquête sur « Les livres pour enfants » auprès des éditeurs, des écrivains et des illustrateurs pour la jeunesse en 1956.
2. *Ibid*.

les livres de leur enfance[1] ». L'éditeur Robert Delpire est, quant à lui, le premier à rompre, dès le début des années 1950, avec les critères traditionnels qui gouvernent la production pour la jeunesse, en s'attachant prioritairement à publier des œuvres de haute qualité et qui explorent des voies inédites, pour lesquelles il s'attache le concours de personnalités littéraires et artistiques fortes, originales et talentueuses (*On vous l'a dit*, de Jean Anselme, illustré par André François, 1955 ; *Les Larmes du crocodile*, texte et dessins d'André François, 1956). S'ouvrent ainsi les voies nouvelles qui conduiront aux temps modernes de l'édition pour la jeunesse, dont l'éditeur François Ruy-Vidal formulera le manifeste dans les années 1970 : « Il n'y a pas de littérature pour enfants, il y a la littérature, il n'y a pas de couleurs pour enfants, il y a les couleurs, il n'y a pas de graphisme pour enfants, il y a le graphisme qui est un langage international d'images[2]. »

Conjuguant les deux voies — celle de l'adaptation et celle de l'ouverture —, Saint-Exupéry anticipe sur son époque tout en prolongeant le sillon ouvert par l'éditeur le plus innovant du XIXe siècle, Pierre-Jules Hetzel : il compose texte[3] et images suivant les

1. Interview de M. Hirsch, responsable de la collection en 1956, dans *Enfance*, op. cit. Figurent au catalogue de cette collection des œuvres comme les *Contes à l'enfant né coiffé*, de Béatrice Beck, *L'Enfant et la rivière* et *Le Renard dans l'île*, d'Henri Bosco.
2. « Le point de vue d'un éditeur : François Ruy-Vidal, directeur des collections Grasset-Jeunesse », *Bulletin d'analyses de livres pour enfants*, La Joie par les livres, n° 38, juin-juillet 1974, p. 13.
3. Dans son diplôme d'études approfondies (DEA), Laurent de Galembert a mesuré la simplicité du style et du vocabulaire de Saint-Exupéry à l'aide du logiciel de lisibilité Flesh de Word 2000 : l'expérience a mis en évidence l'emploi de mots courts, de phrases courtes et simples, qui concourent à un degré de lisibilité élevé : 69/100 (100 = très facile).

critères pédagogiques de simplicité, de clarté et de lisibilité, dans l'exigeant dessein philosophique de « monter, monter encore, monter aussi haut que puisse atteindre l'esprit humain, c'est-à-dire jusqu'à l'âme de l'enfant[1] ».

Héritages

La singularité littéraire du texte de Saint-Exupéry, qui a contribué à sa fortune critique, abondante, variée, fluctuante, et parfois contradictoire[2], procède de cette même disposition à ignorer les catégories, à mêler les genres, à combiner les moyens d'expression, à réunir les publics, à conjuguer tradition et rupture, héritages et innovations.

Par un certain nombre de ses caractéristiques, *Le Petit Prince* emprunte aux traditions de la littérature de jeunesse. Son titre en témoigne en premier lieu, dont le diminutif, qui connote l'enfance, relève d'une longue série inaugurée par Charles Perrault en 1697 avec *Le Petit Chaperon rouge* et *Le Petit Poucet*, et prolongée par Christian Andersen au XIXe siècle dans le domaine du conte avec *La Petite Sirène* ; lancée par Berquin dans le genre romanesque en 1787 pour *Le Petit Grandisson*, elle a été reprise par de nombreux romanciers : George Sand avec *La Petite Fadette* (1849), Alphonse Daudet avec *Le Petit Chose*, dont Hetzel a donné une édition spéciale à la jeunesse en 1892, Zénaïde Fleuriot avec *La Petite Duchesse* (vers 1880). Ce paradigme est également

---

1. La phrase est de P.-J. Stahl, pseudonyme de Pierre-Jules Hetzel dans sa préface à la *Comédie enfantine*, de Louis Ratisbonne, Hetzel, 1861.
2. Voir la partie « Dits et écrits ».

présent dans la littérature anglophone : *Little Lord Fauntleroy*, de l'Américaine Frances Hodgson Burnett (1886), en est un exemple célèbre.

Le héros de Saint-Exupéry s'inscrit également dans une lignée aristocratique d'enfants qui peuplent de longue date l'univers des lectures enfantines, tant dans les récits historiques (*Petits princes et petites princesses* d'Eugénie Foa, 1858) que dans les historiettes et les contes (*Le Prince Coqueluche*, d'Édouard Ourliac, 1847) et les romans (*La Petite Princesse des bruyères*, de l'Allemande Eugénie Marlitt, 1874). Le titre le plus célèbre est assurément *A Little Princess* de Frances Hodgson Burnett paru en 1905, dont Delagrave a donné une traduction française en 1934. Le roman doit sa célébrité au film réalisé par Darryl F. Zanuck, dont Hachette a tiré un album en 1939 : *Petite Princesse, Shirley Temple*. *Le Petit Prince* possède aussi divers homonymes, à commencer par *Le Petit Prince* de Pierre Froment, paru dans la « Bibliothèque rose illustrée » de Hachette en 1893, sans qu'aucune parenté littéraire puisse être établie entre les deux œuvres.

Intertextualité

C'est dans l'histoire de *Patachou, petit garçon*, publiée en 1929 par Tristan Derème avec des illustrations d'André Hellé, que Denis Boissier voit, pour sa part, « l'origine du Petit Prince[1] ». Sa démonstration, très détaillée, s'attache à souligner les éléments communs aux deux ouvrages : la mise en scène d'un

---

1. Denis Boissier, « Saint-Exupéry et Tristan Derème : l'origine du Petit Prince », *Revue d'histoire littéraire de la France*, juillet-août 1997, n° 4, p. 622-648.

enfant de six ans, poète et mélancolique ; le motif du narrateur empêtré dans ses soucis matériels qu'importunent les questions de l'enfant ; l'opposition de la beauté et de la bonté enfantines face à la société adulte ; les mots-clés : « étoiles », « mouton », « rose », « éléphant », « boa », « renard », « désert », « puits », etc. ; les thèmes de réflexion : l'agitation des hommes, le pouvoir, la solitude, la fin de l'enfance, etc.

Partant de certains témoignages, dans lesquels il lit l'embarras de Saint-Exupéry face à la commande d'un conte pour enfants, Denis Boissier émet l'hypothèse suivante : l'écrivain, qui aurait lu ou relu peu auparavant plusieurs œuvres de Derème à la suite de son décès (le 24 octobre 1941), aurait trouvé appui dans *Patachou* pour développer l'imaginaire du *Petit Prince*, en se servant, notamment, de la technique des « mots-inducteurs » qu'auraient pratiquée au XIXe siècle Lautréamont, Nerval et Baudelaire. Parmi les rapprochements opérés par Denis Boissier, certains emportent l'adhésion (par exemple le motif de l'étoile enfermée dans la caisse, ou celui du chasseur au chapeau pointu) ; beaucoup, en revanche, paraissent très forcés ; en outre, certains thèmes ou expressions propres aux deux auteurs, comme la référence aux « grandes personnes », se rencontraient communément dans la littérature de jeunesse de l'époque (dans les *Contes du chat perché*, par exemple). Enfin, Saint-Exupéry avait-il besoin de Derème pour évoquer le désert, l'avion, les étoiles, le puits, les volcans ou les baobabs ?

La première hypothèse de Denis Boissier paraît toutefois recevable : Saint-Exupéry a pu lire le *Patachou* de Derème, ou s'en souvenir, comme il a relu, à la même époque, les contes d'Andersen, *La Petite Sirène*[1], notamment, et Mary Poppins[2]. Il est possible que certains motifs de son œuvre en soient des réminiscences, comme d'autres font implicitement référence à des œuvres célèbres : le thème du petit prince profitant pour son évasion d'une migration d'oiseaux sauvages, par exemple, est évidemment un hommage au *Merveilleux voyage de Nils Holgersson à travers la Suède* de Selma Lagerlöf. Et l'épisode de l'allumeur de réverbères ne rappelle-t-il pas l'ouvrage bien connu de l'Américaine Marie Cummins, *The Lamplighter* (*L'Allumeur de réverbères*), qui a connu plusieurs éditions et traductions françaises ?

Rien ne permet toutefois d'en conclure que le texte de Derème est « à l'origine » du *Petit Prince*, car la comparaison ponctuelle, terme à terme, fait oublier l'essentiel : la dissemblance profonde entre les deux œuvres, dont l'esprit, le registre, le ton, la portée littéraire et philosophique sont très différents. Réunion de textes parus précédemment dans la presse pour adultes, *Patachou* n'a d'autre propos que de croquer sur le vif les épisodes de la vie d'un enfant plein de fraîcheur et de fantaisie, qui porte sur le monde un regard candide et curieux ; de recueillir jour après jour ses étonnements, ses bons mots et ses naïvetés, pour le plaisir des « grandes personnes » plutôt que pour celui de la jeunesse, semble-t-il, comme on en jugera par cet extrait :

« Nous avions traversé la France. Au crépuscule, Patachou, le nez à la vitre du wagon, pousse un grand cri :
— La lune !

1. Voir le témoignage de l'actrice Annabella : « Sous le signe des contes de fées », dans *Icare*, n° 84, p. 56 ; ci-dessous, p. 204.
2. Curtice Cate, *Saint-Exupéry*, Grasset, 1994, p. 333.

— Oui, c'est la lune.
— Elle m'a suivi. »

Patachou est un petit garçon attachant, archétype de l'enfant poète, éveillé et créatif, produit de la société renaissante des années 1920, dont le regard ingénu, porteur de vérité, apprend aux adultes à redécouvrir le monde. Ce n'est pas l'ange tombé du ciel, l'enfant « mystérieux », le petit bonhomme métaphysicien, doux et triste de Saint-Exupéry. Ce petit prince-là est né, dans l'incertitude et les aléas de la guerre, des angoisses et du désarroi d'un combattant en exil, et il s'inscrit très profondément dans l'œuvre méditative de l'écrivain, faisant écho — comme une figure réparatrice peut-être — au « Mozart assassiné » de *Terre des hommes* : « Voici un visage de musicien, voici Mozart enfant, voici une belle promesse de la vie. Les petits princes des légendes n'étaient point différents de lui. »

Tous genres confondus

Ce qui, précisément, contribue au caractère « inclassable » du *Petit Prince*, c'est la reprise des stéréotypes, des structures traditionnelles des récits pour l'enfance, l'emprunt éventuel de formules et de motifs conventionnels, suivant des protocoles qui ne sont jamais d'imitation ou de plagiat, mais de transformation et de recréation : pratiques variées de la citation (implicite), de l'allusion, frôlant parfois le pastiche et la parodie, qui sont autant de repères familiers proposés aux jeunes lecteurs, de dispositifs mis en œuvre par Saint-Exupéry pour s'adresser aux enfants, mais par lesquelles l'écrivain, étranger aux canons, aux traditions et aux obligations de la littérature enfantine, marie, bouleverse, transgresse — et illumine — ses matériaux en une création rebelle à toute classification.

Ainsi, comme différents commentateurs l'ont noté, la structure du récit est celle du conte : « Il en a la logique, les modes de fonctionnement avec le départ du héros, la quête, les rencontres, l'imitation et le bouclage final, avec aussi les épisodes répétitifs imbriqués suivant les lois du genre », écrit Alain Montandon[1]. Mais, comme le souligne ce même spécialiste, c'est un conte de fées sans fée et sans « méchant », qui ne commence pas comme un conte de fées, et qui se termine sans se terminer par la disparition du héros. Quand Saint-Exupéry emprunte à la tradition les éléments du merveilleux, ce n'est pas sans les doter d'un sens nouveau. Il en est ainsi des animaux parlants, omniprésents dans les récits pour la jeunesse. Dans *Le Petit Prince*, l'animal doué de parole n'est pas, comme chez Benjamin Rabier, le représentant parodique de la société humaine ; ni l'animal-enfant, figure projective du lecteur, imaginé par Jean de Brunhoff dans *Babar* ; ni l'auxiliaire, complice et compagnon de la jeunesse, dans les contes de Marcel Aymé ; ni l'animal sauvage, métaphore de ses instincts, dans les récits de Kipling. Et ce n'est pas non plus le célèbre Goupil, familier aux enfants grâce aux nombreuses adaptations qui leur sont offertes, en cette première moitié du XXe siècle, du *Roman de Renart*[2]. Avec Saint-

---

1. Alain Montandon, *op. cit.*, p. 33. Voir aussi Michel Autrand, *op. cit.*, p. 1342 ; Marie-Anne Barbéris, *op. cit.*
2. Voir « Les éditions pour la jeunesse du *Roman de Renart* dans la première moitié du XXe siècle », dans *Renart de male escole*, sous la direction de Francis Marcoin et Emmanuelle Poulain-Gautret, *Cahiers Robinson*, n° 16, 2004, p. 79-97.

Exupéry, le trompeur universel, figure emblématique de la ruse, de la transgression et du mensonge, se transmue en oracle, révélant à l'enfant les valeurs qui donnent sens à la vie.

Par le renard, le conte merveilleux se mue en conte philosophique, offrant au jeune lecteur « la haute trajectoire des étoiles, les dialogues abstraits d'un texte allégorique, austère, et la morale difficile du désert », suivant la belle analyse de Jean Perrot[1]. Laurent de Galembert estime que cette perspective rattache le conte du Petit Prince au genre du mythe (qui traite de la genèse et du destin de l'humanité), parce qu'elle l'ouvre sur des questions existentielles majeures, le dote de dimensions cosmiques, le baigne dans une dimension indéfinie qui tend vers le sacré. D'après lui, cette ambiguïté générique serait à l'origine du rayonnement universel de l'œuvre, la part du conte s'adressant aux enfants, la part du mythe touchant les adultes. Quoi qu'il en soit, il est certain que cette fable mythique inscrit *Le Petit Prince* dans le registre des récits de formation, inauguré par le texte fondateur de François de Salignac de La Mothe Fénelon, *Les Aventures de Télémaque*, dont la première édition intégrale date de 1717. Toutefois, les problématiques philosophiques et existentielles chères à Saint-Exupéry — la prééminence de l'esprit, la tragédie du passage de l'enfance au monde adulte, la question de la mort et de l'éternité — rattachent assurément plus étroitement son livre aux contes d'Andersen, tels que *La Reine des neiges* ou *La Petite Sirène*, qui abordent les mêmes questions et suivent des vues analogues : on sait que Saint-

---

1. Jean Perrot, *Jeux et enjeux du livre d'enfance et de jeunesse*, Cercle de la librairie, 1999, p. 187.

Exupéry les avait relus avant d'écrire *Le Petit Prince*, et qu'il les appréciait tout particulièrement.

*Une nouvelle vision de l'enfance
dans la littérature de jeunesse*

La vision de l'enfance que nous transmet l'écrivain n'est pas univoque : elle procède d'un adulte qui parle d'un enfant à ses enfants-lecteurs ; qui, à travers cet enfant, expose sa conception de l'enfant aux adultes. Elle s'exprime parallèlement dans de faux dessins d'enfant. Cette situation, qui peut paraître exceptionnelle, a des antécédents : au XVIIIe siècle, les premières œuvres littéraires offertes à la jeunesse par Mme Leprince de Beaumont, Mme d'Épinay ou Berquin faisaient de même. D'autre part, ce sont plusieurs enfants qui entrent en scène dans le livre. Le premier précède le petit prince dans l'*incipit*, avant le début des péripéties : c'est l'enfant dessinateur. Quant au héros, il se décuple, comme le narrateur, en multiples figures : il est tout à la fois le protagoniste du récit de l'aviateur ; l'enfant archétypal tel que le conçoit l'auteur ; le double du petit Antoine (non pas l'enfant qu'il a été mais, plus probablement, celui qu'il voudrait rester) ; et peut-être aussi la figure du fils que Saint-Exupéry n'a pas eu, lui qui souhaitait pourtant « beaucoup de petits Antoine[1] ».

Curieusement, la vision de l'enfant qui se dégage de cette équivocité présente des contours bien dessinés : ce n'est pas l'image d'un enfant particulier, mais d'un petit prince sans généalogie et sans individualité, archétype de l'enfance, qui partage avec d'autres

---

1. Curtice Cate, *op. cit.*, p. 531.

figures littéraires les traits de l'enfant « idéalisé », dont Marie-José Chombart de Lauwe a brossé le portrait type. C'est un enfant authentique, non socialisé, hors du temps, qui méconnaît les usages de la société ; libre et pur, innocent et fragile, secret et solitaire, apparemment indifférent, mais cependant doté d'une sensibilité vive ; vrai et sincère ; exigeant et absolu à l'égard de la vérité ; capable de communiquer directement avec la nature et les animaux, porteur de vérités ; mais n'ayant pas sa place dans le monde des hommes, condamné à mourir ou à renoncer tragiquement à l'enfance et à sa royauté[1]. Si l'enfant « idéalisé », qui n'est pas un enfant modèle, apparaît très présent dans la littérature pour adultes (le « Kid » des *Aventures de Jérôme Bardini*, de Jean Giraudoux, en 1930, la petite Patricia du *Lion*, de Kessel, en 1958, en offrent, avec le petit prince, des modèles très typés), le héros de Saint-Exupéry est le premier du genre, et son seul représentant, dans la littérature pour la jeunesse française. Attachée prioritairement à l'éducation intellectuelle, morale et civique du jeune lecteur, la création littéraire nationale, aux objectifs pédagogiques très prononcés, prépare l'enfant à entrer dans le monde ; à la différence de la littérature anglo-saxonne, elle se méfie de l'enfant rêveur. Le paradoxe veut que, peignant l'enfant dans un « monde autre », Saint-Exupéry opère en littérature de jeunesse une révolution copernicienne : l'univers de l'enfant passe au premier plan et celui des adultes est regardé depuis ce point de vue inédit.

Débarquant d'Amérique avec ses « maximonstres » dans les années 1960, le petit Max de Maurice

---

1. Marie-José Chombart de Lauwe, *Un monde autre : l'enfance*, Payot, 1979, chapitre II.

Sendak est venu contester au doux petit prince son règne d'enfant sage, pur et ordonné, dans les livres pour la jeunesse, en rendant à l'enfance sa part d'ombre et de chair. Mais le petit bonhomme rayonne encore, comme un écho lointain des *Chants d'innocence* (1789) où William Blake, à l'aube des temps contemporains, avait donné le ton aux poètes :

> *Je pipais par le val sauvage*
> *Des airs de joyeuse harmonie*
> *Quand j'aperçus sur un nuage*
> *Un enfant rieur qui me dit :*
>
> *« Va, pipeur, pipe un chant d'Agneau ! »*
> *Je pipai en toute liesse.*
> *« Pipeur, le même air à nouveau ! »*
> *Je pipai, lui tirant des larmes.*
>
> *« Laisse là ton joyeux pipeau*
> *Pour chanter des chants d'allégresse. »*
> *Sur quoi je chantai le même air*
> *Cependant qu'il pleurait de joie.*
>
> *« Pipeur, assieds-toi pour écrire*
> *Un livre que tous puissent lire. »*
> *Puis il disparut aussitôt.*
> *Alors, cueillant un creux roseau,*
>
> *J'en fis une plume rustique*
> *Et je teignis une eau limpide*
> *Et j'écrivis des chants heureux*
> *Que tout enfant ait joie d'entendre*[1].

---

1. William Blake, *Chants d'innocence*, « Introduction », dans *Anthologie bilingue de la poésie anglaise*, Gallimard, 2005, p. 647 (« Bibliothèque de la Pléiade »).

JEAN-PIERRE DE VILLERS[*]

Le Petit Prince, *une histoire américaine*

Nombreux sont les lecteurs du *Petit Prince* qui ignorent tout de la genèse de ce livre magique. Beaucoup d'entre eux n'ont aucune idée que le livre, écrit par celui que l'on peut considérer comme le plus français des écrivains du XXe siècle, a été rédigé en Amérique du Nord, publié en premier lieu par un éditeur américain, et que bien des aventures du personnage principal sont à forte résonance américaine. Pour vraiment comprendre la signification de ce texte unique, il faut, bien sûr, remonter dans l'existence de Saint-Exupéry et dire, avec quelque certitude, l'angoisse existentielle de ce romancier. De sa jeunesse heureuse et mélancolique sort un être remarquable qui essaie de trouver sa place dans une société en pleine évolution. Cette place, Saint-Exupéry la cherchera pratiquement toute sa vie, mais, de 1924 à 1939, il sait qu'il sera pilote, d'abord de l'Aéropostale, puis d'Air France, pilote d'essai, pilote militaire affecté, à un âge où l'on ne vole plus, au groupe de reconnaissance II/33. Lors des hostilités entre la France et l'Allemagne, la défaite de 1940 va laisser Saint-Exupéry dans un désarroi qui ne le

---

[*] Université de Windsor (Ontario, Canada).

quittera jamais plus, jusqu'au jour de sa disparition finale, le 31 juillet 1944.

Pour quelqu'un qui croyait en l'aviation, qui y avait voué sa vie, juin 1940 ne peut paraître que comme un véritable cauchemar : l'aviation française, si puissante, si développée, n'a pu jouer le rôle qu'elle aurait dû jouer contre les forces ennemies. Cette année noire, que l'écrivain racontera dans *Pilote de guerre*, ne se terminera qu'avec l'exil temporaire de Saint-Exupéry aux États-Unis de décembre 1940 à 1943. C'est lors de cet exil, dans un pays qu'il connaissait déjà[1] mais qu'il n'appréciait guère, que *Le Petit Prince* va peu à peu émerger de son inconscient et devenir le personnage essentiel à sa survie en terre américaine.

L'Amérique se trouvait déjà présente dans les œuvres antérieures de Saint-Exupéry mais c'était une Amérique « latine », survolée par un homme qui y trouvait des résonances certaines ; c'était un univers où il pouvait se reconnaître, ne serait-ce que dans la « latinité » des sentiments qu'elle faisait germer en lui. L'Amérique du Sud, c'était l'Amérique de l'exil volontaire, celui d'un choix, d'une carrière qui portait en elle un haut degré de responsabilité, d'engagement et d'un certain bonheur d'être[2]. C'était

---

1. Saint-Exupéry avait séjourné aux États-Unis au début de l'année 1938. Son impression n'avait guère été positive, et il écrivit à Nelly de Vogüé : « Je n'ai jamais senti ça si fort, cet entassement d'hommes dans leurs pyramides de pierre... » (*OC*, II, p. 932). Quelques années plus tard, après avoir été réadmis au II/33, sous contrôle américain, il s'adressait à son éditeur américain : « Je suis très émerveillé par vos compatriotes. Ils sont efficaces, sains et remarquablement entraînés... Cher Curtice, j'aime beaucoup votre pays » (*ibid.*, p. 985).

2. Cf. lettre à Luro-Cambaceres de 1933 : « Je me trouvais en Argentine comme dans mon propre pays, je me sentais un peu votre frère et je pensais vivre longtemps au milieu de votre jeunesse si généreuse » (*OC*, I, p. 868). Il lui écrivait également au début de cette même lettre : « Il n'y a, dans ma vie, aucune période que je préfère à celle que j'ai vécue avec vous » (*ibid.*, p. 867).

aussi celui de la rencontre de Consuelo qui, quoi qu'on en ait pu écrire, faisait naître au plus profond de la sensibilité de Saint-Exupéry un énorme feu, constamment maintenu en ébullition, même aux moments les plus difficiles de leur liaison.

De l'Amérique du Sud à celle du Nord, il se crée un océan de doutes, de douleurs, de sentiments de responsabilité angoissants, l'apparition soudaine de la déchirure de l'exil total, incontrôlable et sans limites temporelles fixes.

C'est à partir de cette prise de conscience de l'exil imposé qu'il faut essayer de comprendre ce qui va faire « l'américanité » du *Petit Prince*.

Il y a, au début de cette lente gestation de l'œuvre, la nécessité de quitter une France qui s'est écroulée en quelques semaines. Dans l'âme d'un homme tel que Saint-Exupéry, cette défaite est un coup de poignard, une blessure qu'il lui sera impossible de guérir. Devant ce désastre, cette impossibilité de remettre la situation dans une direction acceptable, il lui faut décider de partir, d'essayer de trouver une issue à une situation démoralisante. Alger ne pourra guérir cette déchirure. Ce sera peut-être les États-Unis. L'exil américain sera donc son choix, un choix difficile, qui le deviendra encore plus lorsqu'il découvrira à New York qu'on l'attend, non avec des fleurs, mais avec une hostilité des plus déséquilibrantes[1]. Ce sera donc pour lui la terre de l'exil sentimental, linguistique et culturel.

---

1. Voir la lettre à Nada de Bragance, New York, février 1942 : « Et puis voilà que mon livre [*Pilote de guerre/Flight to Arras*] va sortir. Et se préparent comme d'usage toutes les calomnies et jalousies. Tu vois ça d'ici la pègre des faux Français de New York, qui déjà remue. Je sens à mille signes fermenter le marais. Ah ! Plume d'Ange, que je suis triste, écœuré et las » (*OC*, II, p. 921).

Si on relit les carnets intimes de Saint-Exupéry, ses lettres de l'époque américaine 1941-1943, on se rend compte de la profondeur de cet exil. Que faire en terre d'exil sinon espérer en sortir ? Que faire sinon essayer de la rendre un peu moins amère ? Et c'est là que le projet d'écrire devient soudain la clé de la rédemption, le chemin qui mènera peut-être à la réduction de cette angoisse et de la douleur permanente qu'elle engendre. Il se fait alors, dans l'esprit de Saint-Exupéry, une douce alchimie, une sorte de réduction de sa prise de conscience de la contingence universelle : le sentiment lent et progressif que, peut-être, tout n'est pas perdu, qu'il y a encore un moyen de donner un sens à cet exil, à cette solitude désarmante et mortelle. Il lui faudra, comme le Roquentin de *La Nausée*, prendre lentement conscience qu'il possède en lui la clé de sa délivrance, la force de donner naissance à cet autre lui-même, à ce compagnon qu'il porte en lui depuis déjà longtemps et qui demande à naître, à avoir, lui aussi, une essence réelle. C'est de ce moment d'illumination que sort un jour le petit prince, petit non par la taille mais par la réduction de son royaume, exactement semblable à ce que Saint-Exupéry ressent à ce moment précis, là, dans cette ville grise et froide qu'est New York. Une fois apparu sur cette scène intérieure, le petit prince ne pourra plus retourner vers sa planète. Il faudra que Saint-Exupéry lui donne une forme humaine, une substance qui vide en lui, l'homme mûr, l'abcès de l'exil, de la solitude et du vide existentiel. Le petit prince engendrera donc la « renaissance » de Saint-Ex au sens que Claudel donnait à ce mot. « C'est très curieux le désespoir. J'ai besoin de naître » (novembre 1943).

Le Petit Prince naîtra donc à New York. Proposé à

Saint-Exupéry comme une forme de thérapie à son angoisse par Elisabeth Reynal, la femme de son éditeur américain, le texte demandera plusieurs mois avant de prendre sa forme définitive. Les dessins qui illustrent le texte même seront à leur tour préparés à l'aide d'une boîte de gouaches achetée dans un drugstore de la Huitième Avenue et représenteront sous forme symbolique certains passages du texte. Ils forment avec lui un « bloc image/texte intangible[1] ». Selon sa biographe Stacy Schiff, il écrivit le texte pendant tout l'été et l'automne de 1942, lors de ses célèbres nuits de travail ponctuées d'appels téléphoniques à ses amis et de litres de café noir dont on retrouve de nombreuses traces sur les pages du manuscrit original conservé à la Pierpont Morgan de New York. Le sujet et l'intrigue semblent lui être venus à l'esprit spontanément comme si toute l'histoire avait été contenue en lui jusqu'à ce moment important dans sa vie[2]. Même si son traducteur, Lewis Galantière, affirme que Saint-Exupéry jeta probablement cent pages pour une seule de celles qu'il envoya à son éditeur, il semble que l'histoire même se soit imposée à son auteur sans difficulté. Pour essayer de mettre un terme au vide existentiel qu'il ressent, au manque de plénitude dont il se plaint depuis maintenant plusieurs années, Saint-Exupéry décide de voir clair en lui-même et de donner une forme artistique à

---

1. *OC*, II, p. 1346.
2. Saint-Exupéry écrivait à Lewis Galantière, son traducteur en janvier 1942 : « La prochaine fois que je ferai un livre pour ReyHitch [*Reynal & Hitchcock, enseigne de son éditeur américain*], je ferai un récit. J'écrirai les amours d'une blondinette avec un hussard. Si Lamotte y met du sien, ce sera merveilleux » (*OC*, II, p. 1000-1001). Déclaration qui m'a toujours amené à croire que le peintre Bernard Lamotte, ami de Saint-Exupéry depuis l'École des beaux-arts et compagnon d'exil à New York durant la guerre, avait refait les illustrations du *Petit Prince*, du moins le visage de ce dernier.

l'expression de ses découvertes fulgurantes. En ce sens, et au delà de l'œuvre littéraire en tant que telle, il faut lire *Le Petit Prince* comme une forme de bilan personnel, une espèce d'autoanalyse qui ne perd rien de sa valeur thérapeutique parce que cachée par les déclarations d'un pilote et d'un jeune prince non identifiés[1].

« *— On est seul aussi chez les hommes, dit le serpent.* »

L'histoire commence donc par la rencontre d'un pilote et du petit prince qui a laissé son astéroïde pour oublier momentanément les querelles engendrées par la rose de son cœur. Toute l'histoire reposera sur cette animosité de départ, et l'on peut très bien comprendre que, pour Saint-Exupéry, le moteur initial a été ce que l'on pourrait appeler le problème du couple, devenu critique dans sa période new-yorkaise. Il y avait à résoudre non seulement le problème de Consuelo, sa femme, et de Nelly de Vogüé, sa maîtresse, mais aussi celui posé par toutes les « mignonnes » qui l'entouraient et tout particulièrement, en 1942-1943, par la présence obsédante de Silvia Hamilton[2], devenue sa conseillère en matières artistiques et amoureuses. Tout aussi new-yorkais me paraît le thème de la solitude qui semble confirmer le précédent et nous dire que, même dans le couple le plus uni, et le plus heureux, on ne peut rien faire contre la solitude. Pour Saint-Exupéry, en dépit de ses déclarations répétées sur le lien humain dans un ouvrage comme *Terre des*

---

1. Saint-Exupéry écrivit cette petite phrase dans une autre lettre à Lewis Galantière de janvier 1942 : « On "est" dans un bouquin. Il s'agit d'être proprement. C'est tout » (*OC*, II, p. 998).
2. Voir p. 202-204.

hommes, l'homme est irrémédiablement « seul » dans cet univers. Ce qu'il fait dire au petit prince au chapitre XIX : « — Soyez mes amis, je suis seul, dit-il. Je suis seul... je suis seul... je suis seul... répondit l'écho. »

Solitude que l'on retrouvera sous la plume de Saint-Exupéry dans les dessins qu'il fit pour ses amis et amies, mais solitude exacerbée par la grande ville américaine. Dans un dessin pour Dorothy Barclay[1], il reprendra : « Il faut être absolument fou pour avoir choisi cette planète-là. Elle n'est sympathique que la nuit, quand les habitants dorment... » Là, nous passons d'une citation du texte écrit à une déclaration très personnelle et révélatrice de l'auteur. Cette solitude du petit prince, c'est, bien sûr, celle de Saint-Exupéry au moment où il écrit son conte et celle qui le pousse à « trouver » des amis, denrée fort rare à New York en cette période d'hostilités entre les différents groupes politiques français. Parmi ces amis, ce sont surtout des femmes auxquelles il semble réussir à communiquer une certaine partie de ses craintes intimes et spirituelles : Annabella, à présent la femme de l'acteur Tyrone Power, l'artiste Hedda Sterne, Nada de Bragance, Silvia Hamilton et aussi son traducteur, Lewis Galantière, avec qui, cependant, il pouvait avoir des échanges aussi bien amicaux que violents quant à leurs différences politiques. Si nous passons rapidement sur les références américaines des chapitres sur les planètes du buveur (XII), du businessman (XIII), de l'allumeur de réverbères (XIV) et du géographe (XV), sur la rencontre de l'aiguilleur (XXII) et du marchand de pilules (XXIII), il faut s'arrêter plus longuement sur la présence du ser-

---

1. Voir A. de Saint-Exupéry, *Dessins*, Gallimard, 2006, p. 274.

pent à travers tout le récit. Comme le fait remarquer Michel Autrand dans sa notice sur *Le Petit Prince*, tout le conte écrit par Saint-Exupéry est « une proposition adulte habillée en enfant... Et la mort que se choisit le héros est celle d'un adulte qui a touché le bout de la nuit[1] ». C'est peut-être là la partie la plus new-yorkaise du petit prince. Celle où Saint-Exupéry, ayant atteint le bout de sa nuit, peut déjà anticiper ce qui pourrait bien lui arriver dans un avenir très proche.

Le Petit Prince une fois imprimé, avec un seul exemplaire dans la valise en cuir offerte par Silvia Hamilton, Saint-Exupéry partira pour l'Afrique du Nord, vers une destinée qu'il avait lui-même décrite et très probablement espérée dans ces nuits froides du Nouveau Monde. La date réelle de mise en vente du livre en langue française reste à ce jour incertaine[2]. Apparemment, Saint-Exupéry partit pour l'Afrique du Nord avec « un » exemplaire du *Petit Prince*. Mais il semble que cet exemplaire ait été un exemplaire exceptionnel (jeu d'épreuves ?), imprimé en catastrophe par Curtice Hitchcock pour que Saint-Exupéry puisse partir avec « son » œuvre[3]. Dans une lettre au même Curtice, envoyée d'Oujda, le 8 juin

---

1. *OC*, II, p. 1354.
2. Voir la mise au point de Louis Évrard dans *Écrits de guerre*, Gallimard, 1982, annexe V, p. 661, qui s'appuie sur le témoignage d'Henry Elkin. Une publicité de l'éditeur (*New York Times Book Review*, 11 avril 1943) annonce la publication de l'ouvrage en deux langues — parution confirmée dans une annonce du 25 avril 1943, l'édition française étant disponible reliée (2 dollars) ou brochée (1,5 dollar). *(N.d.É.)*
3. Au moment de mettre sous presse ce volume, nous recevons de la fille de Mme Annabella Power copie d'un document exceptionnel. Il s'agit d'un volume composite du *Petit Prince*, résultant du brochage des seuls cahiers imprimés en anglais *et* en français et où figurent les illustrations en couleurs. La page de couverture est celle de l'édition en langue anglaise ; Saint-Exupéry y a ajouté une dédicace inscrite dans un phylactère, qui fait dire au petit prince sur sa planète : « J'ai écrit ce petit livre seulement pour des amis qui peuvent le comprendre comme Annabella et — si ça ne l'amuse pas — je serai encore plus triste

1943, Saint-Exupéry écrivait: « Curtice, je vous embrasse tous très fort. Je ne sais rien du *Petit Prince* (je ne sais même pas s'il a paru !) — Je ne sais rien sur rien : écrivez-moi[1]. » C'est la raison pour laquelle, quand Saint-Exupéry fit ses adieux à Silvia Hamilton, il lui remit le manuscrit autographe du *Petit Prince* et non un exemplaire publié commercialement. La scène de ces adieux a été recréée de façon très touchante dans le très beau film de Robert Enrico : *Saint-Exupéry : La dernière mission.* C'est également d'Afrique du Nord qu'il écrivit à Silvia Hamilton cette lettre annonciatrice du déchirement final : « Alors, aujourd'hui, je suis bien content de pouvoir attester, en engageant ma chair jusqu'à la moelle, que je suis pur. On ne peut signer qu'avec le sang » (Alger, 1944[2]).

Le Petit Prince, possession américaine : manuscrits et dactylographies

Le manuscrit, tel qu'il est conservé dans les collections de la bibliothèque Pierpont Morgan, semble avoir été terminé dans le courant du mois

---

que sur cette photographie... / Et je l'embrasse avec toute ma profonde et vieille amitié. St Ex. » En page de garde, Saint-Exupéry précise : « NB — Il n'y a là qu'une page sur deux (et il faut lire en français — non en anglais) parce qu'on n'a encore tiré que les pages où les dessins sont en couleurs... (il y en a en noir, bien moins beau) / NB2 — Les pages ne sont pas en ordre / NB3 — Si je suis tellement en retard c'est que je ne pouvais pas envoyer le texte sans les dessins et l'éditeur a mis quatre mois à les reproduire (tant ils sont beaux...) / St-Ex). » Une grande partie du tirage de l'édition française était donc faite avant le départ de New York ; était-ce avec ce type de volume hétérogène et incomplet, comme broché à la hâte, que Saint-Exupéry appareilla pour l'Afrique ? Rien ne l'atteste. *(N.d.É.)*

1. *OC*, II, p. 986. L'éditeur lui répond le 3 août que le livre a paru et que les ventes ne sont pas mauvaises.
2. *OC*, II, p. 926.

d'octobre 1942. Il y eut un long travail de révision du texte en français, et le manuscrit en français fut remis à Hitchcock & Reynal à la fin du mois de novembre. Un contrat de publication est daté de ce mois. Mais en dépit des progrès faits pour une publication rapide du texte, ce dernier ne devait pas sortir avant avril 1943, retard dû au fait que les éditeurs voulaient faire une publication simultanée des textes français et américain et que le traducteur de l'ouvrage en anglais, Lewis Galantière, eut un très grave accident d'avion et ne put donc traduire le texte de Saint-Exupéry en américain. Ce fait était resté pratiquement inconnu ; personne ne s'était demandé jusqu'à aujourd'hui pourquoi la traduction du *Petit Prince* en anglais avait été faite par Katherine Woods.

Ce n'est que lors de recherches au Harry Ransom Research Center de l'université du Texas à Austin que j'ai découvert un tapuscrit inédit et inconnu du texte du *Petit Prince*. Ce tapuscrit se compose de soixante-treize feuillets de texte dactylographié en français avec deux dessins faits de la main de Saint-Exupéry. Il comprend également, en appendice, deux autres grands dessins réalisés pour le calibrage des pages de l'édition du texte qui aurait dû être traduit par Galantière. Le tapuscrit est très corrigé dans sa dernière partie, de la main de Galantière, qui avait comparé le texte de ce dactylogramme avec le texte publié à New York. Une note manuscrite et un dessin barré de la main de Saint-Exupéry apparaissent sur la couverture du tapuscrit. Une lettre dactylographiée de Lewis Galantière explique l'existence de ce tapuscrit que Saint-Exupéry lui aurait apporté, en janvier 1943, à l'hôpital où il se trouvait après son accident. À son ami qui était alors plongé dans le coma, Saint-Exupéry laissa cette copie du texte, répertoriée au Harry Ransom Center sous le nom de Saint-Exupéry.

Le manuscrit autographe original du *Petit-Prince*, quant à lui, se trouve à la bibliothèque Pierpont Morgan de New York. C'est le texte complet du *Petit Prince* que Saint-Exupéry retravaillera avant d'en remettre le texte définitif à ses éditeurs. C'est le manuscrit qu'il avait donné en cadeau à Silvia Hamilton Reinhardt avant son départ pour l'Afrique du Nord en 1943. Il contient cent trente-deux pages de textes, parfois difficilement déchiffrables, huit pages de textes portant des dessins et trente-cinq pages de dessins. La version finale manuscrite, confiée soit à la traductrice, soit à la sténodactylo de l'éditeur, n'a pas encore été retrouvée, mais tout porte à croire, si toutefois elle existe, qu'elle se trouve soit dans les papiers personnels de la traductrice du texte en américain, soit dans les archives de Harcourt Brace qui ont repris la compagnie Hitchcock et Reynal, soit encore dans les papiers privés de Consuelo, aujourd'hui aux mains de son héritier testamentaire. La Bibliothèque nationale de France à Paris possède, elle aussi, un dactylogramme du *Petit Prince* complet avec quelques corrections de la main de Saint-Exupéry. C'est le dactylogramme que Saint-Exupéry confia à la pianiste Nadia Boulanger qui se trouvait à New York en même temps que l'auteur du *Petit Prince*[1].

Il reste quatre dactylogrammes dont avait parlé Saint-Exupéry à retrouver aux États-Unis. Là commence une nouvelle aventure fascinante.

---

1. Voir aussi p. 127.

ALBAN CERISIER

1946-2006 :
quelques précisions sur l'édition française
du Petit Prince

Il y eut en 1999 une petite révolution : la première publication en France du *Petit Prince* dans une collection de poche pour adultes, « Folio » ; et à cette occasion, la reprise scrupuleuse de la première édition américaine, coquilles exceptées, pour l'établissement de cette nouvelle édition. C'était attirer l'attention des lecteurs français sur l'exterritorialité de la genèse du conte, ouvrage d'autant plus fort qu'il était né de la guerre et de l'exil américain de son auteur. Celui-ci était pourtant fortement lié contractuellement à son éditeur français d'origine — son ami Gaston Gallimard. Il ne faut voir nulle trahison de sa part dans cette prépublication américaine : il s'agissait juste, comme le firent beaucoup d'auteurs dans sa situation, de s'accommoder à des circonstances bien exceptionnelles.

L'édition du « Folio » fut l'occasion de rétablir quelques détails du texte (le nombre de couchers de soleil, par exemple) et de redonner au conte ses illustrations d'origine, tant dans leur tracé que dans leurs couleurs. Saint-Exupéry avait imaginé la cape du petit prince en vert d'eau et non en bleu, comme la plupart d'entre nous l'avions cru durant des années. Repartir de l'édition de 1943, c'était au fond privilégier la version parue *du vivant* de Saint-Exupéry et non l'édition posthume parue après guerre en France, plus d'un an et demi après la mystérieuse disparition de son auteur. Il n'y avait pas à proprement parler de contredit entre les deux versions de l'œuvre : mais à l'égard d'un texte dont tous les éléments sont susceptibles d'être interprétés et reproduits à grande échelle, mieux vaut savoir très exactement de quoi l'on parle et ne pas balayer d'un revers de main les détails prétendus secondaires.

Quelques précisions nouvelles peuvent être aujourd'hui apportées à l'histoire de l'édition française du *Petit Prince*, tant au plan de sa conception que de sa réception.

Un troublant témoignage

Tous les commentateurs, *absolument* tous les commentateurs de l'œuvre, qu'ils soient critiques, biographes ou essayistes, universitaires ou amateurs éclairés, s'entendent sur l'origine américaine du conte. Pas de doute à cela. Ce point de départ établi, les interprétations du *Petit Prince* convergent : littérature de l'exil, critique de la société de masse, dénonciation du nazisme sous les traits des baobabs, influence des déboires conjugaux de Saint-Exupéry... L'œuvre ayant été effectivement écrite à New York, comme l'attestent témoignages et manuscrits, tous ces thèmes sont bien sûr présents ; il serait absurde d'en dénier l'emprise sur la narration.

Il reste qu'un troublant témoignage — de ceux, plus discrets, que l'on trouve dans les ouvrages d'histoire littéraire et éditoriale, plus rares sur les tables des libraires — mérite d'être apporté au dossier. Il est le fait d'un des plus grands imprimeurs français, le Tourangeau Alfred Mame, reproduit en 1989 dans un catalogue consacré à l'histoire de son entreprise familiale[1]. Sa « déposition » mérite d'être citée. Quand Jean Gülverjic l'interrogea sur son rôle chez Mame de 1937 à la guerre 1939, voici ce qu'il répondit : « Je rencontrai alors Antoine de Saint-Exupéry. Je sortais d'une fracture du crâne et je me rappelle son front tout bosselé à la suite de ses crashs d'avion. Une amie commune, Hélène de Vogüé, m'avait averti qu'il était en train d'écrire une histoire pour les enfants qui devait renouveler sa plume. Nous avons été d'accord avec Gaston Gallimard et Jean Paulhan pour publier ce livre exceptionnellement chez Mame. Il s'agissait du *Petit Prince*. Malheureusement le bombardement de Tours en 1940 devait en décider autrement et annuler ce projet comme tant d'autres. Claude Gallimard me confia plus tard que *Le Petit Prince* avait représenté la plus forte vente de sa maison ! Cette branche d'édition pour les enfants me passionnait. Avec succès nous publiions alors des albums de rondes et chansons qu'illustrait Marie-Madeleine Franc-Nohain, la charmante femme de Franc-Nohain. Avec lui et l'ensemble de son équipe je projetais une revue pour la jeunesse, à la manière américaine qui aborde tous les sujets. Nous en étions au numéro zéro quand ce fatal bombardement vint tout briser. Il ne resta strictement rien de la Maison Mame. Les stocks de plomb dans les caves fondirent ; le papier

---

1. *Mame. Angers — Paris — Tours. Deux siècles du livre*, catalogue édité à l'occasion de l'exposition inaugurale organisée à Tours, octobre-novembre 1989, préface d'Alfred Mame, Institut de l'édition contemporaine / Association « Hôtel Mame centre culturel », 1989.

mit des semaines à finir de se consumer. Plus grave encore, les archives séculaires disparurent[1]. »

Ainsi donc, si l'on porte quelque crédit à ces souvenirs d'un homme digne de foi, Saint-Exupéry aurait envisagé d'écrire son livre avant même d'avoir ne serait-ce que songé à partir aux États-Unis. Alfred Mame fait-il erreur ? La précision avec laquelle il évoque cet épisode est à mettre à son actif ; l'intercession, pour ce projet, de la comtesse de Vogüé est des plus vraisemblables ; et que Jean Paulhan, éminence grise de la NRF de l'époque, en fût partie prenante n'a rien d'improbable, lui qui était bien sûr en rapport avec Saint-Exupéry à cette époque. Mais rien, dans les archives aujourd'hui connues, ne vient confirmer à notre connaissance l'authenticité d'un tel projet.

Si ce fait devait un jour définitivement s'avérer, alors il conviendrait de revoir un peu nos copies. On savait que le personnage du petit prince, sans être ainsi nommé, était né, graphiquement, sous la plume ou le crayon de Saint-Exupéry dès les années 1930 ; ils furent nombreux à en témoigner. Les nombreux feuillets de dessins inédits publiés dans le catalogue de son œuvre graphique paru en 2006[2] l'attestent avec certitude, même si on ne peut considérer encore que tous ces petits personnages stylisés, campés d'un trait synthétique tantôt à califourchon sur des nuages, tantôt accroupi sur des collines herbeuses, ne sont que des préfigurations du type définitif du petit personnage. Dire qu'ils sont des petits princes arrange les commissaires-priseurs : leur cote en est d'autant plus élevée ! Qu'ils appartiennent à la

1. *Ibid.*, p. 5. D. R.
2. Antoine de Saint-Exupéry, *Dessins*, Gallimard, 2006.

naissance d'un personnage, on peut toutefois en convenir[1]. Avec cette nouvelle pièce au dossier, ce témoignage d'imprimeur, on peut se prendre à rêver à une genèse non plus américaine mais toute hexagonale de ce livre pour enfants. On en saura gré aux historiens du livre.

Il reste que, par son lieu de rédaction et de première publication, l'histoire éditoriale du *Petit Prince* s'inscrit dans un contexte désormais bien connu[2] : celui de la reconstitution d'une vie littéraire française à New York pendant la guerre suite à l'exil, plus ou moins volontaire, de nombre d'intellectuels, artistes et journalistes français. Une vie littéraire très animée et fort bien structurée, disposant de son propre réseau d'édition (notamment avec les Éditions de la Maison française ou la section française de Brentano's, dirigée par Robert Tenger), de diffusion et de promotion. Deux cents quarante livres en français y furent publiés de 1941 à 1944. Saint-Exupéry fut un acteur de cet « espace littéraire de l'exil », certes assez marginal par ses prises de position politiques. Auteur déjà connu aux États-Unis avant guerre (*Terre des hommes* avait rencontré un vif succès, sélectionné comme livre du mois par le *Book of the month club*), son itinéraire new-yorkais relève autant du rattachement à une

[1]. Un dessin parmi les cinq cents que reproduit ce catalogue attire cependant l'attention : celui où un personnage en cape, évoquant par son habit et sa silhouette le petit prince, semble errer dans un paysage d'étoiles à tige (illustration n° 117). Il a été dessiné par Saint-Exupéry non sur un feuillet, mais sur une chemise regroupant des dessins et confiée à Nelly de Vogüé. Il n'est pas, hélas, daté ; mais il pourrait être, comme la plupart de ceux conservés par Nelly, de la période française… ce qui, là encore, pourrait appuyer l'hypothèse d'une préhistoire hexagonale du conte.

[2]. On lira avec profit l'ouvrage d'Emmanuelle Loyer, *Paris à New York. Intellectuels et artistes français en exil. 1940-1947*, Grasset, 2005.

communauté française nombreuse parmi laquelle il tissa de fortes amitiés (Pierre Lazareff, Jean Renoir, Bernard Lamotte...) que d'une intégration assez forte à des structures proprement américaines.

Petite chronologie d'une parution

Il demeurait un doute sur la date exacte de publication en France du *Petit Prince*, les versions variant d'une étude à l'autre. Les tables de la *Bibliographie de la France*, revue professionnelle, apportent une réponse, confirmées par les répertoires de vente de Gallimard. Le livre est en effet « annoncé » pour paraître dans le numéro du 8 au 15 mars 1946[1] (« un volume au format 16,5 x 23, cartonné, 500 F »), ce qui implique une parution effective dans les quelques semaines qui suivent. Voilà qui suffit à repousser définitivement toute présomption de parution à la fin de l'année 1945, pour Noël. Il est probable que Gaston Gallimard avait envisagé de faire du *Petit Prince* un livre d'étrennes, mais il en fut autrement.

Quant aux documents commerciaux, ils attestent eux définitivement une parution dans le courant du mois d'avril 1946. À partir de quel jour exactement de ce mois fut-il disponible en librairie ; c'est sur ce point qu'il est difficile de se prononcer. On sait toutefois que l'ouvrage est bien sorti des presses avant le 25, puisqu'une lettre du poète Roger Allard, directeur artistique de la NRF à l'époque, au relieur Babouot (Lagny-sur-Marne) commente déjà le pre-

---

1. *Bibliographie de la France. Journal général et officiel de la librairie*, n° 9-11, 8-15 mars 1946, 3ᵉ partie.

mier tirage. On peut estimer que les premiers exemplaires avaient été livrés par l'imprimeur à l'éditeur dès avant la fin du mois de mars, puisque leur facturation respective arriva à la NRF les 29 et 30 mars. Le temps de livrer l'ensemble du tirage aux entrepôts des Messageries Hachette, alors diffuseur exclusif des productions NRF, et le temps d'acheminer les exemplaires en magasin, et nous atteignons la mi-avril.

De fait, les plus anciens des très rares documents qui aient été conservés relatifs au premier tirage du *Petit Prince* sont en date de juin 1945. Il s'agit d'une part d'une facturation du photograveur Desfossés[1] relative à la reproduction de quarante-six illustrations, pour une somme totale de 12 121 francs de l'époque ; il s'agit d'autre part d'une lettre adressée à l'imprimerie Paul Dupont de Clichy (qui pressera le livre en effet), à qui Gallimard confia la composition du texte de l'ouvrage, en indiquant que, par rapport au modèle américain d'un format légèrement inférieur, il serait bon de modifier quelque peu la présentation du texte, en ajoutant une ligne de texte par page, en respectant cependant le même nombre de caractères à la page (mise en place des illustrations oblige). L'espace entre les lignes et la taille du caractère (un Didot de corps 12) fut donc modifié en conséquence. Prudemment, la NRF demandait un spécimen de l'ouvrage pour se faire une idée. Il s'agit enfin d'une première étude du service artistique, en date du 12 juin, évoquant la nécessité de procéder à des fac-similés des gravures américai-

---

1. La Néogravure-Desfossés était experte en impression d'illustrations en couleurs (notamment pour les grands magazines populaires de l'époque).

nes et à un tirage offset en cinq couleurs « pour obtenir un résultat supérieur à l'original ».

Il y eut donc du retard. Le petit prince s'est fait attendre en France, comme cela avait été aussi le cas de l'autre côté de l'Atlantique (puisque la parution à New York avait été espérée pour Noël 1942). Les instructions définitives de brochage et de reliure n'intervinrent que le 23 janvier 1946 (ce qui implique cependant que l'intérieur du volume était déjà imprimé, vraisemblablement depuis novembre 1945... ce qui permit à *Elle* d'en publier des bonnes feuilles[1] cinq mois avant parution !) ; le premier tirage comptait 12 750 exemplaires sur papier hélio typo Navarre, numérotés comme suit : 12 250 exemplaires de 1 à 12 250, 300 hors commerce de I à CCC, enfin 170 exemplaires non numérotés, dits « de passe », tous reliés de toile bleu marine estampée d'un motif orange et protégés d'un couvre-livre imprimé.

Quelques chiffres :
une haute marée sans reflux

Près de 10 000 exemplaires de ce premier tirage avaient été vendus à la fin juin 1946, les ventes enregistrées sur l'exercice suivant (de juillet 1946 à juin 1947) se limitant au solde de cette impression initiale. Faut-il conclure à un succès mitigé pour un auteur aussi prestigieux ? Il convient de noter d'une part que la première réimpression du conte, seulement brochée, est commandée à l'imprimeur le 12 novembre 1947, pour une livraison en librairie avant Noël. Cette réimpression, tirée à 11 000 exem-

1. Voir p. 177 et 248-249.

plaires, est suivie dès février 1948 d'une seconde, cette fois à 22 000 exemplaires. Les ventes cumulées de juillet 1947 à juin 1948 dépassent les 23 000 exemplaires. Le phénomène est lancé, le livre a trouvé sa place dans le cœur des jeunes lecteurs français. Pourquoi avoir tant tardé à procéder à cette première réimpression, dont l'absence explique seule les faibles ventes de l'année 1947 ? Il y a deux hypothèses possibles : la première est liée aux circonstances de ces années d'après-guerre, durant lesquelles les éditeurs ont quelque peine à assurer dans de bonnes conditions matérielles leurs programmes de réimpression ; la seconde est d'ordre juridique, la Librairie Gallimard étant alors d'une part en procès avec l'éditeur américain de Saint-Exupéry sur la question des droits relatifs au *Petit Prince*, d'autre part en discussion avec tous les représentants de la succession d'Antoine : mère, sœur, épouse et maîtresse. Que toutes ces discussions aient pu nuire au bon suivi des ventes de l'ouvrage, on peut le supposer. Mais rien aujourd'hui ne le prouve.

Toujours est-il que dès 1948 l'ouvrage de Saint-Exupéry devient le livre pour enfants le plus vendu du fonds NRF ; à la même époque, en librairie, il se vend un exemplaire d'un nouveau titre des *Contes du chat perché* de Marcel Aymé quand il s'en vend six du *Petit Prince*. Les réimpressions se succèdent à un rythme très soutenu : en 1958, Gallimard comptabilise déjà dix-neuf réimpressions de la version brochée, tirée entre 22 000 et 55 000 exemplaires. Dix ans après sa sortie en librairie, le livre s'est vendu à 450 000 exemplaires : une moyenne d'environ 50 000 exemplaires vendus par an, presque doublée dans les deux décennies suivantes. Il s'est diffusé au seuil des années 1980 plus de deux millions d'exemplaires du conte dans son édition d'origine et sa version reliée plus luxueuse (cartonnage d'éditeur). Autant dire que le prétendu purgatoire qu'aurait connu à cette époque la figure de Saint-Exupéry sous l'effet d'une nouvelle critique ne se reconnaissant guère dans le moralisme de ce contemporain (à l'inverse de Sartre, Foucault ne portait guère d'attention à la littérature de Saint-Exupéry, ni plus qu'à celle, d'ailleurs, de Camus) ne fut qu'une vue de l'esprit[1].

C'est cependant après 1980 que le rythme s'accélère, sous l'effet d'une diversification des publications de Gallimard, désormais adossées à une diffusion plus large de l'image du petit prince au sein du grand public, émancipée du strict rapport au livre qui conte son histoire[2]. Jusqu'en septembre 1979, mis à part les versions disponibles dans les œuvres complètes parues en Pléiade (1953) et en version reliée (1952), ou en club[3], il n'existe que deux versions commercialisées du *Petit Prince* en France : l'édition initiale brochée à rabats et une version luxe, reliée d'après la maquette de Paul Bonet et parue en mars 1951.

Paraît en 1979 une édition chez Gallimard Jeunesse, département de la maison mère datée au début des années 1970, en « Folio junior », la première collection de poche pour les enfants. Elle connaîtra un grand succès, preuve que l'ouvrage ne touche pas que des parents nostalgiques. Dès lors,

---

1. Voir p. 272-278.
2. Cette manière d'émancipation se voit consacrée, en France, par l'émission en 1993 du billet de cinquante francs à l'effigie de Saint-Exupéry, sur les deux faces duquel figure *Le Petit Prince*.
3. Une édition reliée du *Petit Prince* (tirage limité à 10 000 exemplaires) paraît en effet au Club du meilleur livre, propriété de Hachette et Gallimard, en 1957 ; elle est suivie d'une édition à la Nouvelle Librairie de France (1962) et au Club de l'honnête homme (1976).

les versions se sont multipliées : « Bibliothèque Folio junior » en 1982, hors-série jeunesse en 1983, livre-cassette en 1988, puis « Folio » en février 1999. Au final, c'est près de onze millions d'exemplaires de l'ouvrage qui ont paru en soixante ans, dont plus de la moitié au format poche.

La question des dessins

Revenons un grand pas en arrière. En 1999, disions-nous, « Folio » repartait de l'édition américaine pour établir fermement le texte et ses illustrations. C'est ainsi que l'astronome put enfin voir, dans sa lunette, une étoile qui avait malencontreusement été omise dans l'édition française de 1946 ! À cette occasion, il s'avéra que les dessins américains différaient de ceux reproduits en France. La maison Gallimard ne disposant pas à l'époque des dessins originaux du conte (qui apparaissent petit à petit depuis 1984 dans les ventes publiques, au fur et à mesure que les collectionneurs s'en dessaisissent[1]), elle fut obligée de faire réaliser des copies par l'intermédiaire de son photograveur pour obtenir un rendu satisfaisant. C'est ce qui est désigné, dans les devis et comptes cités ci-dessus, sous le terme de « établissement des modèles à l'aquarelle ». Un véritable travail de dessinateur fut effectué à cette occasion, fort bien fait et discret, mais tout de même peu fidèle aux détails et couleurs des aquarelles de l'auteur. L'impression en cinq couleurs (contre quatre dans l'originale) a pu

---

[1]. Quelques-uns sont reproduits *in* Antoine de Saint-Exupéry, *Dessins, op. cit.*

également induire des différences dans le rendu des teintes.

Aujourd'hui, l'ensemble est rétabli tel qu'en ses premiers jours et très exactement conforme à ce que Saint-Exupéry, de son vivant, avait souhaité. Cet aspect a son importance, maintenant qu'il est bien entendu que la genèse du personnage du petit prince fut bien graphique.

Après que la question du contrat eut été réglée avec la firme américaine Reynal & Hitchcock, Gallimard resta la seule firme « responsable » de la diffusion de ce livre dans le reste du monde, de ses traductions aussi bien que de ses adaptations théâtrales, musicales ou filmées (hors produits dérivés)... Pour une maison qui ne faisait que s'essayer, depuis le milieu des années 1930 et à l'imitation des ouvrages publiés par Paul Faucher chez Flammarion à l'enseigne du Père Castor, à l'édition pour la jeunesse, ce fut un choc. Mais cette nouvelle étape de son histoire éditoriale s'inscrivait aussi dans une manière de continuité. Car *Le Petit Prince*, ce n'est pas la moindre de ses singularités, est aussi le fils d'un certain classicisme à la française incarné par le milieu de la NRF — même si Saint-Exupéry savait parfois s'en démarquer, accusant les uns ou les autres de prendre la pose, de n'être point authentiques. Ce livre pour enfants, si singulier qu'il puisse paraître, se rattache profondément à l'œuvre littéraire de son auteur : que d'échos y peut-on entendre de *Terre des hommes*, de la *Lettre à un otage* et plus que tout encore de l'ample *Citadelle*, l'œuvre posthume inachevée, écrite pour partie aux États-Unis, simultanément au *Petit Prince*. Continuité profonde que désignait magnifiquement Roger Caillois dans sa préface à la première édition des *Œuvres complètes* de Saint-Exupéry dans la Pléiade (1953) : « Il écrit des traités de morale. Sous des revêtements divers, il n'écrit que cela : *Vol de Nuit* en est un, à l'égal de *Citadelle* ; *Le Petit Prince* à l'égal de *Terre des hommes*, sans compter la *Lettre à un otage* ; et ces *Carnets* où pourtant il n'est guère de sujet qui ne soit abordé : le moraliste perce jusque dans les fragments les plus étrangers à la morale. [...] Malgré l'apparence, il y a moins d'affabulation dans *Le Petit Prince* et dans *Citadelle*, où elle est limitée à l'évocation d'un décor favorable, qu'il ne s'en trouve dans *Courrier Sud* et dans *Vol de nuit*, où le milieu et les personnages, décrits pour eux-mêmes, tiennent une plus large place. [...] La transposition de la réalité y est faible. Mais elle est presque nulle dans *Le Petit Prince* et dans *Citadelle* qui résument et définissent, avec une nudité accrue, une expérience morale. »

Le succès du *Petit Prince*, au fond, c'est celui de la littérature et de ce qu'elle apprend aux hommes sur eux-mêmes. Ni plus ni moins.

THOMAS DE KONINCK[*]

Réflexions sur Le Petit Prince

Il n'existe pas, après la Bible, d'œuvre aussi universellement estimée sur tous les continents que *Le Petit Prince*, traduit en cent soixante langues et dialectes. Aucun écrivain n'aura rejoint et touché autant d'êtres humains, toutes cultures confondues, qu'Antoine de Saint-Exupéry. Les chefs-d'œuvre ne manquent pas, pourtant, au sein de la littérature mondiale. D'où peut donc bien venir cet accueil prodigieux ? Nous tenterons d'esquisser ici, en deux temps, des éléments de réponse à cette question.

La quête du sens

Certaines histoires dont les héros, frappés d'amnésie, ont oublié jusqu'à leur propre nom, évoquent l'oubli si fréquent, chez nous humains, de qui nous sommes. Les moments de tristesse ou d'angoisse, mais aussi d'émerveillement, d'extase même, l'expérience du beau sous l'une ou l'autre de ses innombrables formes, la joie de l'amour, celle de la

---

[*] Chaire « La philosophie dans le monde actuel », Université Laval (Québec).

découverte, le bonheur en ce sens, offrent autant de rappels de cet oubli. De même l'art véritable nous fait connaître, comme l'a si bien dit Marcel Proust, « cette réalité loin de laquelle nous vivons », qu'autrement « nous risquerions fort de mourir sans avoir connue, et qui est tout simplement notre vie[1] ». Car nous ne cessons d'amasser, au-dessus de nos impressions vraies, les traces des buts immédiats qui nous détournent de nous-mêmes, occultant l'immense édifice des vies diverses — intelligence, imagination, mémoire, affectivité — que nous menons parallèlement en notre for intérieur, de manière largement inconsciente, mais dont la croissance et le déploiement trouvent dans les arts des manifestations d'autant plus précieuses. L'œuvre de Saint-Exupéry en donne des exemples insignes, dont avant tout *Le Petit Prince*.

L'étonnement déconcerte, déroute, au point de faire parfois de celle ou de celui qui l'éprouve un être étrange, une sorte d'exilé dans le monde et dans la vie. Pour peu que nous manifestions un étonnement authentique, nous semblons venir d'une autre planète, à l'instar du petit prince. Le monde familier qui apparaissait évident ne l'est plus de la même manière, ne possède plus la même validité ; l'immédiat perd ce caractère ultime que nous lui accordions faussement, et nous voyons ce même monde comme bien plus profond, plus ample et plus mystérieux. L'étonnement donne à sentir combien est admirable qu'il existe espace, temps, lumière, air, mer et fleur, voire pieds, mains et œil, et peut-être avant tout ce que Saint-Exupéry appelle, dans *Terre*

---

1. Marcel Proust, *Le Temps retrouvé*, in *À la recherche du temps perdu*, Paris, Robert Laffont, 1987, vol. 3, p. 725.

des hommes, le « luxe véritable » des relations humaines, que figurent à leurs sommets la rose et le renard dans *Le Petit Prince*.

D'aucuns paraissent, il est vrai, peu enclins à l'étonnement, tel ce mort vivant que décrit Einstein : « J'éprouve l'émotion la plus forte devant le mystère de la vie. Ce sentiment fonde le beau et le vrai, il suscite l'art et la science. Si quelqu'un ne connaît pas cette sensation ou ne peut plus ressentir étonnement ou surprise, il est un mort vivant et ses yeux sont désormais aveugles[1]. » C'est une semblable absence de vie que révèlent au petit prince ses visites des planètes du roi, du vaniteux, du buveur, du businessman et du géographe, toutes « grandes personnes » s'occupant de « choses sérieuses ».

Le moment suprême de la vie humaine, déclarait Goethe en ses *Conversations avec Eckermann*, est justement celui de l'étonnement. « J'existe pour m'étonner », conclut même son poème *Parabase*. Tel est cet émerveillement que l'on entrevoit dans le regard de l'enfant, lumineux par excellence, qui voit bien le serpent boa digérant un éléphant là où l'adulte endurci ne voit qu'un chapeau, et le mouton dans le simple dessin d'une caisse. « Les grandes personnes ne comprennent jamais rien toutes seules, et c'est fatigant, pour les enfants, de toujours et toujours leur donner des explications », lit-on dès la seconde page du *Petit Prince*[2]. Saint-Exupéry suggère ainsi que le regard de l'enfant pressent déjà le visage plus profond de la réalité. Il ne dit

---

1. *Terre des hommes*, dans *OC*, I, p. 189 : « Il n'est qu'un luxe véritable, et c'est celui des relations humaines » ; et Albert Einstein, *Comment je vois le monde*, Flammarion, 1979, p. 10 (« Champs »).
2. *Le Petit Prince*, Gallimard, 2000, p. 10 (« Folio »).

pas que son regard se porte vers une autre réalité, dans une autre direction. C'est bien au contraire de ce monde-ci qu'il s'agit d'abord, de ce que nous voyons de nos yeux et pouvons toucher de nos mains. Même l'immédiat s'avère transparent pour les yeux qui savent interroger. Les choses perdent alors l'aspect ordinaire que leur prêtent la familiarité et ce « très grand vice, le vice de la banalité » (Baudelaire). « Il est tout à fait d'un philosophe, ce sentiment : s'étonner. La philosophie n'a point d'autre origine », écrivait Platon, énonçant ainsi pour la première fois ce qui deviendra un lieu commun. L'histoire authentique de la pensée ne fut jamais la transmission d'un savoir tout fait, mais bien celle de l'étonnement fondateur dont les anciens Grecs ont fourni l'exemple inégalé : « Vous autres Grecs, vous êtes toujours des enfants : un Grec n'est jamais vieux ! [...] Vous êtes tous jeunes par l'âme », déclare le prêtre égyptien du *Timée* de Platon[1].

L'émerveillement est à vrai dire au principe de toutes les grandes manifestations de l'humain — l'art, la science, l'éthique, la politique, la philosophie, la religion. Au principe, non pas seulement au sens de début, mais au sens plus profond d'une origine perpétuelle, d'un point de départ indépassable. Il rend en réalité attentif, attire, entraîne, fascine, offre un enracinement nouveau, plus profond, et s'oppose ainsi radicalement à la distraction frénétique et superficielle qui trahit bien plutôt un désir de se soustraire, de se dérober. Le voir de la curiosité en ce dernier sens est à l'opposé de celui de la contemplation du beau qu'illustre chez le petit prince la pas-

---

1. Charles Baudelaire, *Salon de 1859*, in *Œuvres complètes*, Robert Laffont, 1980, p.753. Platon, *Théétète*, 155 d ; *Timée*, 22 b.

sion des couchers de soleil. « Les hommes, dit le petit prince, ils s'enfournent dans les rapides, mais ils ne savent plus ce qu'ils cherchent. Alors ils s'agitent et tournent en rond... Et il ajouta : Ce n'est pas la peine... » « Ils sont bien pressés, dit le petit prince. Que cherchent-ils ? — L'homme de la locomotive l'ignore lui-même, dit l'aiguilleur [...] On n'est jamais content là où l'on est[1]. »

L'enfant en chacun de nous a de bonnes chances d'être ce philosophe, cet artiste, ce savant, trop vite étouffé souvent, refoulé par les adultes autour de lui, repoussé par une éducation qui n'a pas voulu honorer ses premières questions, vitales entre toutes la plupart du temps. Le petit prince, justement, « de sa vie, n'avait renoncé à une question, une fois qu'il l'avait posée[2] ». Sous l'emprise d'une rectitude politique ou l'autre, d'un attachement étroit à l'immédiat comme à une valeur ultime, ou d'un affairement perpétuel, chacune et chacun risque de s'emmurer dans une quotidienneté où tout va de soi. Et pourtant, l'existence elle-même va-t-elle de soi ? Le fait de voir ou d'entendre, d'imaginer et de penser, d'aimer, vont-ils de soi ? Rien ne va de soi ni ne peut aller de soi pour qui ose réfléchir. Le monde où nous sommes est extraordinaire — extraordinairement beau à vrai dire — et l'humain encore plus, ainsi que ne cessent de le faire pressentir à neuf les génies. Or « le beau *est* ce qui rend heureux », comme le remarquait Wittgenstein en ses *Carnets*[3].

1. *Le Petit Prince*, respectivement p. 80 et p. 74.
2. *Ibid.*, p. 56.
3. Ludwig Wittgenstein, *Notebooks 1914-1916*, edited by G. H. von Wright and G. E. M. Anscombe, with an English translation by G. E. M. Anscombe, Oxford, Blackwell, 1979, p. 86.

Il y a un autre aspect de la quête de sens qu'on ne saurait trop marquer et qui a un rapport direct au temps. Celles et ceux qui s'étonnent véritablement partent pour un long voyage, puisqu'ils persistent à chercher. La littérature depuis l'*Odyssée* d'Homère est remplie de figures humaines symboliques en quête de ce qu'elles ne possèdent *pas encore*. De plus, l'émerveillement est source de joie, la joie de qui s'étonne étant le commencement de quelque chose, l'éveil d'une âme alerte devant l'inconnu. « Manquer la joie, c'est tout manquer », répétait William James citant R. L. Stevenson[1]. L'étonnement, en un mot, révèle une espérance. Sa structure même est celle de l'espérance, caractéristique du philosophe, mais aussi de l'existence humaine tout court. Nous nous découvrons comme perpétuellement « en route ». « Nous ne vivons jamais, mais nous espérons de vivre », disait Pascal[2]. Le paradoxe est à la fois le caractère profondément humain de cette quête et qu'elle puisse rendre la vie à ce point digne d'être vécue. « Les enfants seuls savent ce qu'ils cherchent, fit le petit prince. Ils perdent du temps pour une poupée de chiffons, et elle devient très importante, et si on la leur enlève, ils pleurent... — Ils ont de la chance, dit l'aiguilleur. » Mieux encore : « C'est le temps que tu as perdu pour ta rose qui fait ta rose si importante[3]. »

Devant le marchand de « pilules perfectionnées » par la vertu desquelles on n'éprouverait plus le besoin de boire, ce qui constituerait « une grosse éco-

---

1. William James, « On a Certain Blindness in Human Beings », in *Talks to Teachers on Psychology and to Students on Some of Life's Ideals*, New York, Dover Publications, 1962, p. 118.
2. Pascal, *Pensées*, Brunschvicg, 172, Lafuma, 47.
3. *Le Petit Prince*, p. 75 et p. 72.

nomie de temps », à raison de « cinquante-trois minutes par semaine », le petit prince se dit : « Si j'avais cinquante-trois minutes à dépenser, je marcherais tout doucement vers une fontaine... » « Le désert est beau, ajouta-t-il. Et c'était vrai. J'ai toujours aimé le désert. On s'assoit sur une dune de sable. On ne voit rien. On n'entend rien. Et cependant quelque chose rayonne en silence... — Ce qui embellit le désert, dit le petit prince, c'est qu'il cache un puits quelque part... » Il faut également citer le renard : « On ne connaît que les choses que l'on apprivoise, dit le renard. Les hommes n'ont plus le temps de rien connaître. Ils achètent des choses toutes faites chez le marchand. Mais comme il n'existe point de marchands d'amis, les hommes n'ont plus d'amis. Si tu veux un ami, apprivoise-moi ! — Que faut-il faire ? dit le petit prince. — Il faut être très patient, répondit le renard[1]. »

En cette quête de sens, le rôle si déterminant et profond des émotions, des passions, de la dimension affective de l'expérience humaine, nous échappe trop souvent. Combien pauvres seraient nos vies sans la variété infinie des tonalités affectives, les nuances multiples que nous vaut à chaque instant notre affectivité. Les états affectifs recèlent des intentions dans leur dynamisme intérieur. L'affectivité concentre notre attention sur les valeurs que l'autre fait naître en nous. Il y a une découverte émotive de la valeur de telle personne, par exemple, une présence de l'autre dans l'émotion. Mais une présence aussi à soi-même en même temps. La nostalgie en l'absence de l'être aimé, la joie en sa présence, le démontrent. « Si quelqu'un aime une

---

1. *Ibid.*, respectivement p. 75-76, p. 77 et p. 69.

fleur qui n'existe qu'à un exemplaire dans les millions et les millions d'étoiles, ça suffit pour qu'il soit heureux quand il les regarde. Il se dit : "Ma fleur est là quelque part...". Mais si le mouton mange la fleur, c'est pour lui comme si, brusquement, toutes les étoiles s'éteignaient ! Et ce n'est pas important ça[1] ! »

L'amour s'apprend, par l'amour reçu d'abord, qui le premier donne le goût de vivre en donnant sens à l'existence. « C'est là le fond de la joie d'amour, lorsqu'elle existe : nous sentir justifiés d'exister », écrivait Sartre dans une de ses meilleures pages[2]. L'amour déclare : « il est bon que tu existes »; la haine cherche au contraire l'exclusion, l'élimination, elle est aveugle et homicide. Le désir de reconnaissance, si profond en chaque être humain, trouve sa forme la plus parfaite dans le désir d'être aimé et d'aimer en retour.

C'est ce que rend bien *Lettre à un otage*, dont la pertinence aujourd'hui se passe de commentaire : « Du sourire des sauveteurs, si j'étais naufragé, du sourire des naufragés, si j'étais sauveteur, je me souviens aussi comme d'une patrie où je me sentais tellement heureux. Le plaisir véritable est plaisir de convive. Le sauvetage n'était que l'occasion de ce plaisir. L'eau n'a point le pouvoir d'enchanter, si elle n'est d'abord cadeau de la bonne volonté des hommes. Les soins accordés au malade, l'accueil offert au proscrit, le pardon même ne valent que grâce au sourire qui éclaire la fête. Nous nous rejoignons dans le sourire au-dessus des langages, des castes, des partis[3]. »

---

1. *Ibid.*, p. 30.
2. Jean-Paul Sartre, *L'Être et le Néant*, Gallimard, 1943, p. 439.
3. *Lettre à un otage*, IV (*OC*, II, p. 100).

La planète du petit prince

Le propos suivant de *Citadelle* trouve de magnifiques échos dans *Le Petit Prince* : « Car j'ai découvert une grande vérité. À savoir que les hommes habitent, et que le sens des choses change pour eux, selon le sens de la maison[1]. » Ne lit-on pas, en effet, dans *Le Petit Prince* : « Lorsque j'étais petit garçon j'habitais une maison ancienne, et la légende racontait qu'un trésor y était enfoui. Bien sûr, jamais personne n'a su le découvrir, ni peut-être même ne l'a cherché. Mais il enchantait toute cette maison. Ma maison cachait un secret au fond de son cœur...
— Oui, dis-je au petit prince, qu'il s'agisse de la maison, des étoiles ou du désert, ce qui fait leur beauté est invisible ! — Je suis content, dit-il, que tu sois d'accord avec mon renard[2]. »

Aucun de nous n'habite tout à fait la même planète. Le monde se dévoile dans l'expérience affective, et nous n'y sommes pas de la même manière selon que nous faisons l'expérience de l'angoisse ou de la joie, par exemple. Notre planète est certes ce lieu concret appelé Terre mais elle est bien plus encore cette seule planète où, toujours, nous habitons, qui est dans notre imagination et dans notre cœur, peuplée de tous ceux et celles que nous aimons, dont le visage peut s'être effacé mais la présence demeure, et les paroles et le sourire. La planète qui compte pour nous, c'est celle que nous portons en nous, c'est le lieu où l'on a découvert la beauté, l'universel, la fragilité et la puissance de la vie, la

---

1. *Citadelle* (*OC*, II, p. 375).
2. *Le Petit Prince*, p. 78.

tristesse, le désenchantement, l'insensé, la joie, l'amour, la vie du sens se construisant dans une approximation permanente. « Ce qui m'étonne si fort de ce petit prince endormi, c'est sa fidélité pour une fleur, c'est l'image d'une rose qui rayonne en lui comme la flamme d'une lampe, même quand il dort[1]... »

Saint-Exupéry rejoint ici l'intuition de Hölderlin : « C'est poétiquement que l'homme habite », et ce que Paul Ricœur appelle « toute la sphère de passivité *intime* », admirablement explorée et approfondie en philosophie française au XXe siècle, avant tout par Michel Henry[2]. Il est aisé de constater au départ que la conscience affective n'est pas le savoir d'un objet, lequel peut toujours être mis en doute, par la science notamment, qui ne le détermine que par approximations et rectifications successives. Les sentiments que j'éprouve — plaisir, douleur, joie — demeurent en revanche irréfutables, en tant du moins qu'ils sont éprouvés. « Je souffre, j'ai peur, j'éprouve du plaisir. Ma douleur est douleur, mon souci est souci, ma joie est joie. Et ces états existent comme j'existe moi-même. Nous voici devant la suprême évidence[3]. » Merleau-Ponty parlait d'une essence affective, au sens d'une figure singulière, unique, incomparable. L'exemple de Paris est célèbre et rend bien cette forme d'expérience : « Paris n'est pas pour moi un objet à mille facettes, une somme de perceptions, ni d'ailleurs la loi de toutes ces perceptions. Comme un être manifeste la même essence affective dans les gestes de sa main, dans sa démarche et dans le son de sa voix, chaque percep-

---

1. *Ibid.*
2. Paul Ricœur, *Soi-même comme un autre*, Seuil, 1990, p. 371.
3. Ferdinand Alquié, *La Conscience affective*, Vrin, 1979, p. 174-175.

tion expresse dans mon voyage à travers Paris — les cafés, les visages des gens, les peupliers des quais, les tournants de la Seine — est découpée dans l'être total de Paris, ne fait que confirmer un certain style ou un certain sens de Paris. [...] Il y a là un sens latent, diffus à travers le paysage ou la ville, que nous retrouvons dans une évidence spécifique sans avoir besoin de le définir[1]. »

Mais il y a un autre aspect de l'affectivité, plus profond et plus radical, qu'a excellemment mis en relief Michel Henry : « Ce qui se sent, sans que ce soit par l'intermédiaire d'un sens, est dans son essence affectivité[2] ». La passivité que comporte la perception est essentiellement passivité à l'égard d'une altérité. « La passivité propre à l'affectivité, au contraire, est sans distance, sans médiation et sans altérité. En elle, c'est le "soi" lui-même qui s'affecte[3]. » Ainsi, il n'y a pas un pouvoir de sentir qui serait distinct du sentiment et qui recevrait pour ainsi dire celui-ci de l'extérieur, comme il y a un pouvoir d'entendre qui reçoit de l'extérieur les sons qui portent les messages. « C'est l'amour, bien plutôt, ou l'ennui, c'est le sentiment lui-même qui se reçoit ou s'éprouve lui-même, de telle manière que cette capacité de se recevoir, de s'éprouver soi-même, d'être affecté par soi, constitue précisément ce qu'il y a d'affectif en lui, et ce qui fait de lui un sentiment[4]. »

1. Maurice Merleau-Ponty, *Phénoménologie de la perception*, Gallimard, 1945, p. 325.
2. Michel Henry, *L'Essence de la manifestation*, PUF, 1990, 2ᵉ édition, p. 577 (« Épiméthée »).
3. Jean Ladrière, « La ville, inducteur existentiel », in *Vie sociale et destinée*, Duculot, 1973, p. 151.
4. Michel Henry, *L'Essence de la manifestation*, op. cit., p. 580.

On définit l'affectivité comme *la capacité d'éprouver des sentiments*. Elle est, comme le mot l'indique, *la capacité d'être affecté*. Par elle, nous sommes faits dépendants des autres, du monde, exposés, passifs. Cette passivité est à la fois ouverture et dépassement. Le sentiment ne se manifeste pas sous la forme d'une représentation, d'une idée, mais plutôt comme une épreuve concrète. Il est toujours et nécessairement tel sentiment particulier — la joie, telle joie, la tristesse, telle tristesse, la peur, telle peur —, avec par suite une tonalité qui n'est que de lui et qui ne peut se saisir que dans le moment même où on l'éprouve. La tristesse n'est pas, si on veut, le monde, mais une modalité de ma présence à moi-même, où le monde apparaît comme triste d'abord et essentiellement parce que *je suis* triste. Tant et si bien que je me reçois ainsi à tout instant dans ma contingence même. La vie n'est pas présente *devant* nous. Le soi est affectivité, il est possibilité d'être affecté par lui-même. Il s'éprouve dans le sentiment, dans une disposition à subir, à recevoir le monde même.

Au passage que nous citons de *Citadelle*, Saint-Exupéry ajoute : « Et les rites sont dans le temps ce que la demeure est dans l'espace. Car il est bon que le temps qui s'écoule ne nous paraisse point nous user et nous perdre, comme la poignée de sable, mais nous accomplir. Il est bon que le temps soit une construction. Ainsi je marche de fête en fête, et d'anniversaire en anniversaire, de vendange en vendange, comme je marchais, enfant, de la salle du conseil à la salle du repos, dans l'épaisseur du palais de mon père, où tous les pas avaient un sens[1]. » À quoi font écho ces propos du renard : « Si tu

---

1. *Citadelle* (*OC*, II, p. 376).

viens, par exemple, à quatre heures de l'après-midi, dès trois heures je commencerai d'être heureux. Plus l'heure avancera, plus je me sentirai heureux. À quatre heures déjà, je m'agiterai et m'inquiéterai ; je découvrirai le prix du bonheur ! Mais si tu viens n'importe quand, je ne saurai jamais à quelle heure m'habiller le cœur... Il faut des rites. — Qu'est-ce qu'un rite ? dit le petit prince. — C'est aussi quelque chose de trop oublié, dit le renard. C'est ce qui fait qu'un jour est différent des autres jours, une heure des autres heures. Il y a un rite, par exemple, chez mes chasseurs. Ils dansent le jeudi avec les filles du village. Alors le jeudi est jour merveilleux[1] ! »

Cet apprivoisement entraîne cependant la responsabilité : « Tu deviens responsable pour toujours de ce que tu as apprivoisé. Tu es responsable de ta rose... » Il en découle de l'angoisse comme de la joie : « Tu sais... ma fleur... j'en suis responsable ! et elle est tellement faible ! Et elle est tellement naïve. Elle a quatre épines de rien du tout pour la protéger contre le monde[2]... » Dans toutes les modalités affectives se découvrent en réalité ces deux tonalités fondamentales : l'angoisse face à la contingence de nos vies, l'imminence en elles de la mort mais aussi l'exaltation, la joie, devant la promesse qui traverse nos vies : joie de l'esprit, joie du cœur. La perception d'une personne est celle d'une présence où se livre la vie même, porteuse de possibilités infinies. Le visage se révèle à la manière d'une mélodie, où chaque moment exprime un tout qui n'est aucunement une addition de parties mais une manifestation progressive de soi. Le visage, la mélo-

---

1. *Le Petit Prince*, p. 69-70.
2. *Ibid.*, respectivement p. 74 et p. 90.

die et la vie sont, en d'autres termes, des touts dynamiques. Chaque personne a une « essence », une figure unique, incomparable — non pas « intelligible », mais « affective ». Dans cet ordre d'expérience, « tout comprendre est affectif[1] ». « Va revoir les roses. Tu comprendras que la tienne est unique au monde. Tu reviendras me dire adieu, et je te ferai cadeau d'un secret. Le petit prince s'en fut revoir les roses. — Vous n'êtes pas du tout semblables à ma rose, vous n'êtes rien encore, leur dit-il. Personne ne vous a apprivoisées et vous n'avez apprivoisé personne. [...] Vous êtes belles, mais vous êtes vides, leur dit-il encore. On ne peut pas mourir pour vous. » « Adieu, dit le renard. Voici mon secret. Il est très simple : on ne voit bien qu'avec le cœur. L'essentiel est invisible pour les yeux. — L'essentiel est invisible pour les yeux, répéta le petit prince, afin de se souvenir[2]. »

Les émotions ne sont pas statiques, elles sont des mouvements, des « motions ». Tristesses, douleurs, angoisses, soucis ; sérénité, joie, allégresse, adoration, prière, amour ; tous ces mouvements de l'âme renaissent en nous grâce aux arts, avec d'infinies nuances ; ces dimensions essentielles de notre être intime nous sont en quelque sorte manifestées en leur vie même. Chaque modalité affective s'y exprime d'une manière originale, elle éclaire le rapport obscur de la subjectivité à elle-même en y découvrant les configurations variées de sa présence à elle-même, la gamme et le registre de l'affectivité. Épanchement libre de la passion et de l'imagination qui élève l'âme, en lui permettant de se distancer

---

1. Michel Henry, *L'Essence de la manifestation*, op. cit., p. 603.
2. *Le Petit Prince*, p. 71-72.

d'elle-même pour mieux saisir son être le plus profond, en son dynamisme même et dans sa soumission au temps, justement, la musique en particulier s'avère essentielle à la connaissance de soi. Mais le mot *mousikê* évoque le festival des Muses dans la mythologie grecque, signifiant l'inspiration de tous les arts, tous conviés à la célébration, spécialement le chant poétique. L'être humain chante l'acceptation amoureuse de la splendeur du monde, de la grâce du don de beauté. « Tu entends, dit le petit prince, nous réveillons ce puits et il chante... [...] C'était doux comme une fête. Cette eau était bien autre chose qu'un aliment. Elle était née de la marche sous les étoiles, du chant de la poulie, de l'effort de mes bras. Elle était bonne pour le cœur, comme un cadeau[1]. »

Dans toutes les planètes visitées, l'homme le moins absurde aux yeux du petit prince était l'allumeur de réverbères. « Au moins son travail a-t-il un sens. Quand il allume son réverbère, c'est comme s'il faisait naître une étoile de plus, ou une fleur. Quand il éteint son réverbère, ça endort la fleur ou l'étoile. C'est une occupation très jolie. C'est véritablement utile puisque c'est joli. » C'était aussi « parce qu'il s'occupe d'autre chose que de soi-même. [...] Celui-là est le seul dont j'eusse pu faire mon ami[2] ».

C'est toutefois sa propre planète surtout dont le petit prince découvre à neuf le sens et la beauté, malgré la menace des baobabs et des volcans, grâce aux couchers de soleil et à sa rose avant tout. Nous pouvons tous et toutes habiter à notre manière l'une

1. *Ibid.*, p. 80-81.
2. *Ibid.*, p. 51-52 et p. 52.

ou l'autre des planètes décrites dans *Le Petit Prince*. Une planète comparable à celle du petit prince a cependant de bonnes chances d'être la seule que nous souhaitions vraiment habiter au fond de nous-mêmes. Le texte du *Petit Prince* est, à son tour, si « habitable » que nous pouvons nous y sentir « chez nous », près de tant d'autres humains. De là sans doute son immense audience.

VIRGIL TANASE[*]

Le Petit Prince *au théâtre*

*Pourquoi adapter pour le théâtre
un texte littéraire ?*

Détrompez-vous : s'il nous arrive parfois d'adapter pour le théâtre un texte qui ne lui est pas destiné, ce n'est certainement pas au bénéfice des cancres, que la lecture rebute. Encore moins pour le profit d'un spectateur dont les soucis professionnels et autres bornent la bienveillance culturelle à la durée d'un spectacle à même de condenser en une heure ou deux l'épaisseur des *Frères Karamazov* ou les quinze volumes de *À la recherche du temps perdu*. Et rien ne nous permet non plus de supposer que le langage des corps serait plus efficace que celui des lettres, au contraire.

En un mot, l'excellence du théâtre ne peut remplacer celle de la littérature, et réciproquement. Entre les deux l'écart n'est pas moins fabuleux qu'entre le 104e sonnet de Pétrarque et sa version pour piano de Liszt, entre *La Tentation de saint*

---

[*] *Virgil Tanase, dramaturge, romancier et critique, a écrit et mis en scène l'adaptation théâtrale du* Petit Prince *créé à Paris, au Théâtre Michel, le 22 mars 2006.*

Antoine de Flaubert et le tableau de Breughel qui lui a servi de modèle, entre l'histoire racontée par Ovide dans *Les Métamorphoses* et la *Daphné* du Bernin de la villa Borghèse. À telle enseigne que nous sommes tentés de croire qu'aucun discours ne parle mieux de ce qui appartient en propre au théâtre, d'une part, et à la littérature, de l'autre, que ces œufs de coucou glissés dans le nid d'un étranger. Et c'est déjà une bonne raison de le faire, ne fût-ce que pour battre en brèche cette idée pernicieuse selon laquelle il suffirait de bien réciter le texte pour avoir le droit de convoquer les gens autour d'une scène.

Question incontournable, donc, si l'on veut appréhender les raisons de cette démarche : qu'est-ce que le théâtre ? Nous sommes tenus d'y répondre au risque, sinon, de remplacer le jeu par la lecture, et décevoir ceux qui, possesseurs d'un poste de radio, regrettent si souvent de n'avoir pas écouté la pièce chez eux, en pantoufles devant la cheminée, puisque, de toute évidence, les comédiens, sur scène, ne sont pas à même d'être plus présents que leur voix, dont les ondes impalpables exaucent entièrement les exigences.

Si tout le monde s'accorde pour reconnaître que la substance du théâtre est le comédien, il y a dispute sur ce que cela veut dire. Serait-il une sorte de haut-parleur qui reçoit n'importe quel message pour l'amplifier ? ou un amuseur qui grossit les traits d'un personnage jusqu'à nous faire retrouver les joies des enfants, ravis lorsqu'un clown se flingue avec un pistolet dont les balles sont des tomates ? Serait-il un « support d'événements », en droit de montrer ses fesses contre rémunération dès qu'un coup de pied les a molestées, perturbant ainsi l'ordre social et politique ? Serait-il une marionnette de chair qui sert d'écriture à un metteur en scène tout aussi absent que l'auteur, et qui s'en sert pour des séries de tableaux vivants ? Serait-il, le comédien de théâtre, une simple ombre chinoise, parfois polychrome, telle celle des écrans où, réduit à l'épaisseur d'une feuille, il se laisse si facilement substituer par les images de synthèse qui... tiens ! elles sont incompétentes sur scène, où il nous faut la présence concrète de cet artisan étrange dont le métier consiste à prouver que, par nature, l'homme peut être un autre. Dont l'excellence se mesure à l'aune de sa capacité de simulation. Comme s'il voulait démontrer qu'un même coffre de chair et de sang peut abriter des personnages différents, ce qu'aucune bête n'est à même de faire, condamnée à rester toujours pareille à elle-même, et à toutes celles qui lui ressemblent.

L'information n'est pas bénigne. En nous retirant ainsi de la meute, elle nous oblige à prendre des responsabilités : celui que je suis aurait pu être un autre. Ce qui veut dire, partant, que ce que je suis, je le suis par choix. Le spectateur de théâtre, qui en achetant son billet voulait peut-être simplement se divertir, sent, par la vertu du comédien, qu'il pourrait, lui aussi, offrir un autre contenu à son contenant. Il acquiert, soudain, un devenir. Rien n'est plus troublant que cette sensation d'étrangeté : si mon cœur se serre quand je vois Richard III séduire lady Anne, ou lorsque l'oncle Vania compte l'huile et le millet, c'est tout simplement parce que je pourrais être l'un ou l'autre, puisque quelqu'un qui me ressemble parvient à changer le programme de son ordinateur de chair pour le remplacer par celui d'un personnage.

Ah, le voilà le piège que nous tend le théâtre, le vrai, depuis deux mille cinq cents ans au moins : nous croyons être séduits par une histoire et par des images, par la déclamation et par le mariage de tous les arts en un seul, qui sont en fait le châssis et rien de plus, le miroir aux alouettes dont les lueurs divertissantes donnent au comédien le répit de faire son travail de sape : il est celui qu'il n'est pas, et par cela il nous oblige de reconnaître que l'homme est celui qui peut — et doit ! — devenir un autre. Meilleur à l'occasion, ou pire, mais alors à ses risques et périls puisqu'il n'y a personne à le secourir lorsqu'il lui faudra admettre qu'ayant débuté sa vie du côté de chez Roméo, il la finit en Ivan Kouzmitchi Podkalesin, par exemple.

Cette expérience, aucun autre art n'est à même de la proposer. Elle se paye par une sorte de désaffection morale, puisque les monstres sont, au théâtre, tout aussi efficaces que les ingénues, et il vaut mieux, pour le comédien, de nous convaincre qu'il est Tamerlan le sanguinaire que de manquer de crédibilité en jouant don Rodrigue — puisque, du point de vue de leur fonction théâtrale, les deux rôles se valent.

Nous voilà enfin, peut-être, en mesure de répondre à ceux qui trouvent fastidieux de chercher ailleurs une matière dont la littérature dramatique est tellement riche. Ils ont souvent raison. À cela près que si le but du jeu est de prouver à quel point un homme peut être différent de lui-même, plus l'écart est grand plus l'horizon de notre humanité s'élargit. Et il est vrai que la réflexion romanesque offre parfois des personnages pour la description desquels l'auteur de théâtre se trouve démuni. À moins de transformer les didascalies en fragments d'épopée, les dimensions d'une pièce imposent trop de sous-entendus. Elles appauvrissant non la personnalité du héros mais les repères que le dramaturge est en mesure de nous offrir pour l'appréhender.

Oui, c'est vrai, lorsqu'il offre sa chair à Arlequin, le créateur d'un personnage de théâtre doit faire des efforts d'imagination créatrice infiniment plus importants que si l'auteur lui offre Raskolnikov sur un plateau de huit cents pages.

Il est vrai aussi que certains personnages littéraires ont acquis des dimensions mythiques tellement étonnantes que le comédien est tenté de se mettre à leur épreuve, persuadé qu'il est de son devoir de démontrer qu'ils nous habitent aussi. Qu'ils nous ressemblent. Qu'à l'occasion leur horizon pourrait nous offrir une destinée, et leur esprit nous visiter pour éclairer le nôtre.

D'où l'envie d'adapter *Le Petit Prince*.

Pourquoi adapter pour le théâtre
Le Petit Prince *?*

Un texte mondialement connu. De ceux qui, tels *Don Quijote*, *Les Aventures de Tom Sawyer* ou *Le Merveilleux Voyage de Nils Holgersson*, font immanquablement le bonheur des enfants de partout. Et des parents aussi, qui y trouvent non seulement le goût de leur jeunesse, mais également une extraordinaire leçon de vie.

Le Petit Prince d'Antoine de Saint-Exupéry est, certes, pour les enfants, le récit d'un voyage. Un personnage miraculeux quitte sa petite planète et les lubies d'une fleur pour rencontrer des interlocuteurs qui, comme par hasard, figurent nos défauts les plus flagrants : un roi imbu de son pouvoir, un vaniteux, un ivrogne, un businessman dont les efforts sont dénués de sens... Arrivé sur la planète Terre (qui a pourtant une bonne réputation), un renard lui fait découvrir qu'« apprivoiser » est une joie amère. Notre routard interplanétaire transmet cette leçon à un aviateur égaré dans le désert, qui ressemble tellement à l'auteur que l'on se met à penser à un dessin de Saint-Exupéry dont la légende nous apprend qu'il représente « Roger Beaucaire à l'époque où Polytechnique n'avait pas entamé sa candeur » ; à un autre, tiré d'une lettre, où on le voit, au pied d'un arbre, une fleur à la bouche... ; à un autre encore : il se trouve bel et bien sur sa planète cernée d'étoiles, les vents cosmiques agitent son foulard, et lui, indifférent à la magnificence des espaces infinis, demande simplement : « Où êtes-vous Consuelo ? »

C'est la clé du récit.

S'il en fallait une pour nous faire comprendre qu'il n'y a pas d'autre petit prince que Saint-Exupéry lui-même. « J'ai eu tort de vieillir, confesse Saint-Exupéry dans une de ses lettres. J'étais si heureux dans l'enfance. C'est maintenant qu'elle se fait douce l'enfance... » Les soucis de la vie, nos ambitions et nos faiblesses, nos méprises aussi, nous font traverser le monde des grandes personnes, des gens sérieux, en quête d'un bonheur tout aussi convenu, en oubliant l'extraordinaire candeur que nous traînons, avec quelques vieilles peluches, dans la valise d'accessoires, et dont l'éclat devrait suffire à nous rendre heureux.

Oui, tout n'est pas définitivement perdu. Tout n'est pas perdu puisqu'il suffit de toucher les pages d'un livre pour enfants, d'effleurer les cheveux d'une poupée de son, de retrouver un petit goût de madeleine trempée dans une infusion de thé, ou de tilleul, puisqu'il suffit d'une musique foraine ou simplement d'un bout de rêve pour ressusciter le petit prince qui aussitôt s'invite dans notre vie adulte et nous demande de lui dessiner un mouton.

Mais le théâtre dans tout cela ?

Par la force des choses, il apporte un éclairage qui change la distribution des rôles, si je puis dire. Puisque le petit prince est une part de nous-même, le comédien se doit d'assumer notre propre désarroi. S'il parvient, lui, à vivre, ne fût-ce que pour une heure, la vie de celui qui retrouve en lui sa part d'enfance, quelle gifle pour ceux d'entre nous qui s'y dérobent !

« Et les enfants alors ? » risquent de s'écrier tous ceux qui défendent les tranches d'âge, les rayons spécialisés et, dans un coin des écrans de télévision, les pastilles vertes, jaunes ou rouges qui font savoir aux parents s'il est ou non souhaitable de permettre aux jeunes générations l'accès aux images — oh, si seulement les loups pouvaient interdire à leurs petits d'assister aux scènes de chasse, si seulement les antilopes pouvaient brouiller les images des bêtes qui les égorgent, puisque, de toute façon, même chez les hommes, proscrire les scènes de cul serait tellement vieux jeu ! Quel bond de civilisation si nous pouvions faire nos guerres sans les montrer aux moins de douze ans, si nous pouvions leur cacher la misère de ceux que nous dépouillons, si nous pouvions, pour plonger jusqu'aux épaules nos mains dans les turpitudes rémunératrices, attendre l'heure du marchand de sable... ! Mais ce n'est pas mon propos, ici.

— *Votre spectacle est bien pour les enfants, non ?*

Oui. Pas seulement, mais oui. À cela près qu'il faudrait bien s'entendre sur ce que cela veut dire.

Parce que, justement, à la différence de l'adulte qui, en essayant de sauver son passé, bouche ses lendemains, l'enfant est celui dont l'avenir, encore inconsistant, n'a d'autre réalité que celle d'un rêve. Cette réalité, il l'appréhende par le jeu, et son jeu est un théâtre. Il prend, pour un laps de temps borné par l'ennui, le rôle qui lui convient : il est pompier ou infirmière ou marin ou maîtresse d'école ou cosmonaute pour expérimenter des conditions diverses qui ne sont, souvent, que des fantasmes ; qui lui permettent néanmoins d'explorer son paysage intérieur. Il est le petit prince par vocation naturelle, et transforme sans peine son interlocuteur, au gré du jeu, en aviateur ou en roi, en ivrogne ou en savant géographe. Tout comme il change, porté par cette même démarche, un pot de fleurs en fez, un foulard en serpent, un instrument de musique en puits de village, un meuble en avion. Lequel d'entre nous n'a pas fait, quand il était petit, le tour du monde perché dans un arbre que l'on pilotait en manipulant une branche ? L'enfant est par nature le spectateur idéal, qui ne demande jamais pourquoi il n'y a pas le quatrième mur sur scène, et s'étonne même qu'on ait besoin, pour tuer le méchant, d'un pistolet qui pète puisqu'il le fait, lui, tous les jours pendant les récréations (et pas seulement !) avec l'équerre.

À condition, oui, d'y croire : « Les enfants seuls savent ce qu'ils cherchent, nous avertit le petit prince. Ils perdent du temps pour une poupée de chiffons, et elle devient très importante, et si on la leur enlève, ils pleurent. » Comme les comédiens qui souffrent pour une femme qui n'est pas la leur, qui se désolent de la pourriture d'un royaume qui n'existe pas, qui se meurent d'avoir vendu une âme qu'ils n'ont pas.

Pourquoi *Le Petit Prince* au théâtre ? Tout simplement parce que c'est le théâtre. Non dans l'écriture, mais par la nature de ses lecteurs. Notre démarche répond à celle de Saint-Exupéry qui, cette fois, a voulu nous parler par l'intermédiaire d'un livre pour enfants, lesquels sont en soi comédiens... tant qu'ils le sont encore. Nous ne faisons rien d'autre qu'offrir à l'auteur, avec des moyens plus importants que d'ordinaire, la démarche qui lui tenait à cœur — et dont la vocation est sans équivoque puisqu'il s'adresse, disons-le encore, à cette partie du public et à cette partie de nous-même qui fait du théâtre comme Monsieur Jourdain fait de la prose.

Partant, notre exigence n'est autre que d'être des lecteurs loyaux d'un texte dont l'aboutissement est un jeu, auquel nous nous prêtons à notre façon.

En respectant, certes, les exigences de nos camarades de jeu, les enfants, lesquelles sont simples et pertinentes — le théâtre se porterait sans doute mieux s'il se pliait à cette censure qui n'accepte pas de chercher les émotions dans les concepts, qui refuse de se gratter l'oreille droite avec la main gauche, qui exclut l'arbitraire dont les éclats surprennent parfois mais finissent toujours par lasser. Qu'il me soit permis d'évoquer ici Mihai Dimiu, mon professeur de mise en scène, qui nous conseillait de convoquer aux dernières répétitions du *Roi Lear,* du *Tartuffe* ou de *Six personnages en quête d'auteur* les enfants des comédiens : « Regardez-les attentivement, disait-il, et vous saurez exactement où il vous faut serrer les boulons : le théâtre est un jeu, et le jeu ne doit jamais ennuyer un môme... ! »

Comment adapter pour le théâtre
Le Petit Prince *?*

Le Petit Prince est un récit. Quelqu'un raconte une histoire dont il connaît déjà le dénouement, et dont il organise les épisodes selon les besoins d'une stratégie de séduction livresque. Celui qui parle ne change pas d'attitude : ce qu'il relate, il le sait déjà. Il n'y a pas de place ici, vous vous en doutez bien, pour le comédien. Pour que celui-ci puisse exister, il est indispensable qu'il retrouve les sensations de celui qui est en train de vivre une aventure dont il est partie prenante. Le théâtre a besoin de présent.

Notre adaptation rend à l'histoire du petit prince sa chronologie naturelle : l'apparition d'une rose sur une planète qui n'en connaissait pas, les caprices de cette fleur d'une beauté troublante, le départ du petit prince, ses différentes rencontres, son retour supposé. Toute cette chronologie est enchâssée dans une autre, celle de l'auteur lui-même, devenu adulte et qui, un jour, ressuscite l'enfant qu'il a été.

Le Petit Prince est un de ces rares textes pour enfants que les parents lisent et relisent sans désenchanter. Les premiers y trouvent une histoire extraordinaire avec des personnages fabuleux. Les autres se plaisent à constater que les choses du monde peuvent être simples quand nous les regardons avec l'intelligence du cœur. Notre spectacle doit séduire les enfants sans décevoir leurs parents.

Il sera construit selon la logique du vitrail : les bouts de verre racontent une histoire sans occulter cette lumière qui vient d'ailleurs et qui les rend parlants. Les épisodes s'enfilent pour raconter les pérégrinations interplanétaires d'un petit bonhomme investi de pouvoirs magiques. Chacun est une leçon de vie. Le voyage nous distrait, les haltes nous instruisent.

Le Petit Prince c'est l'histoire de ceux qui, devenus adultes, pour mener une vie de « grandes personnes », ont fait taire l'enfant qui les habite.

Notre spectacle est celui d'un homme qui, à l'occasion, se débarrasse de ses vêtements de grande personne pour donner la parole à l'enfant qui est en lui — « le musicien, le poète, l'astronome sous la glaise endurcie » dont parle *Terre des hommes*. Le narrateur *est* le petit prince, et le spectacle un monologue déguisé. Un monologue qui, justement, parce qu'il s'agit de retrouver l'enfant qui nous habite, prend les usages de l'enfant, à savoir le jeu : on disait que j'étais le roi, et j'étais aussi un petit prince venu d'une autre planète... Un jeu, quoi !

Notre spectacle sera un jeu, avec toutes les conventions d'un jeu d'enfants — que ceux-ci acceptent de si bon cœur : tout objet peut devenir n'importe quoi puisque, par convention, on lui confère ce rôle (« on disait que c'était un... »). En même temps, puisqu'il ne perd pas sa réalité (une banquette devenue avion restera une banquette pour les enfants qui jouent et pour les spectateurs), cet objet se prête à un investissement métaphorique (la charge poétique ne sera pas la même si cet « avion » est obtenu par le détournement d'une banquette, d'une planche à repasser ou d'un ventilateur qui fait hélice). Les différents espaces (différentes planètes visitées) seront obtenus par ce mécanisme qui produit des métaphores (et du même coup des images). Et ce « jeu » aura recours à tous les moyens du théâtre, du jeu du comédien à la musique, et du costume à l'éclairage. C'est de la même façon que seront identifiés les différents personnages — à l'exception d'un seul, celui par lequel tout arrive : la Fleur.

Pour les « grandes personnes » du moins, dont l'expérience est suffisante pour reconnaître ce genre de mésaventure, *Le Petit Prince* est une lettre d'amour déguisée.

Notre spectacle mettra en exergue la catastrophe affective qui a déclenché l'écriture : le petit prince était bien à l'aise sur sa planète avant qu'une fleur « très belle » et « très compliquée » ne vînt l'en chasser. Il erre au milieu des étoiles sans jamais l'oublier. Ce qu'il découvre l'encourage à revenir chez lui, quitte à abandonner « l'écorce ». Il s'en dégage une constatation simple, dont il s'agit d'accepter l'éclairage, sans plus. À savoir que les infortunes du sentiment amoureux sont peut-être le meilleur guide pour retrouver notre candeur d'autrefois. Nous comptons sur cette dimension du spectacle pour toucher « les grandes personnes ». Une fois débarrassées de leur « sérieux », elles seront plus à l'aise pour goûter le charme du jeu d'enfants — du « jeu » théâtral si vous préférez — par lequel nous espérons séduire le « public jeune ».

Notre spectacle sera donc un spectacle pour enfants à l'intention des grandes personnes.

Il raconte, dans la simplicité d'un ordre chronologique restauré (différent de celui de la narration), l'histoire d'une rupture et d'un voyage initiatique qui s'achève par un retour, payé par le renoncement à la « carcasse », récompensé par le bonheur d'un amour aussi pur — dans le sens cosmique du mot — que celui qui unit un enfant à une fleur.

La simplicité du jeu des acteurs sera en accord avec l'économie de moyens que suppose le jeu des enfants (Tchekhov nommait cette sobriété des effets « la grâce »). Le principe de notre machine théâtrale est le détournement métaphorique des objets usuels (qui ne manquent ni de beauté ni de poésie). Ce qui nous permettra de faire exister en parallèle deux univers : celui de l'homme adulte qui vit dans son intérieur habituel (où l'on retrouve le style épuré, néanmoins si expressif, des années 1930), et celui de l'enfant qui investit ces objets avec les fonctions qui l'arrangent. Ces quelques éléments scéniques deviendront tour à tour le trône d'un roi, un réverbère, une planète, un avion, un puits de village... Notre discours ne s'appuie pas sur ce que les choses sont, mais sur la signification qu'elles acquièrent par le jeu. Ce qui nous importe, ce ne sont pas quelques jouets qui sortent d'une valise, par exemple, mais le sens de cette valise — qui part avec l'enfant et revient, des années plus tard, portée par celui qui y a enfoui les trésors d'un petit prince. Ce n'est pas un violoncelle devenu puits (qui ne peut le devenir pourtant que parce qu'il a déjà été pris dans le manège des détournements), mais de le voir prendre la place du petit prince dans la balançoire du voyage intersidéral : ainsi, la « mort » de celui-là, piqué par un serpent, est rachetée par l'idée d'immortalité de « ce qui est beau » et « ne se voit pas », tel un trésor caché dans une maison ancienne, telle l'eau au fond d'un puits, telle la musique cachée au fond d'un instrument... Le travail de mise en scène s'emploie à tisser cette toile de significations qui n'est pas perceptible par bouts — de même qu'une métaphore n'en est pas une si l'on vous présente séparément les termes qui la constituent. Sans saisir nécessairement le sens précis de ces métaphores (ce n'est pas le but, au théâtre non plus), les spectateurs sont surpris par les rapprochements qu'elles opèrent, et questionnés par eux. Ils se retrouvent non pas dans un discours plein — et didactique —, mais dans un jeu d'apparences qui, en se dénonçant, deviennent transparentes. Des métaphores, quoi !

Bref, un spectacle à la fois simple et poétique, qui exploite l'analogie naturelle du théâtre avec le jeu des enfants pour s'adresser à la fois aux très jeunes spectateurs qui cherchent leur avenir, et aux moins jeunes qui, l'ayant trouvé, cherchent à comprendre pourquoi il n'est pas le bon. Et pourquoi la seule parade à cette défaite incontournable est de rester fidèle à notre candeur d'autrefois.

LE CABINET DE CURIOSITÉS

Qui était Léon Werth ?
Quand un livre en cache un autre...

Le soixantième anniversaire de la parution en France du *Petit Prince* est de peu précédé par la célébration du parcours d'un intellectuel singulier, Léon Werth (1878-1955), qui fut aussi l'ami très cher de Saint-Exupéry et le dédicataire de ce conte universel. Un premier essai biographique lui est consacré, dû à Gilles Heuré. Paradoxe : alors qu'il figure à la première page de l'un des livres les plus lus au monde, Werth demeure une figure méconnue de l'histoire culturelle française. Levons le voile, comme beaucoup s'efforcent de le faire, avec audace éditoriale et talent, depuis quelques années déjà.

Un intellectuel intransigeant

Né le 17 février 1878 à Remiremont (Vosges) dans une famille de la petite bourgeoisie juive laïque, Léon Werth interrompit de brillantes études scolaires au profit d'un parcours de libre-penseur, aux figures non imposées. Tantôt essayiste et chroniqueur, tantôt romancier et diariste, il porta un regard lucide sur les choix politiques et les poses idéologiques de ses contemporains. Disciple et ami d'Octave Mirbeau, qui préfaça son premier récit (*La Maison blanche*, 1913), il collabora dès le début du siècle à de nombreux périodiques, notamment comme critique d'art. Homme de gauche attaché à son indépendance (président de la Ligue antifasciste en 1930, sa critique du stalinisme lui valut d'être mis au ban de l'intelligentsia communiste), esprit radical peu enclin aux sentences doctrinales, il témoigna par ses écrits tour à tour de son antimilitarisme (*Clavel soldat* en 1919, faisant suite à son expérience des tranchées durant la Grande Guerre, comme engagé volontaire) et de son anticolonialisme (*Cochinchine*, 1926). Il prit part durant l'entre-deux-guerres aux très pacifistes *Cahiers d'aujourd'hui* de Romain Rolland, fut rédacteur en chef de l'hebdomadaire antifasciste *Monde*, avant de rejoindre Emmanuel Berl à *Marianne*, périodique progressiste administré par les Éditions Gallimard.

Esprit libre, Léon Werth ? Assurément. Et le dédicataire du *Petit Prince* avait un don rare et précieux aux yeux de Saint-Exupéry : il était de ces grandes personnes qui se souviennent qu'elles ont été des enfants. Qu'est-ce à dire ? Que sa liberté d'adulte était la marque d'une manière de jeunesse conservée, celle des esprits droits mais naturellement réfractaires aux consignes collectives, aux dévoiements routiniers, aux embrigadements d'une pensée déshumanisée et déqualifiée. Un esprit brillant, certes, mais qui s'avérait sensible au langage du cœur. Un généreux, en bref, caché sous la sécheresse d'un visage anguleux et émacié. Au contact de cet aîné, Saint-Exupéry se sentit à la fois élevé et compris : « Si je diffère de toi, loin de te léser, je t'augmente. »

Une rencontre

Si la date exacte de leur rencontre n'est pas établie avec certitude, il semble qu'elle eut lieu en 1931, à l'instigation du journaliste René Delange, alors directeur de *L'Intransigeant*. Les deux hommes avaient en commun leur tempérament individualiste et une méfiance instinctive à l'égard de toute surdétermination idéologique pouvant affecter et incliner leurs propos. Mais si Saint-Exupéry avait lu Werth et l'appréciait[1] (sur un bel exemplaire de *Terre des hommes* qu'il dédicaça à son ami, Saint-Exupéry avait écrit : « exemplaire imprimé pour Monsieur Léon Werth d'abord parce qu'il est un des meilleurs amis que j'aie au monde, mais aussi à cause d'une dette spirituelle car bien avant de le connaître je le lisais — et il ne sait pas combien je lui dois »), il est douteux que la réciproque fût vraie (« Un prix Femina… ça va être barbant », se serait exclamé Werth quand on lui proposa de rencontrer l'auteur de *Vol de nuit*).

De fait, bien des choses les éloignaient : leur âge — Saint-Exupéry était son cadet de vingt-deux ans —, leur origine sociale, la nature de leurs expériences professionnelles. Mais leur singularité, leur goût partagé pour le dialogue et peut-être également une manière de fantaisie (Werth aimait autant les danses populaires que Saint-Exupéry les chansons d'antan ; quand l'un marchait sur les mains, l'autre éblouissait ses convives par ses tours de magie)

---

1. L'atteste une lettre de 1926 adressée par Saint-Exupéry à Yvonne de Lestrange, cousine de sa mère et amie intime d'André Gide ; le jeune homme y désigne Werth comme un « type délicieux » qui s'y connaissait en matière de débats.

eurent tôt fait de se reconnaître comme fraternels. Des points communs se font jour : même méfiance pour le grégarisme contemporain, même conscience de la vanité mortifère du divertissement. Werth s'attacha à l'impayable Saint-Exupéry, à ses façons d'enfant gâté comme à ses sourires malicieux. Ils aimèrent à se convaincre l'un l'autre lors de conversations au long cours, conscients de ce que, malgré leurs divergences, ils abordaient « toujours à un plan commun beaucoup plus haut que [leur] désaccord ».

Leur amitié de quinze ans prit racine en un haut lieu de la vie intellectuelle parisienne, le café des Deux Magots ; elle ne devait jamais cesser de s'épanouir, leur dialogue continuant par-delà les séparations de circonstance et l'exil. Suzanne et Léon devinrent des familiers de Tonio et Consuelo ; ils furent aussi témoins de leurs déboires conjugaux. Saint-Exupéry fit souvent le voyage à Saint-Amour, dans le Jura, résidence secondaire des Werth, non loin du terrain d'aviation d'Ambérieu ; il fit survoler la France à son ami. De cette amitié témoigne merveilleusement leur correspondance éditée par les soins de Viviane Hamy, ainsi que les témoignages écrits après guerre par Léon Werth lui-même et recueillis par la même.

La lettre à l'opprimé

D'origine juive, Werth fut contraint de quitter Paris avec épouse et enfant en juin 1940 pour rejoindre Saint-Amour, où il resta dans la clandestinité jusqu'en juin 1944. Son journal, *Déposition*, est la chronique de cette période douloureuse. Début octobre 1940, Saint-Exupéry l'y avait rejoint pour un court séjour, soucieux de savoir ce que Werth pourrait penser de son départ prochain pour l'Amérique. Il quitta son ami avec un manuscrit sous le bras : celui de son récit de l'exode, intitulé *Trente-trois jours*, que Saint-Exupéry envisageait de publier aux États-Unis, précédé d'un texte de sa plume. Un contrat fut signé avec l'éditeur américain Brentano's ; les épreuves de la préface adressées à Saint-Exupéry avaient pour titre « Lettre à Léon Werth » ; elles furent traduites par Lewis Galantière pour paraître dans le *Collier's magazine*. Mais, au dernier moment, le projet fut ajourné ; le livre de Werth ne parut pas et la lettre-préface fut finalement publiée séparément en juin 1943 (soit deux mois après *Le Petit Prince*), sous une forme quelque peu amendée : c'est la *Lettre à un otage* de Saint-Exupéry, l'un des textes les plus émouvants qui aient été jamais écrits sur l'occupation allemande, mais aussi sur l'amitié et l'oppression, sur le déracinement et la mélancolie des exilés. La ferveur et le lyrisme de l'écrivain Saint-Exupéry y est à son comble dans cette forme courte qu'il affectionnait tant et où il excellait. Il avait pris soin d'y gommer le nom de Léon Werth, supprimant le long éloge que lui réservait son texte initial. Il s'agissait probablement de ne pas risquer de porter préjudice à son ami vivant dans la clandestinité ; on remarquera ainsi que la dédicace du *Petit Prince*, si elle fait référence aux difficultés matérielles que rencontre l'ami resté en France, ne fait aucune mention du danger qu'il court comme juif. Prudence oblige. Mais dans le cas de la *Lettre à un otage*, il peut s'être agi également de conférer à son appel une plus ample portée. Du projet de préface à cet éblouissant essai, Werth est devenu une figure allégorique : celle de l'ensemble des compatriotes de Saint-Exupéry restés en France et subissant l'effroyable oppression.

Ainsi la *Lettre à un otage* est-elle le livre jumeau du *Petit Prince*, tant par sa date de parution et l'identité de son dédicataire que par les thèmes et les images que Saint-Exupéry y orchestre : l'étoile, le désert, et puis la solitude, les pôles qui donnent sens, l'esprit de responsabilité, l'écheveau des souvenirs et singulièrement des moments miraculeux de communion avec son prochain, avec la vie.

Werth ne revit jamais Saint-Exupéry après son départ pour les États-Unis. La nouvelle de la disparition du pilote en juillet 1944 l'affecta grandement.

Ses écrits sur Saint-Exupéry, chroniques et essais, sont d'une grande lucidité analytique, notamment quand, lecteur des plus autorisés, il s'interroge sur la signification à donner à l'œuvre posthume si contestée de son ancien camarade, *Citadelle* qui, elle aussi, fut écrite en partie durant l'exil. Prenant ses distances à l'égard de ceux qui, après guerre, auront essayé de s'approprier les choix d'une vie et les marques d'un caractère, il s'exprime au contraire avec humilité, et quelque nostalgie aussi, sur ce que ses liens avec Saint-Exupéry lui auront appris de l'amitié. Avec ferveur et sollicitude. C'est la tendre et ferme réponse à cette dédicace que Saint-Exupéry lui avait adressée sur un exemplaire de *Pilote de guerre* spécialement imprimé à son attention, renouvelant la déclaration qu'il était le meilleur ami qu'il eût sur cette terre. Dédicace personnelle et intime devenue universelle, quelques années plus tard, en ouverture d'un conte écrit comme un appel à la fraternité entre les hommes.

Débats sur la rose...

Il est, parmi de nombreuses interrogations, une question que se posent souvent les lecteurs du *Petit Prince*, après qu'ils ont tourné la dernière page du conte : à quelle figure de la vie réelle renvoie le personnage de la rose ? Interrogation oiseuse, estimeront certains, mettant en avant la magie propre du conte irréductible à une quelconque anecdote biographique. C'est en somme l'argument du *Contre Sainte-Beuve* de Proust. Et pourtant, les biographes et les commentateurs de Saint-Exupéry n'ont eu de cesse, depuis le lendemain de la parution du conte, de relever tout ce qui, parmi les attributs et épisodes du conte, le rattache à la vie du poète. La liste est longue : l'évocation de l'enfance et des trésors cachés des châteaux familiaux (Saint-Maurice dans l'Ain et la Mole en Provence), le désert saharien si familier au pionnier de l'aéropostale qui fut en charge du poste mauritanien de cap Juby en 1929, le survol de l'Argentine, de la cordillère des Andes et de la Terre de Feu révélés par les pics pointus et les collines herbeuses figurant sur les dessins du conte, l'accident dans le désert de Libye en 1935 lors de son raid Paris/Saigon (encore que ce rapprochement soit douteux, Saint-Exupéry étant accompagné de son mécanicien André Prévot), et bien sûr, toute l'atmosphère mélancolique de sa situation d'exilé français à New York.

On notera à ce propos un détail très surprenant : sur les rabats des premières éditions est imprimé un extrait, resserré, du deuxième chapitre du conte (« J'ai ainsi vécu seul... jusqu'à une panne dans le désert du Sahara, *il y a six ans* [...] »), extrait daté de l'année 1940. Si, de fait, on assimile le narrateur à Saint-Exupéry, cette date s'explique : la rencontre du petit prince et de l'aviateur eut bien lieu en 1935, lors de l'accident dans le désert de Libye (Saint-Exupéry y eut des hallucinations), la narration de cet incident (le conte lui-même) datant, elle, de 1940, très exactement six années plus tard... La référence biographique est évidente[1]. Reste à se demander pourquoi Saint-Exupéry a choisi de fixer le moment de cette narration en 1940. En avait-il eu l'idée avant le départ aux États-Unis ? Il faut ajouter que l'autoportrait est double : Saint-Exupéry se serait peint dans son conte à la fois sous les traits de l'aviateur et, métaphoriquement, sous ceux du petit prince. C'est ce que nous dit l'un des premiers ouvrages biographiques et critiques qui lui fut exclusivement consacré, celui de Pierre Chevrier (alias Nelly de Vogüé) : « Le plus fidèle portrait que Saint-Ex nous ait laissé de lui-même est le portrait de cet enfant qu'il nomme le petit prince. L'ancien pilote, l'écrivain fêté, porte caché en lui ce dépôt précieux avec un sourire un peu triste. Et c'est

---

1. Elle est présente également sur la jaquette américaine, où figure la mention suivante : « To preserve his memory of the Little Prince, Saint-Exupéry has made some fourty watercolors, whimsical, gravely meticulous in detail. Each is an almost essential part of the story. »

autour de la rencontre du pilote et de l'enfant qu'il construit ce livre[1]. »

Que l'on accepte ou non le principe de tels rapprochements, que l'on s'y intéresse ou pas (ce qui n'enlèvera jamais rien au livre), les témoignages d'époque livrent quelques indications sur les modèles pris par Saint-Exupéry pour fixer les principales figures du conte et leur caractère. Le renard ? un petit fennec apprivoisé à cap Juby, qu'il dessine à sa sœur cadette dans une de ses émouvantes lettres de 1928, ou bien l'un dont il suivit les traces dans les dunes du Sahara. Mais aussi, par son discours, des échos de la conception de l'amour telle que son ami new-yorkais Denis de Rougemont, lui-même pris comme modèle pour quelques dessins du conte, l'avait développée dans son ouvrage *L'Amour et l'Occident*. La figure du mouton ? le caniche de Silvia ; le rire des étoiles serait un hommage à Nada de Bragance... et le petit prince lui-même ? la poupée aux cheveux d'or de la même Silvia, voire le jeune Thomas De Koninck[2], chez le père duquel Saint-Exupéry s'était rendu au Canada en mai 1942, ou encore le futur maire de Blois, Pierre Sudreau.

Mais la question la plus sensible demeure celle de la rose, car elle conditionne l'interprétation tout entière que l'on peut donner du conte. À vrai dire, pour la majorité des commentateurs contemporains, nul doute n'est possible : la rose, c'est Consuelo, l'épouse argentine de Saint-Exupéry. Et les preuves apportées à l'appui de l'identification sont, pour parler en termes d'analyse textuelle, autant internes qu'externes. Internes, car, comme Consuelo, la rose est asthmatique, la rose est élégante, la rose est jalouse, la rose

---

1. Pierre Chevrier, *Saint-Exupéry*, Gallimard, 1958, p. 73.
2. Celui-là même qui, professeur à la faculté de philosophie de l'Université Laval, contribue au présent volume. Voir p. 69.

est fantasque, la rose est égocentrique, la rose est impossible... mais la rose est aimée. Externes, car des documents et témoignages ont attesté l'équivalence. Une lettre d'Antoine à sa femme, notamment, citée par divers auteurs : « Tu sais que la rose c'est toi. Peut-être n'ai-je pas toujours su te soigner mais je t'ai toujours trouvée jolie » ; ou encore celle-ci, mais qui n'a pas le même poids, récemment publiée par M. José Martinez Fructuoso : « Oh Consuelo, je reviendrai bientôt dessiner partout des Petits Princes... » Document plus poignant encore, le plus convaincant peut-être, cette lettre adressée à sa tendre amie américaine Silvia Hamilton, probablement à la fin 1942, après que Consuelo a été victime d'un attentat : « Ma femme s'est fait attaquer dans la rue... Pour lui voler son sac on l'a assommée d'un coup sur la tête. Je l'ai retrouvée très malade et depuis quarante-huit heures je n'ai pas bougé d'auprès de son lit [...] J'ai compris que si ma femme avait été tuée, je n'aurais plus pu vivre. J'ai compris la profondeur de ma tendresse pour elle, [sentiment qui] efface toutes les rancunes de surface, les petits froissements de la vie quotidienne. [...] Je me sens tout à coup prodigieusement responsable d'elle comme un capitaine de navire » (vente du 20 mai 1976, lot 52). On citera enfin ce passage d'un courrier adressé depuis Alger, au début de l'année 1944, à Nelly de Vogüé, l'un des très rares textes ou Saint-Exupéry évoque directement *Le Petit Prince* : « Les inquiétudes sur autrui me viennent chaque fois comme des coups de poignard. Telle est brusquement présente, toute menacée par son danger particulier "avec ses quatre épines de rien du tout, pour se défendre contre le monde"[1]. » On est

1. *OC*, II, p. 974.

autorisé à croire que Saint-Exupéry évoque ici Consuelo ; mais il ne cite pas son nom, et déroutant les futurs convaincus, continue : « Telle ou l'autre. Mais je ne puis nager vers tous les signaux à la fois. »

Quant aux témoignages, on lira avec attention celui, crucial, de Marie-Madeleine Mast, reproduit ci-dessous[1] dans les « Dits et écrits ». On ne peut s'empêcher de voir dans les relations complexes entre la rose et le petit prince un reflet des relations conjugales avec Consuelo, le couple, réuni dans un même immeuble à New York en novembre 1941, vivant séparé depuis 1938, depuis que la relation d'Antoine avec la comtesse Nelly de Vogüé lui a été révélée. Que Saint-Exupéry dessinât dans la marge des lettres qu'il adressait à sa femme des petits princes éplorés ou malheureux ne peut être apporté comme pièce à conviction dans le dossier : il faisait de même avec Nelly de Vogüé, comme d'ailleurs avec d'autres de ses amies new-yorkaises, en particulier Silvia Hamilton.

Pourtant, il demeure un débat sur cette question. Elle occupe tout entière la seconde partie de l'ouvrage du théologien et psychothérapeute allemand Eugen Drewermann, dans son essai intitulé *L'essentiel est invisible. Une lecture psychanalytique du Petit Prince*, paru en Allemagne en 1984 et repris au Cerf en 1992. Même si son analyse, notamment quand elle s'appuie sur des données intimes de la vie de Saint-Exupéry, peut paraître assez largement insuffisante à l'égard des documents révélés ces dernières années, il faut convenir que son travail apporte sur ce thème une importante et singulière contribution : pour lui, il ne fait nul doute que la rose

---

1. Voir p. 209-210.

est une figuration de la mère de l'auteur, Marie de Saint-Exupéry. À l'appui de sa thèse, brillamment exposée, sont les souvenirs-écrans auxquels les psychanalystes accordent grande importance et « qui résument en une scène unique des données biographiques de la petite enfance s'étendant souvent sur des années. C'est un peu ce à quoi il semble qu'on ait affaire, dans cette vision d'enfant : il y est question d'un énorme serpent qui avale vivante sa proie, dans la chaleur étouffante d'un climat tropical. Certes, on ne saurait tirer d'un unique symbole une certitude absolue sur un état psychique donné. Mais la rencontre de cette image de cauchemar dès les premières pages du livre nous force presque à penser que ce serpent ne peut guère signifier autre chose que la mère. La proie qu'elle engouffre vivante serait naturellement son enfant — un énorme "bébé éléphant" qui n'avait jamais eu le droit d'être un enfant, mais qui, à peine né, devrait être suffisamment "grand et fort" pour satisfaire par toute son existence la faim d'amour et de vie qui tenaillait sa mère[1] ». Les « grandes personnes », incapables de voir avec leur cœur, se méprennent sur ce dessin fondateur : il rappelle l'enfant à la vie réelle, plus sérieuse. « Dès lors s'affirme le caractère contradictoire d'une véritable vie à double fond, tiraillée entre une ardente volonté de réaliser quelque chose et une nostalgie fortement régressive. » Et le psychanalyste de poursuivre son analyse, à travers le langage codé du conte, ne pouvant aborder le personnage de la rose, que le prince enfant aime par-dessus tout au point de ne pas souhaiter poursuivre son chemin rédemp-

---

1. Eugen Drewermann, *L'essentiel est invisible. Une lecture psychanalytique du Petit Prince*, Le Cerf, 1992, p. 81.

teur sur la terre, autrement qu'en tant que figuration symbolique de la mère : « Toutes les autres hypothèses ne correspondraient absolument pas à la situation qui est celle du petit prince : l'époque de son enfance. »

On ne peut être que troublé par de tels arguments ; c'est la leçon que suivra par exemple Hugo Pratt dans son émouvant album consacré à la vie de Saint-Exupéry[1]. Répondre à l'essayiste allemand que tout ce que nous savons des rapports de Saint-Exupéry avec son épouse permet de conclure à l'identification à Consuelo et que sa théorie ne résiste pas à l'épreuve des faits et des dires ne saurait suffire. Car, dans la mesure où une fable est un récit codé et qu'elle peut faire l'objet d'un décryptage, toute mise en avant de tel objet ou de tel trait de caractère peut être considérée comme des fausses pistes brouillant la vérité profonde du récit-écran. C'est l'un des mérites de cette thèse que de nous en faire prendre conscience et d'inciter le lecteur à porter attention à quelque singularité du conte, au-delà de toute évidence. En soi, le débat a du bon.

---

1. Hugo Pratt, *Saint-Exupéry. Le dernier vol*, Casterman, 1995.

*« Le petit prince et le corbeau »,
ou comment reconnaître
une édition originale*

Le Petit Prince a été publié pour la première fois par les Éditions Reynal & Hitchcock à New York, en langue anglaise (*The Little Prince*), le 6 avril 1943, et quelques jours plus tard chez le même éditeur, en langue française. Dans les deux cas, il s'agissait d'un joli volume de 91 pages foliotées, relié et couvert de toile estampée d'une illustration, et protégé du soleil et de la poussière par une jaquette de papier illustrée. Il reste qu'en matière d'édition originale le collectionneur et l'amateur doivent être d'une parfaite vigilance. D'autant que, comme on pouvait le lire encore récemment dans le catalogue d'un libraire américain, « *this special issue of one of the most beloved books of the twentieth century is, consequentially, one of the most desired limited editions and rarely comes upon the marketplace* ». Les exemplaires de l'édition originale du *Petit Prince*, voire ceux des toutes premières éditions qui l'ont suivie, sont aussi rares que recherchés. Il importe de savoir les reconnaître ; cela implique un peu de technicité... Le diable se cache dans les détails !

L'édition originale

L'édition originale de ce premier tirage est constituée, pour l'édition en langue anglaise, de 525 exemplaires numérotés et signés par l'auteur (dont 25 hors commerce) et, pour l'édition en langue française, de 260 exemplaires (dont 10 hors commerce) également numérotés et signés par l'auteur. Il n'a pas été effectué de tirage de tête sur beau papier. La mention de justification du tirage figure en tête du livre, entre le feuillet de garde et celui du faux titre (qui précède lui-même la double page de titre). Elle est ainsi composée :

Pour l'édition anglaise

> Five hundred and twenty-five copies of the first edition of
> THE LITTLE PRINCE
> have been autographed by the author, of which
> five hundred are for sale. This is
> copy number [numéro d'ordre ms.]
> [Signature autographe : *Antoine de Saint-Exupéry*]

Pour l'édition française

> L'édition originale de cet ouvrage a été
> tirée à deux cent soixante exemplaires
> autographiés par l'auteur, dont dix
> hors commerce numérotés de 1 à 10.
> Exemplaire No. [numéro d'ordre ms.]
> [Signature autographe : *Antoine de Saint-Exupéry*]

Au verso du feuillet de la page de titre figure la mention de copyright suivante :

Pour l'édition anglaise

> COPYRIGHT, 1943, BY REYNAL & HITCHCOCK, INC.
> ALL RIGHTS RESERVED INCLUDING THE RIGHT
> TO REPRODUCE THIS BOOK OR PORTIONS
> THEREOF IN ANY FORM
> PRINTED IN THE UNITED STATES OF AMERICA

Pour l'édition française
COPYRIGHT, 1943, BY REYNAL & HITCHCOCK, INC.
TOUS DROITS DE REPRODUCTION, DE TRADUCTION ET
D'ADAPTATION RÉSERVÉS POUR TOUS LES PAYS
PRINTED IN THE UNITED STATES OF AMERICA

Sur cette même page figure la liste des ouvrages du même auteur, à savoir *Vol de nuit* [*Night flight*], *Terre des hommes* [*Wind, Sand and Stars*] et *Pilote de guerre* [*Flight to Arras*] (manque donc à l'appel *Courrier Sud* ; les Éditions Gallimard l'ajouteront sur leur propre édition en 1946).

Ces deux éditions sont reliées, couvertes d'une toile rose/havane (certains disent saumon) et estampée en couleur (rouge/marron) d'un dessin du *Petit Prince* (issu de l'illustration pleine page du chapitre III : « Le petit prince sur l'astéroïde B 612 »). La toile est protégée par une jaquette à rabats, elle-même imprimée en couleur sur une face et reprenant l'intégralité de ladite aquarelle. Sur le premier rabat de cette jaquette figurent l'adresse de l'éditeur (New York, 386 Fourth Avenue) et un texte de présentation du conte. Le second rabat est vierge de toute impression. Cette jaquette a été utilisée à l'identique pour plusieurs des réimpressions de l'ouvrage.

Au-delà du texte lui-même, deux attributs bibliographiques distinguent fortement l'édition en langue française de sa traduction anglaise : l'achevé d'imprimer et la « marque au corbeau ».

L'édition en langue anglaise présente en dernière page (p. 94, non foliotée) un achevé d'imprimer (ou colophon) donnant les indications suivantes : « *This book is set in Linotype Granjon / Composition and binding by the Cornwall Press, Cornwall, New York. / Printed by offset lithography at the / Jersey city prin-*

ting company, Jersey city, New Jersey on Montgomery offset paper / Manufactured by W.C. Hamilton & Son / Miquon, Pennsylvania. / Typographical arrangement by Wendel Roos. » Ce colophon est absent de l'édition française. Il est bien présent dans la première édition en langue anglaise, qui suit immédiatement l'originale.

À la page 63 de ces deux éditions figure l'illustration du *Petit Prince* perché au sommet d'une montagne et regardant le massif qui s'ouvre devant lui. Dans l'édition en langue française, uniquement, cette illustration est maculée d'un petit motif noir situé à l'horizon, à droite au pied du pic s'élevant à senestre. Ce motif évoque la silhouette d'un oiseau noir survolant les montagnes : les bibliophiles l'ont baptisé « la marque au corbeau ». Ce fut le compagnon provisoire du *Petit Prince* francophone au temps de sa jeunesse.

Résumons-nous : l'édition originale américaine du *Petit Prince* en langue française et anglaise est imprimée sur le papier de l'édition courante, reliée, couverte d'une toile estampée et habillée d'une jaquette illustrée ; elle est autographiée par l'auteur et numérotée à la main, et publiée par la firme Reynal & Hitchcock sise sur la Quatrième Avenue à New York ; la version française porte nécessairement une macule, *dite* « marque au corbeau », à la page 63. Qu'un seul de ces éléments fasse défaut, et vous n'êtes pas en présence d'une véritable et complète originale.

La première édition

Une édition courante, ou première édition, non autographiée, fait suite à ce tirage de tête. Son prix de vente était fixé en 1943 à deux dollars. Cette édition est, pour la langue française comme pour la langue anglaise, en tout point comparable au tirage de tête, à une seule exception : l'absence de justification du tirage, et donc de mention autographe, entre la page de garde et la page de faux titre.

Pour identifier avec certitude une première édition du *Petit Prince* en langue française, il faut donc que soient regroupés les éléments suivants : l'éditeur « Reynal & Hitchcock » en page de titre, la mention de copyright exactement identique à l'édition originale et ne mentionnant aucun numéro d'édition, et la marque au corbeau. Pour conforter cela, si l'exemplaire est bien complet de sa jaquette (dans la mesure où il s'agit bien de l'originale), on peut vérifier que l'adresse indiquée est bien celle de la Quatrième Avenue. À noter qu'une édition canadienne est parue en 1943 issue de ce même tirage ; l'exemplaire est en tout point le même, à l'exception de la page de titre, où figure la mention d'éditeur : « Beauchemin — Montréal / Reynal & Hitchcock — New York. »

De cette première édition, ainsi que des suivantes, est également issue une édition brochée, sans couverture toilée ni jaquette. Le bloc imprimé est en tout point similaire à celui de la version reliée. La couverture reprend les éléments imprimés de la jaquette d'origine, à l'exception du texte figurant sur le premier rabat.

Pour identifier la première édition en langue anglaise, il faut que l'exemplaire en votre possession présente les caractéristiques suivantes : l'éditeur « Reynal & Hitchcock » en page de titre, la mention de copyright exactement identique à l'édition originale et ne mentionnant aucun numéro d'édition, la présence du colophon sur le dernier feuillet. On se rassurera, de la même façon, avec l'adresse figurant sur la jaquette, même si cela n'a pas valeur de preuve — la jaquette étant, par essence, volatile.

Les éditions « Reynal » suivantes

De 1943 au début des années 1950 sont attestées plusieurs « éditions » issues de ce premier tirage, sans que l'on sache, pour les premières du moins, s'il s'agit bien de réimpressions ou de mentions d'édition fictives (comme cela put souvent se pratiquer).

Plusieurs attributs permettent de se repérer parmi ces différents états de l'édition. Le plus simple d'abord : le numéro de l'édition figure à la suite de la mention de copyright, au verso de la page de titre, en langue anglaise. Ainsi, pour la deuxième édition de la traduction anglaise :

COPYRIGHT, 1943, BY REYNAL & HITCHCOCK, INC.
ALL RIGHTS RESERVED INCLUDING THE RIGHT
TO REPRODUCE THIS BOOK OR PORTIONS
THEREOF IN ANY FORM
PRINTED BY THE UNITED STATES OF AMERICA

Second Printing

Ce numéro d'édition figure de la deuxième à la sixième édition de la version anglaise et de la deuxième à la septième édition de la version française. Hélas, il est difficile d'associer à cette indication une date de mise en vente effective de l'exemplaire. La « marque au corbeau » ne disparaît définitivement qu'à la sixième édition de l'édition en langue française, ce qui atteste une réimpression effective de l'ouvrage ; elle ne figure pas systématiquement sur les exemplaires de la cinquième édition.

Autre attribut intéressant : l'adresse de l'éditeur figurant sur le rabat de la jaquette ; elle devient « 8th West Street » pour la cinquième édition anglaise et la sixième édition française, puis 383 Madison Avenue pour la septième française. Cela peut être une indication utile pour vérifier la concordance entre l'exemplaire relié et la jaquette conservée.

Il est à noter que pour les deux langues la teinte de la toile de couverture est variable, non seulement d'une édition à l'autre, mais également au sein d'une même édition. Plusieurs « trains de reliure » ont pu être effectués à mesure de la mise sur le marché des exemplaires. On connaît ainsi pas moins de trois teintes pour la couverture de la quatrième édition anglaise : vert, vert d'eau et bleu-gris.

Reste enfin à examiner le cas des exemplaires parus à l'enseigne de « Reynal & Hitchcock » en langue anglaise ne portant ni numéro d'édition ni colophon en fin de volume. Il ne peut s'agir ici que d'une édition postérieure à la sixième ; on peut s'en assurer si l'exemplaire porte sa jaquette d'origine : l'adresse y figurant doit être celle du 383 Madison Avenue, c'est-à-dire une adresse tardive postérieure à 1946.

Les exemplaires en langue française ne portant ni numéro d'édition ni « marque au corbeau » sont, eux, postérieurs à la septième édition.

Dans les deux cas, ces éditions tardives, peu valeureuses, peuvent être contemporaines du rachat de la firme Reynal & Hitchcock par Harcourt, Brace and Company en 1947. De nombreuses éditions parurent en effet aux États-Unis jusqu'au début des années 1950 sous la seule marque de Reynal & Hitchcock. Vers 1953-1955, on voit apparaître en librairie une nouvelle édition du *Petit Prince*, signée Harcourt, Brace and Company sur le dos de la jaquette (avec une adresse au 383 Madison Avenue jusqu'en 1957, puis au 757 Third Avenue par la suite) et en page de titre, mais — ce qui est troublant — encore signée Reynal & Hitchcock sur le dos de la couverture de toile. Une chose est sûre cependant : nous ne sommes plus là en présence de « tirages » de la première édition : la pagination du livre n'est plus la même, et des modifications de mise en pages permettent de les distinguer.

D'autres modifications ont eu lieu plus récemment, suivant notamment l'évolution de l'appellation de la société éditrice Harcourt. À noter qu'une nouvelle traduction américaine est publiée en 2000, due à Richard Howard.

L'édition française en langue française

Le Petit Prince est paru en France à titre posthume, en avril 1946, trois ans exactement après l'édition américaine. Quels sont les attributs de l'édition originale ? Elle n'a pas fait l'objet de tirage de tête, est reliée de toile bleu, estampée d'une illustration en premier plat et du signe « nrf » en premier et second plat, et protégée d'une jaquette imprimée suivant le modèle de l'édition « Reynal ».

Le livre est composé de 93 pages foliotées. La mention « Gallimard » figure en page de titre. Au verso de cette dernière figure la liste des œuvres de Saint-Exupéry (*Courrier Sud*, *Terre des hommes*, *Pilote de guerre*, *Lettre à un otage* ; on notera avec curiosité que *Vol de nuit* n'y est pas) et la mention de copyright, datée de 1945. En page 97 se trouve l'achevé d'imprimer ainsi rédigé : « *Achevé d'imprimer sur les / presses des imprimeries Paul Dupont, à Paris / le 30 novembre 1945 / N° d'imp. : 569. N° d'éd. : 437 / Dépôt légal : 4ᵉ trim. 1945.* » Cette mention est immédiatement suivie d'un numéro de compostage estampé dans la page.

Les dessins imprimés dans cet exemplaire (et, plus généralement, dans les éditions qui se succéderont jusqu'en 2000) sont différents, tant à l'égard de leur couleur que de leur tracé, de ceux de l'édition américaine[1].

*

LES COTES

La valeur marchande des premières éditions américaines « Reynal & Hitchcock » varie suivant les critères suivants : numéro d'édition, autographe de l'auteur, présence de la jaquette, état de conservation (fraîcheur du couvre-livre, manques éventuels, insolation de la toile de couverture). Ci-dessous, quelques exemples de cote relevés au début de l'année 2006 chez les marchands d'éditions originales de plusieurs pays :

1. Voir p. 66.

« *Le petit prince et le corbeau* »...

Date de mise en vente	Édition en anglais	Édition en français	Adresse (New York)	Description des exemplaires	Cotes (en euros)
06/04/1943	1re éd.		386 Fourth Avenue	éd. originale autogr. et sign., complet de sa jaquette, n° 476	9 133
				Ex. ordinaire, complet de sa jaquette (cotation variable suivant l'état de conservation de l'exemplaire)	1 922 1 660 1 573 1 311 1 091 655
04/1943		1re éd.	386 Fourth Avenue	éd. originale autogr. et sign., complet de sa jaquette	10 752
				éd. originale autogr. et sign., sans sa jaquette	6 550
Entre 1943 et 1947	2e éd.		386 Fourth Avenue		655
Entre 1943 et 1947	5e éd.		8th West 40th Street		131
Entre 1947 et 1953		6e éd.	8th West 40th Street		426 276
Entre 1947 et 1953		7e éd.	383 Madison Avenue	Sans sa jaquette	200 150

On le voit : le discernement a un prix, et il convient d'examiner très attentivement les exemplaires anciens mis sur le marché, au compte-gouttes, par les collectionneurs. Avis aux amateurs.

*

DE QUELQUES COQUILLES ET VARIANTES

En plus des attributs indiqués plus haut, et bien sûr de l'enseigne de l'éditeur elle-même, les libraires ont pour usage de souligner la présence de coquilles dans l'édition originale française de 1946, comme preuve à l'appui de l'authenticité de leur exemplaire. Il y avait en effet quelques erreurs dans la première édition NRF parue début avril 1946. Le poète Roger Allard, alors directeur artistique des Éditions Gallimard (en charge notamment des éditions illustrées), le faisait remarquer à l'imprimeur Paul Dupont dans un courrier du 25 avril 1946, quand il s'agissait de réfléchir déjà à un second tirage à l'occasion duquel ces erreurs seraient corrigées.

Sont relevées ici les (rares) coquilles et variantes par rapport à l'édition américaine prise pour modèle, ainsi que celles figurant, à l'inverse, trois ans auparavant, dans l'édition parue outre-Atlantique et corrigées dans l'édition Gallimard. À noter, à propos de cette dernière, que de nombreuses imperfections sont liées à des erreurs de coupe en fin de phrase (mauvais placement du tiret dans un mot, par exemple p. 39), au non-respect de la règle d'écriture des nombres composés (la place des tirets entre chaque élément) et à l'inexistence du caractère « œ ». Nous ne les relevons pas ici. Enfin, les choix de mises en pages différant d'un continent à l'autre, le découpage par page du conte n'est pas identique : 26 lignes à la page pour l'édition américaine, 29 lignes pour l'édition française, avec une justification sensiblement égale mais des marges plus importantes aux États-Unis.

Les coquilles furent corrigées dans les éditions suivantes[1]. Seule une est restée présente durant de longues années dans les

---

1. Il y a, d'ailleurs, une très jolie notation à ce sujet dans un courrier de Jacques Festy, directeur de fabrication de la NRF, à l'imprimeur Paul Dupont du 12 novembre 1947, à propos de la première réimpression de l'ouvrage : « Il est entendu que vous recomposerez toutes les pages défectueuses, ou dans lesquelles paraissent, par suite de la mauvaise correction du premier tirage, des coquilles et fautes d'orthographe — *le tout de manière que ce livre, destiné à la jeunesse et auquel Monsieur Gallimard attache un prix tout particulier, soit aussi impeccable que possible.* »

« *Le petit prince et le corbeau* »...

éditions françaises, car, précisément, elle n'avait pas été identifiée comme une erreur : le numéro affecté par l'astronome à l'astéroïde qu'il découvre, 3251 à Paris contre 325 à New York.

Édition américaine 1943	*Édition française 1946*
page de titre. Avec dessins par l'auteur	*Page de titre.* Avec les dessins de l'auteur
p. 1 mon dessin numéro 1	mon premier dessin
p. 9 mon dessin numéro 1	mon dessin n° 1
p. 16 l'astéroïde 325	l'astéroïde 3251
p. 19 tátonne	tâtonne
p. 22 ressemblent	resse mblent
p. 35 à ce que sa autorité	à ce que son autorité
p. 37 universel.	universel,
p. 53 faire	farie

Il est enfin une dernière précision à apporter — qui a son importance, pardon d'être aussi pointilleux... —, au sujet des couchers de soleil auxquels, sur sa planète, le petit prince peut assister continûment sans se lever de sa chaise. Si les éditions originales s'accordent pour les évaluer à quarante-quatre, il apparaît curieusement qu'ils ne sont plus que quarante-trois dans les éditions françaises à partir de l'année 1947 et jusqu'en 1999, année d'une révision attentive du texte et des illustrations pour toutes les éditions françaises disponibles. On ignore les raisons d'un tel changement. Le plus troublant, c'est que Saint-Exupéry lui-même semble avoir hésité sur ce nombre, puisque dans l'un au moins des tapuscrits originaux connus du conte (Paris, BNF), c'est bien quarante-trois qui figure... Saint-Exupéry a donc corrigé ce nombre sur épreuves. De quoi dérouter les décrypteurs de symboles ! Si nous ne disposons pas d'hypothèse satisfaisante pour expliquer ce choix, réfutons d'emblée celle qui figure dans l'édition de la Pléiade des

Œuvres complètes (II, p. 1362) : quarante-trois et quarante-quatre seraient une allusion aux années de composition (1943) et de publication (1944) de l'ouvrage. Or Saint-Exupéry a écrit son conte en 1942 ; et le livre n'a pas été publié en 1944 mais en 1943. Reste que ces deux nombres pourraient en effet faire référence à une période de grande mélancolie de Saint-Exupéry... mélancolie qui renvoie à l'état d'âme du petit prince lorsqu'il se plaît à assister aux multiples couchers de soleil sur sa planète : « Le jour des quarante-quatre fois tu étais donc tellement triste ? »

*Ce que révèlent les manuscrits :
chapitres inédits et dessins...*

Comme l'indique Jean-Pierre de Villers dans son texte sur les origines américaines du *Petit Prince*, il existe plusieurs états du texte du conte, sous forme manuscrite et dactylographiée. Le manuscrit original est conservé à New York, à la bibliothèque Pierpont Morgan ; il était la propriété d'une amie américaine de Saint-Exupéry, Silvia Hamilton, duquel elle le tenait. Un grand nombre d'aquarelles préparatoires aux illustrations définitives y est joint. L'existence de quatre versions dactylographiées, portant toutes des ajouts ou corrections autographes, est formellement attestée : l'une à Paris, à la Bibliothèque nationale de France, don de son ancienne propriétaire, la pianiste Nadia Boulanger, elle aussi proche de Saint-Exupéry ; une deuxième à Austin (Texas), confiée par Saint-Exupéry à son traducteur, Lewis Galantière (qui, accidenté, n'assura finalement pas ce travail) ; une troisième, de provenance inconnue, vendue chez Sotheby's à Londres les 18 et 19 mai 1989 (lot 320 du catalogue ; mise à prix : entre 15 et 20 000 livres sterling ; plus de cent corrections autographes et deux dessins au crayon inclus ; à cette même vente figuraient une des aquarelles originales du conte et un autre dessin préparatoire) ; une quatrième semble être enfin la propriété du légataire de Consuelo[1]. Quelques fragments manuscrits du conte ont également été cédés lors d'une vente qui s'est tenue à Genève les 22 et 23 novembre 1986, vente où de nombreux dessins originaux, issus également de l'ancienne collection Consuelo de Saint-Exupéry, ont été cédés. Enfin, un jeu d'épreuves corrigées de l'édition en langue française semble avoir été entre les mains d'Annabella Power, autre amie de Saint-Exupéry, et vendu il y a quelques années à un collectionneur non identifié[2]. Enfin, un tapuscrit a été proposé récemment au Musée de l'Air et de l'Espace de Paris-Le Bourget, provenant d'un ami américain de Consuelo, et dont le texte est très exactement fidèle à l'édition publiée. Il peut s'agir d'une copie des épreuves de l'édition française, réalisée à la demande de Saint-Exupéry avant son départ en avril 1943. Sur la page de titre de ce tapuscrit, on peut lire : « lettre Gaston ». S'agissait-il d'une copie pour Gaston Gallimard, l'éditeur français de l'écrivain ? C'est très probable, mais rien ne l'atteste.

Ces documents, s'ils n'ont pas encore révélé tous leurs secrets faute d'avoir pu être scientifiquement étudiés, offrent l'occasion de découvertes surprenantes, comme ces passages modifiés ou les chapitres inédits, repoussés pour l'édition définitive, que nous donnons ici.

---

1. Alain Vircondelet, *Consuelo et Antoine de Saint Exupéry, un amour de légende*, Les Arènes, 2005, p. 109 et 113. Sont reproduits quelques dessins préparatoires et un état manuscrit de l'épisode du mouton. Voir aussi : *Lire*, hors série n° 3, 2006, p. 43.
2. A. de Saint-Exupéry, *Dessins*, op. cit., p. 279.

Chapeau ou pomme de terre ?

Un dessin vendu à Genève en 1986 nous apprend qu'une autre illustration a préexisté au fameux serpent-boa ayant avalé un éléphant ; et Saint-Exupéry d'écrire :

« Je ne sais pas dessiner. J'ai essayé deux fois de dessiner un bateau [*suivent deux dessins de bateaux*] et un ami m'a demandé si c'était une pomme de terre. »

Une référence américaine gommée

Au chapitre XVII du conte, Saint-Exupéry évoque la possibilité de rassembler toute l'humanité sur une place publique de vingt milles sur vingt milles, et de conclure : « On pourrait entasser l'humanité sur le moindre petit îlot du Pacifique. » Dans le manuscrit et les dactylographies figurait en lieu et place de ce passage : « Si Manhattan était couvert de buildings de cinquante étages et si les hommes, debout l'un à côté de l'autre, remplissaient bien tous les étages de ces buildings, l'humanité entière pourrait loger dans Manhattan. » Saint-Exupéry n'était-il pas satisfait de son image ; ou bien préférait-il gommer toute référence à sa situation personnelle aux États-Unis ?

Une colline avant les roses

Au chapitre XX, celui de la rencontre avec le chœur des roses, Saint-Exupéry avait prévu cette entrée en matière : « C'est gentil un dos de colline. C'est ce qu'il y a de plus gentil chez nous. Une montagne est toujours arrogante, une planète est souvent triste mais le dos d'une colline est toujours chargé de jolies choses qui ressemblent à des jouets : des pommiers en fleurs, des moutons, des sapins comme pour Noël. Le petit prince, tout étonné, suivait à petits pas le dos de la colline quand il découvrit un jardin, et dans ce jardin cinq mille fleurs... »

Une rencontre insignifiante

Saint-Exupéry avait envisagé de faire suivre le chapitre XXV de cette courte scène (Bibliothèque Pierpont Morgan) ainsi que de l'épisode de *La visite au marchand* (ci-dessous) :
« Bonjour, dit le petit prince.
— Qui êtes-vous ? dit l'homme. Que demandez-vous ?
— Un ami, dit le petit prince.
— Nous ne nous connaissons pas. Rentrez chez vous.
— C'est bien, dit le petit prince.
— On ne dérange pas les gens comme ça.
— Ah ! dit le petit prince.
Et il s'en fut. »

La visite au marchand

« Chez le marchand
— Tiens un client !
— Bonjour. Qu'est-ce que c'est que ça ?

— Ça, c'est des instruments très chers.
— À quoi ça sert ?
— À faire plaisir à ceux qui aiment les tremblements de terre.
— Je n'aime pas ça.
— Hum ! Hum ! Si tu n'aimes pas les tremblements de terre, je ne te vendrai pas mon instrument. L'industrie et le commerce seront paralysés. Voilà un livre. Quand tu l'auras bien étudié, tu aimeras les tremblements de terre et tu m'achèteras un instrument très vite. C'est plein de slogans faciles à retenir.
— Mais si j'ai envie d'un instrument à faire lire le livre ?
— Il n'y en a point. C'est du désordre. Tu es un révolutionnaire. Il faut avoir un instrument. Si tu aimes ce qu'on t'offre, tu seras heureux. De plus tu seras un citoyen libre.
— Comment ça ?
— Tu seras libre d'acheter quand tu auras envie de ce qui t'est offert. Sans ça, [...]. Va lire ta leçon de morale.
— Pourquoi vends-tu ça ? dit le petit prince.
— C'est une grande économie de temps, dit le marchand. Les experts ont calculé ça. On gagne vingt-six minutes par semaine.
— Et que fait-on de ces vingt-six minutes ?
— [...]
— Moi, dit le petit prince, si j'avais vingt-six minutes à dépenser, sais-tu ce que je ferais ?
— Non, dit le marchand.
— Je marcherais tout doucement vers une fontaine... »

La visite aux hommes

Parmi les papiers non classés du manuscrit de la bibliothèque Pierpont Morgan, on trouve le passage suivant, avatar plus abouti d'une des scènes précédentes :
« — Bonjour, dit le petit prince.
Il se tenait debout et souriait à la porte de la salle à manger d'une maison qu'il avait choisie pareille aux autres. L'homme et la femme se tournèrent vers lui et dirent à la lumière du sourire :
— Qui êtes-vous ? dit l'homme. Que cherchez-vous ?
— J'aimerais m'asseoir, dit le petit prince.
— Nous ne vous connaissons pas. Rentrez chez vous.
— C'est loin, dit le petit prince.
— Vous n'êtes pas poli, dit la femme, nous allons dîner. On ne dérange pas les gens comme ça.
— J'aurais dîné aussi, dit le petit prince.
— On ne s'invite pas comme ça chez les gens.
— Ah, dit le petit prince.
Et il s'en fut.
— Ils ne savent même pas, se dit-il, qu'ils cherchent quelque chose. »

La visite à l'inventeur

Même provenance pour cette scène, également non retenue dans l'édition définitive :
« Bonjour, dit le petit prince.
— Bonjour, dit l'inventeur des serviteurs électriques.

Il y avait devant lui une magnifique planche ornée de boutons électriques de toutes les couleurs.

— À quoi servent tous ces boutons ? demanda le petit prince.

— Ça économise le temps, dit l'inventeur qui était surchargé de décorations. Tu as froid, tu appuies sur ce bouton-ci et tu es réchauffé. Tu as chaud, tu appuies sur ce bouton-là et tu es rafraîchi. Si tu es joueur de quilles, tu aimes voir les quilles tomber : tu appuies sur cet autre bouton et les quilles tombent toutes à la fois. Si tu aimes fumer, tu appuies sur ce bouton orange, et une cigarette tout allumée vient se placer entre tes lèvres. Mais tu perds du temps à fumer. Plus d'une minute par semaine. Alors tu peux te servir du bouton violet. Et un robot très bien construit fume la cigarette pour toi... Enfin si tu veux te trouver au pôle, tu appuies sur ce bouton vert. Tu es au pôle.

— Pourquoi voudrais-je aller au pôle ? demanda le petit prince.

— Parce que c'est loin.

— Ce n'est pas loin pour moi, dit le petit prince, s'il me suffit de ce bouton. Pour que le pôle compte, il faut d'abord l'apprivoiser.

— Qu'est-ce que ça veut dire apprivoiser ?

— Ça veut dire être extrêmement patient. Mettre beaucoup de temps dans le pôle. Et beaucoup de silence. »

Une conclusion en forme d'aveu

« Comme je suis hors du jeu, je n'ai jamais dit aux grandes personnes que je n'étais pas de leur milieu. Je leur ai caché que j'avais toujours cinq ou six ans au fond du cœur. Je leur ai aussi caché mes dessins. Mais je veux bien les montrer à mes amis. Ces dessins, c'est des souvenirs. »

Du haut de Babel :
les traductions du Petit Prince

En juillet 2005 a paru à Genève un petit ouvrage original, à l'enseigne d'El Dragón de Gales, intitulé « *On ne voit bien qu'avec le cœur* ». Son principe ? Présenter la traduction dans cent vingt langues de deux fragments du conte de Saint-Exupéry, en un « *hommage multilingue et multiculturel au* Petit Prince ». Coordonnée par Jean-Claude Pont, avec l'appui d'un réseau d'universitaires, l'expérience est séduisante : les langues anciennes et médiévales (sumérien, égyptien classique... ; provençal, vieil et moyen anglais) côtoient des langues et des dialectes de toute la planète, du judéo-espagnol aux patois du val d'Anniviers et du Haut-Valais au rromanes pour le domaine européen, et des wolof et yoruba pour l'Afrique aux guarani et purepecha pour l'Amérique du Sud. L'exercice portait sur deux des passages les plus fameux du conte : « *Si tu veux un ami, apprivoise-moi !* » et bien sûr : « *Voici mon secret. Il est très simple : on ne voit bien qu'avec le cœur. L'essentiel est invisible pour les yeux.* »

Le choix du *Petit Prince* n'est pas anodin. Car on le sait : en termes de traductions, ce livre est un phénomène. Et les linguistes et traducteurs du monde entier l'ont compris, qui aiment à s'exercer sur un tel monument du patrimoine universel. « Grâces leur soient rendues ; on ne dira jamais assez combien, si la langue peut être une barrière, elle est aussi un vecteur et une main tendue », écrivait justement Anne-Solange Noble, responsable des traductions d'œuvres du fonds Gallimard à l'étranger, dans une édition récente du *Petit Prince*. Qu'en est-il donc exactement aujourd'hui de sa diffusion internationale ?

Histoire et ampleur d'un phénomène

À l'occasion d'un premier essai de recensement des adaptations du *Petit Prince* paru en 1981 dans le deuxième volume des *Cahiers Saint-Exupéry* (NRF), Louis-Yves Rivière s'essayait à une analyse « géo-linguistique » de la diffusion de l'ouvrage à travers le monde. Au début des années 1980, il dénombrait quarante-deux langues et dialectes dans lesquels le conte de Saint-Exupéry avait été traduit. Deux lacunes lui paraissaient alors assez surprenantes : celles de la Turquie et de l'Espagne, cette dernière bénéficiant cependant de la distribution de la traduction en espagnol éditée en République argentine dès 1951 (on se souvient que Saint-Exupéry, pionnier de l'Aéropostale, fut très actif dans cette partie du monde dans les années 1930 ; il y jouit encore aujourd'hui d'une grande notoriété). En réalité, aussi bien la Turquie (1976) que l'Espagne (1964) disposaient à cette date d'une traduction, contrairement à ce qui était avancé ; on notera en outre que les Catalans pouvaient lire *Le Petit Prince* dans leur langue depuis 1959 et les Galiciens et les Basques depuis 1972 (le territoire plurilinguistique hispanique est de fait particulièrement bien loti, puisque l'on compte également une version asturienne, aragonaise, estrémadure et aranaise). En réalité, Louis-Yves Rivière était loin du compte, car il s'avère aujourd'hui qu'en 1981 *Le Petit Prince* avait déjà été traduit en soixante-cinq langues et dialectes.

Reprenons donc l'inventaire et profitons d'un vol d'oiseaux sauvages pour tracer à larges traits les grands mouvements migratoires de l'œuvre de Saint-Exupéry. Premier constat : de 1946 à 1990, c'est environ une vingtaine de nouvelles traductions qui sont entreprises par décennies[1]. Ce n'est qu'après 1990 que cette moyenne décennale se voit plus que doublée, atteignant un niveau record en 2000, avec une nouvelle langue par mois en cette année de commémoration du centenaire de la naissance de Saint-Exupéry. Cette augmentation récente s'explique en partie par l'abondance des projets de traduction en langues régionales européennes, notamment pour les zones linguistiques germaniques, italiennes, ibériques, finlandaises et francophones. Les versions romanche, galloise ou bretonne les avaient précédées. Un tel dynamisme relève du même regain d'intérêt pour les parlers locaux ; c'est un phénomène aux accents identitaires et revendicatifs dans le contexte de la mondialisation, et exigeant la constitution de bibliothèques d'œuvres patrimoniales contemporaines pour l'apprentissage élémentaire et le maintien des langues régionales. La diffusion de ces traductions est très limitée ; mais leur nombre impressionne et témoigne

---

1. Les traductions sont peu nombreuses dans les toutes premières années, en raison du blocage des droits lié au conflit opposant dans l'immédiat après-guerre Gallimard à l'éditeur américain du conte.

de la vitalité d'une œuvre. La faible longueur du conte de Saint-Exupéry et son abstraction certaine (le désert et l'espace interplanétaire comme territoires vierges de tout pittoresque ; des attributs et agents élémentaires comme la rose, le volcan, l'arrosoir, le mur, le serpent, le renard, le puits...) rendent ses traductions plus aisées. Il est en effet plus commode et moins coûteux de traduire *Le Petit Prince* qu'un autre grand succès international de cette seconde moitié du XXe siècle, *Autant en emporte le vent*, monument dont la diffusion dans le monde en exemplaires est aussi considérable (environ 30 millions pour le roman de Margaret Mitchell) mais pour lequel le nombre de traductions recensées est bien moindre.

Jusqu'en 1955, c'est la diffusion dans les grandes langues de l'Europe occidentale et nordique qui prédomine, doublée cependant par des traductions en Argentine et au Brésil, si familiers et chers à Saint-Exupéry, et par une première excursion en Asie, au Japon. Le pays du Soleil-Levant, vivant à l'heure de la littérature européenne depuis le début du XXe siècle, notoirement réceptif au message universaliste des Lumières et aux perspectives poétiques et épistémologiques ouvertes par le réalisme et le symbolisme, a en effet, jusqu'en 1960 environ, réservé une grande audience à quelques maîtres à penser européens : Romain Rolland, Gide, Malraux, Camus, Sartre et... Saint-Exupéry bien sûr. *Jean-Christophe* et *La Nausée* y furent les best-sellers de l'après-guerre. Mais une relative perte de crédit de ces figures d'écrivains engagés y est sensible à partir des années 1970, influencée, et compensée en termes d'audience auprès de l'intelligentsia japonaise, par la nouvelle critique française (Foucault,

Tel quel...). Mais *Le Petit Prince*, par son extraordinaire prégnance sur le public enfantin et l'imaginaire collectif japonais, ne souffrira pas de cette mésestime[1] : depuis le passage dans le domaine public de l'œuvre, quatre nouvelles éditions ont paru à de nouvelles enseignes. Depuis 1953, plus de cinq millions d'exemplaires y ont été tirés du conte de Saint-Exupéry ; un musée Saint-Exupéry a été inauguré à Hakone (province de Tokyo) le 29 juin 1999, étonnant par la qualité de ses reconstitutions (mais à la fréquentation en perte de vitesse toutefois), et les adaptations scéniques se sont multipliées ces dernières années.

La vogue du *Petit Prince* dans les pays de l'Est débute quelques années plus tard, pour atteindre son plein régime dans les années 1960, en pleine guerre froide — précédée de peu par les très nombreuses traductions recensées dans les espaces balkaniques et proche ou moyen-oriental. Mais il n'est pas aisé d'estimer l'exacte ampleur de la diffusion au-delà du rideau de fer de ce conte écrit à New York. Il est intéressant de noter aussi que, pour les pays faisant usage de plusieurs langues officielles, certaines traductions précédèrent l'éclatement des frontières. La Yougoslavie bénéficiait ainsi, dès le milieu des années 1960, de traductions en macédonien (République de Macédoine), slovène (Slovénie) et serbo-croate (Serbie, Croatie, Bosnie-Herzégovine) ; idem pour la Tchécoslovaquie, avec une version tchèque en 1959 et une slovaque en 1967 (Louis-Yves Rivière avait raison de souligner en 1981 l'existence d'une traduction en scipétaire [de *Shqipëria*, nom officiel

---

1. Voir Annie Cecchi et Masayuki Ninomiya, « La réception de la littérature française au Japon », *Europe*, avril 1986, p. 176-181.

de l'Albanie] datant de 1965, langue d'une minorité d'Albanais, lointains descendants des Pélasges, installés dans une région de Serbie, le Kosmet). La péninsule Ibérique est couverte également durant cette décennie, indépendamment des traductions sud-américaines qui progressent simultanément.

Le grand flux de la fin des années 1960, prolongé durant la décennie suivante, concerne les pays asiatiques : les traductions en langues indiennes connaissent un grand essor ; une version chinoise datant de 1974 est attestée ; les pays du Sud-Est asiatique sont peu à peu tous couverts, de façon plus ou moins officielle... Quant aux langues africaines, les moins nombreuses du présent inventaire, elles sont réparties de façon plus diffuse sur l'ensemble de ces soixante années, mais apparaissent très tôt, notamment sous l'influence des anciennes autorités coloniales (afrikaans, touareg...) ; elles assureront une véritable diffusion du conte saharien aussi bien en Afrique noire qu'en son terrain naturel, l'Afrique du Nord, que Saint-Exupéry connaissait si bien. Parallèlement à ce déploiement, la représentation du conte gagne alors en profondeur sur des territoires plus familiers avec les premières traductions en dialectes locaux européens.

Quittons maintenant la perspective diachronique : en combien de langues *Le Petit Prince* a-t-il été traduit depuis 1943 ? Sont exclues de l'inventaire les diverses éditions nationales en une langue donnée et les versions francophones publiées en pays étrangers (elles sont nombreuses — Pays-Bas en 1949, Allemagne en 1950, Angleterre en 1953, Italie en 1954, Japon en 1957, Chine, États-Unis, Espagne... — et parfois données en version bilingue), à destination des expatriés ou des jeunes lecteurs faisant l'apprentissage de notre langue. À ce jour, on dénombre cent cinquante-neuf langues ou dialectes[1], ce qui représenterait environ cinq à six cents éditions distinctes, hors les innombrables réimpressions qui échappent, dans leur globalité, à tout contrôle. En nombre de locuteurs (et donc de lecteurs ou d'auditeurs) potentiellement concernés, il semble qu'on approche de la population mondiale, toutes les grandes langues officielles du monde étant représentées. Mais la couverture effective sur l'ensemble du globe reste difficilement estimable. Et de surcroît, ignorant pour une part les tirages cumulés de ces éditions, il est impossible pour quiconque d'estimer de façon précise à quel nombre d'exemplaires l'ouvrage a été tiré et vendu à ce jour. On annonce ici trente millions de volumes, là cinquante, là encore quatre-vingts millions. Quelle version retenir ? L'estimation la plus haute serait certainement la plus crédible.

Œuvre universelle, *Le Petit Prince* se plie à tous les systèmes graphiques d'écritures. Plus d'un tiers des traductions proposées dans le monde depuis 1943 ont été transcrites sans recours à l'alphabet latin, même enrichi de signes diacritiques (points suscrits, par exemple, pour l'écriture du maltais), soit vingt-six systèmes utilisés à ce jour. Cela n'est pas rien et crée une très surprenante variété typographique, qui s'ajoute aux métamorphoses subies par les aquarelles originales de l'auteur. L'amateur est convié à un tour du monde des solutions imaginées par les hommes pour donner une traduction graphique à leur oralité : les alphabets, d'une part, aux nombres de signes très variables, et parmi les-

---

1. Des traductions en araméen et en zoulou sont aujourd'hui en cours.

quels on distinguera par exemple les abjads, c'est-à-dire ceux qui ne notent que les consonnes de la langue (arabe, hébreu) et les bicaméraux, c'est-à-dire ceux qui proposent une distinction entre minuscules et majuscules, ou petite et grande casses, à la façon de l'alphabet latin, grec ou mxedruli (Géorgie) ; les très nombreux semi-syllabaires ou alphasyllabaires, d'autre part, qui retranscrivent des phonèmes composés. Parmi eux, on notera l'importante représentation de la famille asiatique dérivée de la brahmi, de la grantha ou de la devanagari : télougou, malayalam, tamoul, bengali, tibet... Les systèmes idéographiques, à la façon chinoise, sont bien plus rares ; le kana japonais, bien que dérivé des kanji — une écriture idéographique d'origine chinoise —, est bien un système syllabique.

Quelle comparaison adopter pour prendre la mesure du phénomène ? Parmi les classiques de la littérature du XXe siècle parus aux Éditions Gallimard, on notera que *L'Étranger* de Camus a été traduit dans quelque cinquante langues et *Le Lion* de Joseph Kessel ou *Belle du seigneur* d'Albert Cohen, dans une vingtaine. Les romans de Simenon ou d'Agatha Christie sont eux disponibles dans plus de cinquante langues. Les aventures d'Harry Potter sont offertes en 2005 dans plus de soixante langues. L'œuvre de Saint-Exupéry se situe donc, selon toute probabilité, en termes de traductions disponibles à ce jour (et non en termes de chiffres de vente, où elle est devancée par un plus grand nombre de best-sellers), à la quatrième place d'un palmarès dominé par la Bible — plus de deux mille langues —, suivie des « œuvres » de Mao Tsé-Toung et de Lénine. *Le Petit Prince* est donc le premier texte proprement littéraire à figurer à ce classement. Notons qu'il n'est pas rare aujourd'hui, pour des succès de librairie hexagonaux, qu'un titre soit traduit dans une vingtaine de langues, et cela, très peu de temps après sa première publication dans son pays d'écriture. Les échanges internationaux se sont accélérés ces dernières années ; c'est la mondialisation en cours dans l'édition. Et la représentation transnationale d'une œuvre n'est pas nécessairement fonction de sa diffusion réelle en France ; la réception critique peut influer tout autant, comme la renommée ou l'image de marque de l'enseigne, si petite soit-elle, qui la soutient. On trouvera ci-dessous le recensement des traductions dont a bénéficié le conte de Saint-Exupéry, avec, pour la plupart, mention de leur éditeur, de la ville d'édition et de l'alphabet utilisé.

Si nul ne saurait mettre en doute, face à ces chiffres, l'universalité de l'œuvre exupéryenne, il faut reconnaître cependant qu'il ne s'est pas toujours agi pour *Le Petit Prince* d'un long fleuve tranquille. On l'a dit plus haut, l'espace linguistique des pays de l'Est a eu tôt fait de s'ouvrir au message universel du *Petit Prince*, la très francophile Pologne montrant la voie dès 1947, avant la Hongrie, la Roumanie[1] et la Bulgarie. Encore faut-il préciser que cette diffusion n'a pas été sans se heurter à quelque résistance idéologique : contrairement à ce qu'ont souvent affirmé les critiques (voir la partie « Dits et écrits » du présent volume), la pensée exupéryenne n'est peut-être pas si malléable qu'elle n'y paraît... Ainsi apprenait-

1. Jo Voets, photographe belge, présentait récemment un cliché de deux jeunes sœurs rom – vivant avec d'autres adolescents dans les égouts de Budapest en 2004 – en train de lire la traduction roumaine du *Petit Prince* à cinq mètres sous terre..., dans le cadre de cours de lecture prodigués par la fondation Parada. Elles vivent aujourd'hui sous un toit (*Le Monde 2*, 14 janvier 2006, p. 66).

on en avril 1958, dans un journal parisien, qu'au cours d'une révision des lectures offertes à la jeunesse hongroise, le gouvernement communiste avait interdit la mise en vente de l'ouvrage, paru un an auparavant à Budapest en traduction. Le texte du décret vaut son pesant de constellations : « Ce livre risque de vicier le goût de nos enfants. Nous vivons en régime socialiste. Ce régime exige des enfants, qui seront les hommes de demain, d'avoir les deux pieds sur la terre. Rien ne doit donc venir fausser la conception qu'ils doivent avoir de la vie et du monde. Pour y parvenir, il ne suffit pas de leur épargner l'abrutissement de l'éducation religieuse. Il faut qu'en tournant leurs regards vers le ciel, ils ne cherchent pas Dieu et les anges, mais des spoutniks. Préservons nos enfants du poison des contes de fées comme de l'absurde et morbide nostalgie du petit prince, qui aspire si sottement à la mort ! »

Concordance et distinction culturelles

Traduire, c'est aussi établir des passerelles entre des cultures aux attributs réputés inconciliables ; les traducteurs ne sont pas que des transcripteurs, ils doivent eux aussi, d'une certaine manière, inventer l'œuvre. Un exemple récent : la parution en avril 2005 d'une traduction en toba (*So Shiyaxauolec Nta'a*). Cette nouvelle traduction est née d'un programme d'échanges culturel entre des enfants d'écoles françaises de la Ville de Paris et des enfants tobas. Le toba est une langue indigène parlée par une communauté aborigène du nord de l'Argentine ; les Tobas, du groupe linguistique guaycuru, aujourd'hui réduits à une population de cinquante mille individus, sont originaires de la région du Gran Chaco, qui comprend également une partie du Paraguay et de la Bolivie. Les plus désœuvrés d'entre eux se sont installés dans les grandes métropoles, comme Rosario et Buenos Aires. Le texte du *Petit Prince* a été illustré par les enfants argentins ; la mise au point de la traduction, assurée par des maîtres tobas de la communauté de San Carlos (province de Formosa) et des traducteurs de Derqui et de l'université de Buenos Aires, fut un travail complexe : « Le concept de prince, par exemple, n'existe pas dans la culture toba ; il a fallu recourir à l'image d'un petit cacique » ; à l'inverse, « rien d'étrange à ce que le petit prince parle avec un serpent ou un renard et voyage parmi les étoiles, cela colle parfaitement à la mythologie toba ».

On retrouve ce même constat de concordance culturelle, à des milliers de kilomètres des terres argentines, dans les commentaires de Lahbib Fouad, artiste peintre et chercheur marocain, sur sa traduction du *Petit Prince* en amazighe (*Ageldun amezzan*), langue régionale sud-marocaine : « La raison qui m'a poussé à traduire et adapter ce conte en ma langue maternelle est le fait que l'auteur y fasse parler le petit prince avec tantôt un serpent ou un renard, tantôt avec une fleur, un astre ou un volcan. Ce qui coïncide parfaitement avec "la mythologie et la cosmogonie amazighes". » Mais, de la même façon qu'en toba, certains objets et notions évoqués dans le conte ont posé des soucis au traducteur : avion, réverbère, boa, astéroïde, cravate et les concepts d'orgueil, d'ennui ou d'absurdité. Cette traduction a été transcrite et imprimée dans la graphie tifinagh, alphabet berbère vieux de quelque trois mille ans, composé de vingt-deux consonnes, quatre voyelles et deux semi-voyelles. S'agissant d'une langue encore traditionnellement orale, en cours de standardisation écrite, cette question de la transcription était décisive ; elle a fait l'objet de vifs débats au Maroc, lorsqu'il s'est agi de choisir un alphabet pour les textes de référence soutenant l'enseignement du berbère dans les écoles, appelé de ses vœux par Mohammed VI. L'exemple de la large diffusion du *Petit Prince* en version tifinagh au Niger et au Mali fut un argument qui fit pencher la balance en défaveur des tenants de la transcription en alphabet occidental. On est loin du constat de la presse française de l'époque à l'annonce de la parution de l'édition touareg en 1957 (*Ag Tobol*, littéralement « Fils de noble »), ayant adopté elle aussi l'alphabet tifinagh :

> *Seules les femmes touareg pourront lire l'œuvre de Saint-Ex. [...] L'alphabet tifinag, qui est composé de vingt-cinq signes, n'est lu que par les femmes (exactement par les plus nobles d'entre elles). Les hommes, en effet, qui durant toute leur vie sillonnent le désert avec leurs chameaux, n'ont jamais le temps d'apprendre à lire et à écrire. Au total, sur 100 000 personnes que compte la population targuie, 20 000 seulement et quelques Européens (officiers sahariens notamment) sont initiés au tifinagh.* (France Soir, 31 janvier 1959)

Illustrations et couvertures

S'il est bien difficile, hélas, de disposer d'une collection, sinon exhaustive, du moins complète des éditions étrangères parues à ce jour (quelques collectionneurs courageux dans le monde s'y attellent), notre bibliothèque est assez volumineuse pour nous permettre de tracer les grandes lignes des choix graphiques des éditeurs. Les deux illustrations de couverture qui dominent très largement (environ les deux tiers des éditions) sont celles du petit prince sur l'astéroïde B 612 du chapitre III et celle de son portrait en pied, avec cape et épée, du chapitre II. L'utilisation d'autres images tirées du conte est très marginale (baobabs, le mur et le serpent), à l'exception de celle du petit prince profitant de la migration d'oiseaux sauvages pour s'envoler, un peu plus fréquente, qui ornait la jaquette de la première édition américaine et décore la page de titre du conte. Mais d'emblée, un premier constat s'impose : les variations sur ces deux ou trois thèmes sont infinies. Qui décide de changer les couleurs de la planète ou du pantalon du petit prince, qui ajoute ici ou là des étoiles et des planètes ou un décor de fond mosaïqué (mongol), qui redessine complètement, parfois de façon très approximative ou stylisée, l'illustration de référence en donnant au petit personnage une silhouette plus enfantine, qui mêle une illustration à une autre (le petit prince sous un globe géant pour une édition bulgare de 1999 !), qui rend la frêle rose aussi grande que le petit prince (russe)... De sorte que, pour l'édition bambara publiée à Bamako en 1989, le petit prince devient un garçonnet à la peau noire et aux cheveux blonds, adaptation locale oblige. De proche en proche, on aboutit à des réalisations extrêmement éloignées du dessin original ; un petit prince très enfantin et roux portant une sorte d'aube blanche et voletant comme un ange (malayalam), une manière de mignon aux lèvres pulpeuses (géorgien), une silhouette longiligne et plastronnée au visage très stylisé marchant sur un plan évoquant un grand tapis volant (macédonien), un pierrot lunaire assis sur son astre qui désigne une étoile lointaine (bulgare)... Pourquoi cette grande figure anthropomorphe et ornementale de soleil qui occupe le premier plan d'une édition kazakh ? Nul ne le sait. Ces modifications peuvent toucher également des dessins du volume lui-même, comme dans certaines éditions taïwanaises attestées ou dans une traduction commercialisée en Macédoine dans les années 1990. L'ensemble n'est pas alors présenté comme un travail original d'un illustrateur ou d'un groupe d'illustrateurs (on pense aux dessins d'enfants de l'édition bergamasque, qui font du petit prince un enfant touareg, ou toba) sur le texte de Saint-Exupéry — tel qu'on en connaît un exemple en Occident, avec les dessins de Michael Foreman illustrant la nouvelle traduction d'Alan Wakeman parue à Londres en 1995, à l'enseigne des Pavilion Classics Books.

Ainsi, quand en Europe occidentale on s'attache, avec une passion d'archiviste, à respecter scrupuleusement le moindre détail de l'édition originale américaine pour être au plus près de l'intention de son auteur, ailleurs, de par le monde, certains se désintéressent de cette question pour remettre au goût du jour, au gré de leur fantaisie, des dessins considérés par d'autres comme mythiques et inaliénables. D'un côté, la tradition ; de l'autre, la variation ; ici l'identité patrimoniale, là l'adaptation sans contraintes. Il ne s'agit pas de sous-estimer le phénomène, car il dénote bien des conceptions radicalement distinctes de nos visions occidentales. D'une part, ces divergences attestent que *l'autorité* de l'auteur n'est pas reconnue partout de la même façon, quels que soient les efforts séculaires de normalisation des échanges internationaux mettant en jeu des aspects de propriété intellectuelle. D'autre part, elles révèlent une conception du bloc image/texte très éloignée de nos pratiques occidentales, caractérisée par une plus grande souplesse et par un rapport de sens beaucoup moins contraignant. Car il n'est pas dit que les étrangers, quelle que soit leur culture, aient leur propre lecture du conte de Saint-Exupéry, irréductible à la nôtre ; mais plutôt que le lien du texte avec sa représentation graphique est plus lâche et qu'il peut se prêter à toute fantaisie et toute rupture. De là on peut supposer que ce qui fait l'universalité du conte de Saint-Exupéry ne tient pas à la seule silhouette stylisée du petit prince et à l'illustration de sa geste interplanétaire, mais bien aux grandes thématiques qu'il véhicule et à une forme « d'abstraction » des relations humaines qu'il orchestre.

Cela dit, il ne faut pas perdre de vue un instant qu'en matière éditoriale les choix sont d'abord l'expression de contraintes. Rien d'étonnant en effet à trouver dans beaucoup d'éditions imprimées et diffusées sur le continent asiatique ou africain, ou dans les anciens pays de l'Est, des illustrations en noir et blanc, parfois de très mauvaise qualité ou appauvries, et pas nécessairement dans leur totalité. Il n'est question ici que de coûts de fabrication. Les couvertures purement typographiques sont rares, mais elles sont attestées (albanais, arménien, coréen, serbe...). Récemment, les apports de l'infographie se font sentir : effets de flou, de couleurs de fond dégradées, montage savant et ajout d'éléments graphiques extérieurs au conte, détourage et mise en relief... Reste enfin qu'une telle diversité dans les approches graphiques est aussi la rançon du succès d'un ouvrage à la diffusion exceptionnelle, que chaque culture du monde est susceptible un jour de s'approprier, sans pour autant se soucier du cadre d'exploitation qui le régit quelque part à la pointe ouest de l'Europe. Les éditions *dites* pirates, qui aux yeux du législateur constituent des contrefaçons, sont particulièrement nombreuses pour ce titre ; il est difficile de les identifier avec certitude, et leur nombre rend la tâche et la traque bien difficiles (mais d'autant plus exaltantes) pour les collectionneurs les plus avertis. C'est la contrepartie d'une audience sans véritable égale dans la littérature mondiale du siècle dernier.

En 1956, les 1 485 meilleurs élèves de 248 établissements d'enseignement de 55 pays avaient participé à un concours organisé par les services internationaux de la Librairie Hachette sur le sujet : « Quel est le livre français classique ou moderne qui vous a laissé la plus forte impression ? » Les six lauréats (deux Libanais, un Espagnol, un Haïtien, un Marocain et un Argentin) gagnèrent chacun une bourse d'un an d'études supérieures à Paris, prix décerné lors d'une cérémonie officielle au palais de l'Unesco. Parmi les auteurs contemporains, c'est Saint-Exupéry qui arrivait en tête du palmarès et Corneille pour les classiques. Il est bien probable que la diffusion du *Petit Prince* y fût pour quelque chose.

Du haut de Babel...

*

INVENTAIRE SOMMAIRE DES LANGUES, PAYS, ÉDITEURS ET ALPHABETS

Cette liste est établie d'après la bibliothèque d'ouvrages justificatifs étrangers des Éditions Gallimard, des quelques bibliographies imprimées et de sites de collectionneurs. Un tel inventaire, aussi complet soit-il, ne se prévaut pas d'un caractère exhaustif.

Classement détaillé par ordre alphabétique de langues

1. Abkhaze. Abkhazia, 1984.
2. Afrikaans (Afrique du Sud). Cape Town, AA Balkem Publishers, 1956 — Tafelberg, 1994.
3. Albanais. Tirane, Botimet Toena, 2000.
4. Allemand. *Allemagne* : Düsseldorf, Karl Rauch Berlag, 1956 — Berlin, Verlag Volk und Welt, 1968 — Wilhelm Heyne Verlag, 1989. *États-Unis* : New York, Harcourt Brace Jovanovich, 1971. *Suisse* : Zürich, Die Arche, 1949.
5. Alsacien (Allemagne). Steinzrunn-le-Haut, Éditions du Rhin, 1995.
6. Alur (Zaïre, Ouganda et Kenya). Aix-la-Chapelle, Rimbaud Verlagsgesellschaft mbH, 1995.
7. Amharique (Éthiopie). Éthiopie, 1960 et 1974.
8. Amazigh (Maroc). Institut royal de la culture amazighe, 2005.
9. Anglais. *Angleterre* : Londres, William Heinemann, 1945. Penguin Books, 1962 — Piccolo / Pan Books, 1974 — Hertfordshire, Wordsworth Editions Limited, 1995 — Londres, Pavilion Classics Books, 1995. *États-Unis* : Reynal & Hitchcock, 1943, puis Harcourt Brace à partir de 1947 ; nouvelle traduction par Richard Howard en 2000, Harcourt. *Japon* : Eikosha, 1966. *Inde* : New

Delhi, Timeless Books, 1993 — Calcutta, Hermes Classic, 1995...
10. Arabe (Liban). Beyrouth, Les Éditions arabes, 1963.
11. Arabe (Tunisie). Maison tunisienne de l'édition, 1994 — s.l.n.d., 1997.
12. Arabe. Almansharit Al-arabiya, sd. — *Allemagne* : Cologne, Al Kamel Verlag, 2000.
13. Arabe (Syrie). Damas, Dar Talas, 1987.
14. Aragonais (Espagne). Gara d'Edizions, 1993.
15. Aranais (Espagne). Edicion de Jaume Arbonès/Entuarea, 2005.
16. Arménien. URSS, Hradaragutyun Hayastan, 1966 — « Luys » Hrataraktsh'utyun, 1985 — Erevan, 1997.
17. Asturien (Espagne). Oviedo, Academia de la Llingua asturiana, 1983.
18. Azéri. Adamlaryn Planeti, 1968 — Gändzhlik Dunja ushag ädäbijjaty kitabxanasy, 1987 — Bakou, Əbilov, Zeynalov və oğullari, 2001.
19. Badois (Allemagne). Nidderau, Verlag Michaela Naumann, 2000.
20. Bambara (Mali). Bamako, Éditions Jamana, 1989.
21. Basque (Espagne). Editions Inaki Beobide, 1972 — Garmendia Euskeratzailea, 1972 — San Sebastian, Editorial Txertoa Argitaldaria, 1985 — Donostia, Elkarlanean & Salamandra, 2001.
22. Bavarois (Allemagne). Nidderau, Verlag Michaela Naumann, 1999.
23. Bengali (Inde). Calcutta, A.K. Sarkar & Co, 1970 — Calcutta, Dey's Publishing, 1995 — Calcutta, Punascha, 1999.
24. Bergamasque (Italie). Treviglio, Leonardo Facco Editore, 2000.
25. Berlinois (Allemagne). Nidderau, Verlag Michaela Naumann, 2002.
26. Biélorusse. Minsk, 1969 — Minsk, Edition Junatstva, 1989.
27. Birman. Yangon, Union of Myanmar, 1996.
28. Bolognais (Italie). Gressan, Wesak Editions, 2003.

Du haut de Babel... 153

29. Bosniaque. Svejtlost, 1995 — Sarajevo, Sejtarija, 1997 — Sarajevo, Sarajevo Publishing / Lastavica Lektira, 1999 — Sarajevo, Sejtarija, 1997. *Allemagne* : Wuppertal, Bosniches Wort, 1999.
30. Breton (France). Plomelin, Preder, 1974.
31. Bulgare. Sofia, Editions Narodna Mladej, 1978 — Sofia, Narodna Kultura, 1980 — sl, 1988 — Sofia, Latchezar Mintcheff Publishers, 1994 — Sofia, Anubis, 1999.
32. Burgenlandais-croate (Autriche). Eisenstadt, Hrvatsko Stamparsko Drustvo, 1998.
33. Carinthien (Allemagne). Nidderau, Verlag Michaela Naumann, 2002.
34. Catalan (Espagne). Barcelone, Editorial Estela, 1959 — Barcelone, Editorial Laia, 1977 — Barcelone, Emecé Editores, 1991.
35. Chinois. Une quinzaine d'éditions attestées (certaines bilingues), dont : Taïwan, Winnet & Grimm — Hong Kong, Chinese Christian Literature Council, 1974 — Tokyo, Surugadai Shuppan Sha, 1983 — Hong Kong, Tchong Lieuou, sd — Taïwan, Chen Editions, 2001.
36. Cinghalais. Sri Lanka : M.S. Gunasena & Co, 1966.
37. Coréen. Hongshin Elite Book's (bilingue coréen/anglais), 1972 — Samseong Publishing, 1999 — Séoul, Librairie Moon Ye, 2001 — Séoul, Nexus Books (bilingue chinois/coréen), 2002 — Séoul, Kylim Publishing, sd. — sl, 2002.
38. Corse. Ajaccio, Akenaton Doc(k)s, 1990.
39. Créole (Seychelles). Mahé, Lenstititi Pedagozi Nasyonal Victoria, 1985.
40. Créole (Réunion). Saint-Gilles-les-Hauts, Éditions du Point de Vue, 1999.
41. Danois. Copenhague, Jespersen og Pios Forlag, 1950. — Copenhague, Lindhardt og Ringhof, 1986.
42. Dâri (Iran). 1983.
43. Espagnol. *Espagne* : Barcelone, Emecé, 1964 — Barcelone, Ediciones Salamandra, 2001. *Argentine* : Buenos Aires, Emece, 1951 — Buenos Aires, Ediciones C.S., 1997 — Buenos Aires, Grupo Editorial Lumen, 2001 — *Chili* : Santiago du Chili, Dolmen Edicions SA, sd — Santiago du Chili, Empresa Editora Zig-Zag, 1994. *Co-*

lombie : Editorial Bedout, 1968 — Santa Fe de Bogotá, Educar Cultural y recreativa, 2001. *Cuba* : La Havane, Editorial Gente Nueva, 1968. *États-Unis* : New York, Harcourt Brace Jovanovich, 1973. *Mexique* : Mexico, Editorial Diana, 1963 — Mexico, Fernandez Editores, 1972 — Mexico, Editorial Porrúa, 1987 — Mexico, Prisma, 1994 — Mexico, Enrique Sainz Editores, 1994 (bilingue espagnol/anglais et espagnol/français) — Mexico, Tomo Dos, 1996 — Mexico, Editorial Epoca, 1998 — Mexico, Editores Mexicanos Unidos, 1999... *Pérou* : Lima, Editora Guzmán, sd. — Lima, Lima SA, sd.

44. Esperanto. France : Edelvejso, 1960. Canada : Canada, Kanada Esperanto Asocio, 1984.
45. Estonien. Eesti Riiklik Kirjastu, 1960 — Tallinn, Tiritamm, 1993.
46. Estrémadure (Espagne). Badajoz, Ediciones Carisma Libros, 1999 — Jarandilla de la vera, Iberediciones, 1999.
47. Féroïen. Fuglafjorodur, Alexandur Kristiansen (Egid Forlag), 1980.
48. Finnois. Helsinki, Werner Söderström Osakeyhtiö, 1951.
49. Francique lorrain (France). Sarreguemines, Éditions Faïencité, 2002.
50. Franco-provençal. Gressan, WESAK Editions, 2000.
51. Fränkisch (Allemagne). Verlag Michaela Naumann, 1998.
52. Frioulan (Italie). Gemona, Commune di Gemona, 1992.
53. Frison (Pays-Bas). Leeuwarden, La Plume Uitgeverij, 1994 — Q Koperative Utjowerij Boalsert, 1998.
54. Gaélique. Belfast, Lagan Press, 1997.
55. Galicien (Espagne). Vigo, Editorial Galaxia, 1972.
56. Gallois. Liverpool, Cyhoeddiadau Modern Cymreig CYF, 1975.
57. Gascon (France). Gradignan, Princi negre, 1995.
58. Géorgien. Tbilissi, Nakaduli-Editions, 1962 — Tbilissi, Kooperatiuli Khaldea, 1991 — Tbilissi, Sani, 2003.
59. Grec. Athènes, Diphros, 1957 — Athènes, Nepheli, 1984 — Athènes, Zacharopoulos, 1993 — Athènes, Ekdosis Patakis, 1996 — Mosxato, Ekdosis Iridanos, s.d. —

Athènes, Ekdosis Pella, s.d. — Athènes, Diamianou, s.d. — Athènes, Bibliothiki gia olous, s.d. — Athènes, Alma, s.d.
60. Grec ancien. Athènes, Athenai, 1957.
61. Hakka (Chine, Taïwan, Malaisie). Taïwan, SMC Publishing, 2000.
62. Haut-autrichien. Nidderau, Verlag Michaela Naumann, 2002.
63. Hébreu. Tel-Aviv, Am Oved Publishers, 1952.
64. Hessois (Allemagne). Nidderau, Verlag Michaela Naumann, 1998.
65. Hindi (Inde). Delhi, Hin Pocket Books, 1995 — Delhi, Rajpal & Sons, s.d.
66. Hongrois. Budapest, Magvetö, 1957 — Kriterion, 1971 — Budapest, Móra Ferenc Könyvkiadó, 1970 — Posta Bank, 1971 — Budapest, Helikon, 1997.
67. Indonésien. Jakarta, Pustaka Jaya, 1979 — Jakarta, PT Gramedia Pustaka Utama, 2003 — Yogyakarta, Jendela, 2003.
68. Interlingua. Pays-Bas, Bilthoven, Union mundial pro interlingua, 1997.
69. Islandais. Reykjavík, Bokautgafa Menningarsjoos, 1961 — Reykjavík, Mál Og Menning, 1996.
70. Italien. Milan, Bompiani, 1949 — Fabbri Editori, 1988 — Corriere della Sera — I grandi Romanzi, 2002.
71. Japonais. Tokyo, Iwanami Shoten, 1953 — Poraneko Kobo, 1962 — Kyoko Kato, 2000.
72. Kabyle. 2004.
73. Kannada (Inde). Karnataka, Manohara Grantha Mala, 1981.
74. Kazakh. Almaty, Zhazushy, 1967 — Sn, 2004.
75. Khmer (Cambodge). Phnom Penh, Sipar, 2002.
76. Kirghiz. Frunse, Mektep Edition, 1981 — slnd, 2001.
77. Kölsch (Allemagne). Nidderau, Verlag Michaela Naumann, 1999.
78. Konkani (Inde). Goa, Jâag Prâkashan, 1995.
79. Kurde. Järfälla (Suède), Nûdem, 1995.
80. Ladin [version badiota] (Italie). Istitut cultural ladin (San Marin de Tor), 1993.

81. Ladin [version gherdëina] (Italie). Istitut cultural ladin (San Marin de Tor), 1993.
82. Languedocien. Andoca/Valadarias, Vent terral, 1994.
83. Laotien. Vientiane, ASPB, 2003.
84. Lapon Inari (Finlande). Anar-Inari, Sämitigge, 2000.
85. Lapon Nord (Finlande). Helsinki, Werner Söderström Osakey, 2000.
86. Lapon Skolt (Finlande). Helsinki, Werner Söderström Osakey, 2000. Anar (Inari), Sää'mte'gg, 2000.
87. Latin. Paris, Fernand Hazan, 1961. *États-Unis* : Harcourt Brace, 1985.
88. Letton. Riga, Izdevnieciba Liesma, 1966 — Riga, Zvaigzne ABC, sd — Riga, Spriditis, 1993 — Riga, Apgads Draugi & N.I.M.S., 1999 — Riga, Jumava, 2000.
89. Limbourgeois du Nord (Pays-Bas). Heerlen, DOL, 1996.
90. Limbourgeois du Sud (Pays-Bas). Heerlen, DOL, 1996.
91. Lituanien. sl, 1959 et 1982 — Vilnius, Dziugas, 1995.
92. Luxembourgeois. Herborn, Éditions Phi, 1994.
93. Macédonien. Skopje, Koco Racin, 1960 — Jugoslovenska Autorska Agencija, 1987 — Skopje, Makedonska Kniga, 1984 — sl, 1993 — Skopje, Detska Radost, 1998.
94. Malgache. Antananarivo, Foi et justice, 1997.
95. Malayalam (Inde). Kerala, D.C. Books, 1982.
96. Malais. Kuala Lumpur, Dewan Bahasa Dan Pustaka, 1986.
97. Maltais. Luqa, Tusè Costa / Alliance française, 1982 — Triq it-Torri, Mireva Publications, 2000.
98. Marathi (Inde). Bombay, Popular Prakâshân Pvt Ltd, 1988.
99. Milanais (Italie). Gressan, Wesak Editions, 2002.
100. Moldave. Chisinau, Lumina, 1974 — Exporeclama, 1992.
101. Mongol. Oulan-Bator, Ardyn Bolovsrolyn Yaamny, 1985 — Tsomorlig Khevlel, 2001.
102. Napolitain (Italie). Naples, Franco Di Mauro Editore, 2000.
103. Néerlandais. Rotterdam, Ad. Donker, 1951.
104. Népalais. Katmandou, Child Workers In Nepal Concerned Center, 1998.

105. Nissart (France). Pau, Princi Negue Editor, 2002.
106. Norvégien. Oslo, H. Aschehoug & Co, 1962.
107. Oriya (Inde). Orissa, Vidyapury - Sri Pitamber Misra, 1972.
108. Occitan du Piémont (Italie). Gressan, Wesak Editions, 2001.
109. Palatin (Allemagne). Nidderau, Verlag Michaela Naumann, 1998.
110. Papiamento (Antilles néerlandaises). Curaçao, Editoryal Antiyano, 1982.
111. Persan (ou farsi) (Iran). Téhéran, Jami (?), 1993 — Téhéran, Mu'assisah-i Intisharat Nigah, 1994 — Téhéran, Ketâb Domâ, 1995 — Téhéran, Amir Kabir, 1998 — Téhéran, Nilufar, 2000 — Téhéran, Kitabha-ti Banafshih, 2001 — Téhéran, Nilufar, 2002 — Téhéran, Naghsh-e Khorshid Publishing, sd.
112. Picard (France). Amiens, Eklitra, 1988.
113. Piémontais (Italie). Turin, Gioventura Piemonteisa, 2000.
114. Plattdüütsch (Allemagne). Nidderau, Verlag Michaela Naumann, 2000.
115. Plautdietsch (Allemagne). Nidderau, Verlag Michaela Naumann, 2002.
116. Polonais. Spóldzielnia Wydawnicza Plomienie, 1947 — Varsovie, Instytut Wydawniczy Pax, 1958 — Panstwowy Instytut Wydawniczy, 1961 — Varsovie, Wydawnictwo Kama, 1995 — Varsovie, Wydawnictwo Nasza Ksiegarnia, 1995 — Varsovie, Philip Wilson, 1999 — Cracovie, Wydawnictwo Zielona Sowa, 2000 — Wroclaw, Siedmioróg, 2000 — Algo Torun, 2000 — Muza, 2001.
117. Portugais. *Portugal* : Lisbonne, Editorial Aster, 1962 — Lisbonne, Edituria Caravela, 1986 — Nordica, 1986 — Lisbonne, Vega, 1994 — Mem Martins, Publicaçães Europa America, 1995 — Lisbonne, Reliogió d'Água, 1995 — Lisbonne, Editorial Presença, 2001. *Brésil* : Rio de Janeiro, Livraria Agir, 1952.
118. Provençal (France). Aix-en-Provence, Edisud, 1995.
119. Provençal valdotain (Italie). Gressan, Wesak Editions, 2000.

120. Punjabi (Inde). New Delhi, Vikendrit Group, 1984.
121. Quechua (Pérou). Lima, Asociación Pukllasunchis, 2002.
122. Quechua espagnol (Équateur). Quito, EBI-CEDIME, 1989.
123. Rhéto-romanche (Suisse). Ediziun Lia Rumantscha, 2005.
124. Romanche surmiran (Suisse). Ediziun Lia Rumantscha, 1977.
125. Romanche sursilvan (Suisse). Disentis / Munster, Ediziuns Desertina, 1975.
126. Romanche vallader (Suisse). Chur, Lia Rumantscha, 1979.
127. Roumain. Bucarest, Editura Tineretului, 1962 — Getic, 1990 — Christinau, Editura Fat Frumos, 1993 — Bucarest, Rao Pentru Copii, 1998 — Bucarest, Editura Regis, 1999 — Bucarest, Editura Rao Bucuresti, 1999.
128. Russe. Moscou, Molodia Gvardinia, 1963 — 12 autres éditions attestées jusqu'en 2003, chez divers éditeurs.
129. Saarländisch (Allemagne). Nidderau, Verlag Michaela Naumann, 2001.
130. Sarde (Italie). Cagliari, Artigianarte Editrice, 1997.
131. Scipétaire (Yougoslavie). Rilindja, 1965.
132. Serbe. Belgrade, Narodna-Knjiga, 1965. Une vingtaine de traductions attestées jusqu'en 2003.
133. Serbo-croate. Prosveta, 1965 — Zagreb, Mladost, 1973 — Narodna, 1981 — Advik, 1992 — Zagreb, Znanje, 1994 — Kijeka, Leo-Commercet, 2000 — Zagreb, Skolska knjiga/Moja knjiga, 2000 — Zagreb, Zagrebacka Stvarnost, 2000.
134. Slovaque. Statni Nakladatelstvi Detske Knihy, 1959 — Bratislava, Slovenski Spisovatel, 1960 — Bratislava, Tatran, 1987 — Bratislava, Mláde Letá, 1995 — Prague, Cesty, 1999.
135. Slovène. Ljubljana, Mladinska Knjiga Zalozba, 1964.
136. Souabe (Allemagne). Nidderau, Verlag Michaela Naumann, 1999.
137. Sud-tyrolien (Italie). Gressan, Wesak Editions, 2002.
138. Suédois. Stockholm, Raben & Sjögren, 1952.

139. Tadjik. Rudaki, Nashriyoti Oli Somon, 1997 — Dochanbe, Kitobkhonai Gul-Gul, 2003.
140. Tagal (Philippines). Quezon City, Claretian Publications, 1991.
141. Tamacheq (Touareg du Hoggar). Ministère du Sahara (imprimerie nationale), 1958 — Alger, Elhaji Ghabdelqadar ag Elhaji Hamid, 1967.
142. Tamoul ou tamil (Inde). Chennai, Cre-A, 1981.
143. Tatar. Kazan, Tatarstan kitap näshrijaty, 1978 — Kazan, Mägarif näshrijaty, 2000.
144. Tchèque. Prague, Slovensky Spisovatel, 1959 — Prague, Statni Nakladatelstvi Detske Knihy, 1959 — Prague, Albatros Praha, 1972 — Mláde Letá, 1986 — Prague, Odeon, 1976 — Prague, Cesty, 1998.
145. Telugu (Inde). Hyderabad, Mme Vinaya Mani, 1990.
146. Thaï. Bangkok, Karnwela Publishing, 1990 — Bangkok, Sam See, 1994 — Silkroad Publishers Agency, 1997 — Bangkok, Rueanpanya, 2003.
147. Tibétain. Amnye Machen Institute, 1995.
148. Toba (Argentine). Buenos Aires, Association pour l'échange artistique et culturel, 2005.
149. Tsigane. Budapest, Ronay György jogutódja, 1994.
150. Turc. Istanbul, Sander, 1976 — 13 traductions attestées jusqu'en 2001.
151. Turkmène. Achgabat, Magaryf Neshiryati, 1976.
152. Tyrolien (Allemagne). Nidderau, Verlag Michaela Naumann, 1999.
153. Ukrainien. Molod', 1976 — Lviv, University Edition Vyshtsha shkola, 1976 — Kiev, Editions Kobza, 1994 — Lviv, Vydavnyctvo Svit, 2000 — Kiev, Vydavnyctvo Svit, 2001.
154. Ourdou (Pakistan). Islamabad, National Book Foundation, 1990 — Islamabad, Alhamra, 2003.
155. Ouzbek. Tachkent, Yosh Gvardiya, 1963 — Tachkent, Ma'naviyat, 2003.
156. Vénitien (Italie). Gressan, Wesak, 2003.
157. Vietnamien. Giobon Phuong, 1966 — Cachan / Los Angeles, Nhà Xuât Ban An Tiêm, 1990 — VN, 1994 — Hanoi, Union des écrivains Hanoi, 1997 — Nhà Xuât Ban Tre, 2000 — Nhà Xuât Ban Van Nghe, 2000.

158. Weanerisch (Allemagne). Nidderau, Verlag Michaela Naumann, 2002.
159. Yiddish. Nidderau, Verlag Michaela Naumann, 2000 (édition en alphabet romain et yiddish).

Classement sommaire par année de traduction

1943 : anglais (États-Unis), français ; **1944** : anglais (Angleterre) ; **1947** : polonais ; **1949** : allemand (Suisse), italien ; **1950** : danois ; **1951** : espagnol (Argentine), finnois, néerlandais ; **1952** : portugais (Brésil), hébreu, suédois ; **1953** : japonais ; **1956** : afrikaans, allemand (Allemagne) ; **1957** : géorgien, grec moderne, grec ancien, hongrois ; **1958** : tamacheq ; **1959** : catalan (Espagne), lituanien, slovaque, tchèque ; **1960** : amharique (Éthiopie), estonien, macédonien ; **1961** : islandais, latin ; **1962** : norvégien, portugais, roumain ; **1963** : arabe (Liban), espagnol (Mexique) ; **1964** : espagnol, scipétaire (Yougoslavie), slovène ; **1965** : serbe, serbo-croate ; **1966** : arménien, cinghalais, letton, vietnamien ; **1967** : kazakh — **1968** : azéri, espagnol (Colombie, Cuba) ; **1969** : biélorusse ; **1970** : bengali ; **1972** : basque (Espagne), carinthien (Allemagne), coréen, galicien (Espagne), oriya (Inde) ; **1974** : breton, chinois, moldave ; **1975** : gallois, romanche sursilvan ; **1976** : turc, turkmène, ukrainien ; **1977** : romanche surmiran (Suisse) ; **1978** : bulgare, tatar ; **1979** : indonésien, romanche vallader (Suisse) ; **1980** : féroïen ; **1981** : kannada (Inde), tamoul (Inde) ; **1982** : malayalam (Inde), maltais, papiamento ; **1983** : asturien (Espagne), dâri (Iran) ; **1984** : abkhaz, espéranto, punjabi (Inde) ; **1985** : créole (Seychelles), mongol ; **1986** : malais ; **1987** : arabe (Syrien) ; **1988** : marathi (Inde) ; **1989** : bamanari (Mali), quechua espagnol (Équateur) ; **1990** : corse, telugu (Inde), thaï, ourdou ; **1991** : tagal (Philippines) ; **1992** : frioulan ; **1993** : aragonais (Espagne), ladin [version badiota], ladin [version gherdëina], persan ou farsi (Iran) ; **1994** : arabe (Tunisie), frison (Pays-Bas), languedocien, luxembourgeois, tsigane ; **1995** : alsacien, alur, bosniaque, gascon, hindi (Inde), konkani (Inde), kurde, provençal (France), tibétain ; **1996** : birman, limbourgeois du Nord (Pays-Bas), limbourgeois du Sud (Pays-Bas) ; **1997** :

gaélique, interlingua (Pays-Bas), malgache, milanais (Italie), sarde (Italie), tadjik ; **1998** : burgenlandais-croate, franconien, hessois, népalais, palatin, picard (France) ; **1999** : bavarois (Allemagne), créole (Réunion), estrémadurien, kölsch (Allemagne), souabe (Allemagne), tyrolien (Allemagne) ; **2000** : albanais, badois (Allemagne), bergamasque (Italie), franco-provençal, hakka, lapon inari (Finlande), lapon du Nord (Finlande), lapon Skolt (Finlande), napolitain (Italie), piémontais (Italie), plattdüütsch (Allemagne), provençal-valdotain (Italie), yiddish ; **2001** : kirghiz, occitan du Piémont, saarländisch (Allemagne) ; **2002** : berlinois (Allemagne), carinthien (Allemagne), francique, haut-autrichien, khmer, niçart, plautdietsch (Allemagne), quechua (Pérou), sud-tyrolien (Italie), weanerisch (Allemagne) ; **2003** : bolognais (Italie), laotien, vénitien (Italie) ; **2004** : kabyle ; **2005** : amazigh, aranais, rhéto-romanche (Suisse), toba (Argentine)

26 alphabets, alphasyllabaires
et autres systèmes graphiques :
les écritures du Petit Prince *dans le monde*

ALPHABET LATIN, enrichi ou non de signes diacritiques : 116 langues ; ALPHABET CYRILLIQUE : abkhaze [variante], azéri, biélorusse, bulgare, kazakh, kirghiz, macédonien, moldave, mongol, serbe, tatar, turkmène, ukrainien, ouzbek ; ALPHASYLLABAIRE DEVANAGARI : hindi, marathi, népalais ; ALPHABET ARABE : arabe, persan (ou farsi) [avec variante] ; ALPHABET TIFINAGH : amazigh, tamacheq ; SINOGRAMMES : Chine, hakka (dialecte chinois, partie nord du Guangdong) ; ALPHASYLLABAIRE KANNADA : kanadda (52 lettres, langue phonétique), konkani ; ALPHABET HÉBREU : hébreu, yiddish ; KANA JAPONAIS (système syllabique dérivé des kanji, écriture idéographique d'origine chinoise) : japonais ; ALPHASYLLABAIRE THAÏ : thaï ; ALPHASYLLABAIRE KHMER : khmer ; ALPHASYLLABAIRE LAOTIEN : Laos ; ALPHABET GREC : grec ; ALPHABET MXEDRULI : Géorgie ; ALPHASYLLABAIRE TELOUGOU : Andra Pradesh ; ALPHASYLLABAIRE MALAYALAM : malayalam ; ALPHASYLlabaire tamoul : tamoul ; Alphasyllabaire bengali : bengali ; Alphasyllabaire tibétain : tibétain ; Alphasyllabaire gurmukhi : punjabi ; Alphasyllabaire oriya : oriya ; Alphabet cinghalais : Sri Lanka ; Alphabet hangul : coréen (Corée du Nord et Corée du Sud) ; Alphabet arménien : arménien ; Alphasyllabaire fidäl : amharique ; Graphie arabo-persane dite nasta`līq : ourdou.

Écouter et voir Le Petit Prince :
les adaptations

Quand on évoque la diffusion universelle du *Petit Prince*, on songe d'abord au nombre record de traductions qui en ont été publiées dans le monde depuis 1943. Mais il y a eu bien d'autres formes de diffusion de la fable de Saint-Exupéry et, en premier lieu, ce que les éditeurs titulaires de droits d'exploitation d'une œuvre appellent les adaptations : créations théâtrales inspirées du conte, spectacles musicaux, opéras et ballets, réalisations radiophoniques et autres enregistrements, scénarios pour la télévision ou le cinéma, mais aussi spectacles de marionnettes, vidéogrammes interactifs, animations de plein air (sons et lumières et autres labyrinthes végétaux)... Sans compter, bien sûr, les simples citations de l'œuvre dans les manuels scolaires ou dans toute autre forme de publication (on est alors dans le cadre de la reproduction graphique, et non de l'adaptation au sens strict du terme).

Cela représente bien sûr, depuis soixante années, une masse considérable de projets singuliers, internationaux et d'ampleur très variable. Ces initiatives se sont multipliées à partir de la fin des années 1960. En témoigne l'activité des équipes qui, chez Gallimard, éditeur principal de l'œuvre, se penchent et se prononcent depuis des années sur des dossiers nombreux, parfois très complexes, en concertation avec les ayants droit d'Antoine de Saint-Exupéry. Ainsi, entre 1968 et 2000, année de la commémoration du centenaire de la naissance de l'auteur du *Petit Prince*, des milliers de projets d'adaptations scéniques ont été soumis à la maison Gallimard, émanant de toutes sortes de structures (des troupes d'amateurs ou d'université aux grandes compagnies attachées à des scènes prestigieuses). En 2005, quelque quatre-vingt-dix dossiers d'autorisation de ce type étaient en cours de délivrance, sur environ deux cents sollicitations reçues. La part des dossiers adressés par des structures étrangères est considérable. Les États-Unis, l'Angleterre, l'Allemagne, l'Autriche, le Japon et le Canada sont, de loin, sur l'ensemble de la période, les nations les plus dynamiques ; mais se situent aussi en bonne place l'Argentine, le Mexique, Israël, l'Italie, la Suisse et la Belgique, le Danemark et la Finlande, ou encore l'ancienne Tchécoslovaquie et quelques autres pays de l'Est. Il convient de noter que, l'œuvre étant désormais passée dans le domaine public dans plusieurs pays (Russie, Japon, Canada, certains pays de l'Est et de l'Asie), il est une part de plus en plus grande des adaptations qui, comme les traductions, échappent au contrôle de l'éditeur d'origine en charge de cette activité de cession.

Sur le nombre, il y eut bien sûr beaucoup plus de candidats que d'élus. Car le rôle de l'éditeur consiste autant à favoriser, par des adaptations nombreuses, la circulation des textes qu'à exiger de la part des créateurs de spectacles et d'enregistrement le respect de l'œuvre de Saint-Exupéry et un certain niveau de qualité. Adapter, c'est prolonger et proposer de nouvelles lectures, enrichissantes ; ce n'est ni dévoyer ni disqualifier. Nul besoin d'être de la partie pour comprendre combien la position est parfois délicate à tenir : il s'agit de savoir refuser sans être un injuste censeur, de proposer et d'infléchir sans prétendre se substituer aux créateurs et surtout d'être toujours attentif aux formes d'expression de son époque pour ne pas risquer de marginaliser l'œuvre et son message. Un savant dosage !

Dans un article déjà cité ci-dessus et publié en 1981 dans le second volume des *Cahiers Saint-Exupéry*, Louis-Yves Rivière faisait le point sur les adaptations du *Petit Prince*, trente-cinq ans après sa première parution en France. Prolongeons aujourd'hui son inventaire, en nous concentrant sur les adaptations les plus insignes et les plus récentes, françaises ou non. Nous laissons de côté ici les réalisations relevant du *merchandising* (produits dérivés) ou de l'industrie du loisir (montgolfière à l'effigie du Petit Prince...) qui, si elles relèvent au sens strict du terme de l'adaptation d'une œuvre, sont assez éloignées de notre propos, qui est celui de la fortune littéraire et artistique de l'œuvre de Saint-Exupéry.

Comédies musicales et films d'animation

La première adaptation cinématographique du *Petit Prince* est le fait, étonnamment, d'un réalisateur lituanien, Arūnas Žebriūnas. Elle date de 1967. Evaldas Mikalajunas y jouait le rôle-titre, tandis qu'Otar Koberidze tenait celui de l'aviateur. La parution en letton du conte de Saint-Exupéry avait eu lieu l'année précédente à Riga (voir ci-dessus, la liste des éditions étrangères). Zebriūnas, né en 1930, avait déjà réalisé *La Petite Fille et les échos*. Son adaptation, en noir et blanc, d'un style sobre et maîtrisé, est joliment poétique, agrémentée de musique et fort bien interprétée. Les paysages (désert réel) et les décors (planètes) ont une manière d'élémentarité et de dépouillement stylisés, fidèle à celle du récit. Ce film avait été également diffusé en France.

La seconde adaptation fut américaine et de tout autre envergure. Elle date de 1974 et fut produite par la Paramount. Par son générique, elle s'apparente à une superproduction. Sa réalisation est signée par Stanley Donen, l'ami de Gene Kelly, avec lequel il avait coréalisé la plus célèbre comédie musicale du monde occidental, *Chantons sous la pluie (Singin'in the Rain)*, en 1952, et l'ineffable comédie policière *Charade*, en 1963. Donen fit également de son adaptation du *Petit Prince* une comédie musicale, en couleur et de long métrage, avec Richard Kiley dans le rôle du pilote, Steven Warner dans celui du petit prince et Donna McKechnie pour la rose, le célèbre chorégraphe Bob Fosse pour le serpent et Gene Wilder pour le renard. Ce film est la dernière collaboration du parolier américain Alan Jay Lerner (il reçut un oscar pour le scénario d'*Un Américain à Paris* en 1951) avec le compositeur d'origine autrichienne Frederick Loewe, collaboration à laquelle on devait l'un des plus grands succès du théâtre musical du XXe siècle : *My Fair Lady*, créé à New York en 1956 et à Londres en 1958 (le film de la Warner date, lui, de 1963). Les deux hommes, plutôt en fin de carrière, s'étaient en effet réunis une dernière fois pour concevoir un scénario et une partition qui fût fidèle à l'atmosphère magique du conte de Saint-Exupéry. On reprocha à la production hollywoodienne d'avoir coulé leur travail subtil. Loewe refusa de venir à Londres diriger les arrangements et l'enregistrement de sa partition. Au final, la critique fut peu indulgente. Lerner et Loewe furent tout de même nominés en 1975 à la cérémonie des Oscars pour leur travail sur *Le Petit Prince* et reçurent un Golden Globe pour leur partition. Le jeune acteur Steven Warner, né en 1966 (il avait huit ans), fut également nominé aux Golden Globes pour sa prestation dans le rôle-titre.

Deux ou trois années passent, et Will Vinton met au programme de ses studios de Portland la réalisation d'un court métrage d'animation (vingt-huit minutes) adapté du *Petit Prince*, en association avec Billy Budd Films. Son film sera achevé en 1979. Will Vinton, en qui l'on reconnut bientôt l'un des maîtres du cinéma d'animation, était l'inventeur de la technique dite Claymation de pâte à modeler ; il l'appliqua merveilleusement au *Petit Prince*, dont la narration était lue par Cliff Robertson. Son travail reçut le grand prix du Festival du film international de Chicago. C'était le début de la fortune des studios de Will Vinton ; récemment rachetés, ils poursuivent toutefois en 2006 leur activité, travaillant notamment au côté de Tim Burton pour son dernier film d'animation (et on se prend à rêver qu'un jour...).

En cette fin des années 1970, de l'autre côté du globe, les Japonais du Knack Animation Studio entreprenaient la conception d'un dessin animé, une série de trente-neuf épisodes narrant les « Aventures du Petit Prince » (*Hoshi no Ojisama Puchi Puransu*). Le lien avec le conte original était des plus lâches, aussi bien d'un point de vue graphique (très caractéristique des productions asiatiques internationales de l'époque) qu'au plan du récit, le petit prince descendant souvent sur la Terre pour porter secours aux hommes... Des personnages nouveaux sont même ajoutés au conte, à l'image du sympathique oiseau Swifty. Si la version japonaise fut diffusée en 1978 au Japon, une adaptation anglo-saxonne, plus resserrée, fut montrée aux États-Unis en 1982 et dans le monde entier à partir de 1985 via le réseau de télévision Nickelodeon (Nick), première chaîne dédiée aux enfants créée en 1979 sous le nom de Pinwheel.

Il y eut bien sûr d'autres présentations ou citations à la télévision du conte de Saint-Exupéry. On se souvient notamment de la belle récitation de l'intégralité du texte de Saint-Exupéry, en plein désert du Ténéré, par Richard Bohringer, diffusée autour de Noël 1990, en vingt-cinq épisodes, par la deuxième chaîne de télévision française. Le rôle du petit prince, traité exclusivement en voix off, était tenu par Florence Caillon.

Rappelons enfin que toutes ces adaptations avaient été précédées de deux projets américains aussi précoces que prestigieux, le premier à acheter les droits cinématographiques du *Petit Prince* étant Orson Welles en personne. On lira ci-dessous le texte qui lui est consacré, et qui concerne également la seconde initiative, celle de James Dean, qui s'incarnait volontiers en petit prince. Un parcours d'étoiles pour une geste interplanétaire[1] !

---

1. S'ajoute également, dans le domaine anglo-saxon, un projet au sujet duquel Saint-Exupéry fut lui-même en discussion avec le grand producteur anglais sir Alexander Korda (1893-1956). Voir p. 231.

Au théâtre

La première adaptation théâtrale du *Petit Prince* semble, quant à elle, devoir être le spectacle imaginé et récité par Raymond Jérôme en 1963 pendant quatre mois au théâtre des Mathurins, à Paris, sur une musique d'Edgardo Canton et accompagné de la projection d'un film d'animation en couleur de Jules Engel, inspiré des aquarelles du conte (spectacle donné également à Bruxelles, Berlin, Liège, Amsterdam et Verviers). Jean-Louis Barrault se signala peu après, en 1967, par la création d'un spectacle consacré plus généralement à l'œuvre et à la figure de Saint-Exupéry au Petit Odéon, spectacle qui fit date assurément.

Autre réalisation notoire, en France, celle de l'acteur et réalisateur Jacques Ardouin, présentée à Paris le 10 octobre 1977 et à laquelle la revue des spectacles *L'Avant-Scène* consacra un numéro entier. Mise en scène dépouillée, peu d'accessoires, costumes sobres et trois personnages seulement : l'aviateur, le petit prince et un comédien qui tenait à lui seul les autres rôles (rares sont, au vrai, les spectacles où tous les personnages sont joués par des acteurs différents). Une sobriété qui semble bien convenir au conte. Donnée au Lucernaire, cette pièce devint finalement l'un des plus anciens spectacles joués continûment à Paris, en concurrence avec le fameux « diptyque Eugène Ionesco » à La Huchette, comptabilisant plus de dix mille représentations et un million de spectateurs. Quelque quinze comédiens adultes et quatre-vingts enfants ont interprété les trois grands rôles de la pièce. La dernière a été donnée début juillet 2001, laissant place à une nouvelle adaptation parisienne.

Ce nouveau spectacle n'est autre que l'adaptation écrite et mise en scène par Virgil Tanase, familier des scènes parisiennes, qui s'explique sur ses choix dans le présent volume[1]. « Notre spectacle, a-t-il écrit par ailleurs, est celui d'un homme qui se débarrasse de ses vêtements de grandes personnes pour donner la parole à l'enfant qui est en lui. » Cette nouvelle création, qui marque un tournant dans l'histoire des représentations du *Petit Prince*, a été donnée au Théâtre Michel le 22 mars 2006, avec Tom Renault dans le rôle-titre, Carla Subovici dans celui de la rose et comme acteur principal, David Legras, le narrateur, en alternance avec Pierre Azéma. Virgil Tanase, né en 1945 en Roumanie, fut un élève du critique et sémiologue Roland Barthes ; journaliste, romancier, il a dirigé l'Institut culturel roumain à Paris et a signé un grand nombre de textes de théâtre et d'adaptation pour la scène d'après Balzac, Proust, Tchekhov... À cette activité d'écriture s'ajoute celle de la mise en scène, qu'il a exercée aussi bien en Roumanie qu'en France.

Partout dans le monde, des spectacles ont été récemment montrés, par de nombreuses compagnies (en Allemagne, en Italie, en Espagne, au Brésil, en Hongrie, aux Pays-Bas, en Argentine...). Citer tel ou tel, c'est oublier de nombreux autres... évitons l'écueil. Notons seulement qu'aux États-Unis, c'est l'adaptation de Rick Cummins et John Scoullar, où les parties récitées sont entrecoupées de chansons, qui est largement interprétée, à destination des enfants et des familles. L'intervention des auteurs sur

---

[1]. Voir sa contribution, p. 85.

le texte de Saint-Exupéry est conséquente : suppression et changement dans l'ordre des scènes...

*Opéras, ballets, chansons
et comédies musicales*

C'est également aux États-Unis qu'a été créée l'une des plus marquantes adaptations scéniques du *Petit Prince* de ces dernières années : un opéra en deux actes et vingt-huit scènes composé par Rachel Portman, sur un livret de Nicholas Wright, et mis en scène par Francesca Zambello. Sa création eut lieu au Houston Grand Opera en mai 2003, et l'opéra a été repris le 13 novembre 2005 sur la scène populaire du New York City Opera. Entre-temps, une production filmée en avait été réalisée et diffusée sur la BBC2 en Angleterre le 27 novembre 2004, avec Joseph McManners dans le rôle du prince et Teddy Tahu Rhodes comme pilote. Francesca Zambello a longuement expliqué la genèse du spectacle, depuis qu'au printemps 2000 Rachel Portman l'a sollicitée, sur le conseil du célèbre compositeur Philip Glass (connu notamment pour ses adaptations symphoniques des albums berlinois de David Bowie). Son témoignage est précieux, car elle y évoque les principales problématiques rencontrées traditionnellement par les créateurs qui se penchent sur la fable de Saint-Exupéry :

« Lorsque j'ai ouvert ma porte à Rachel Portman, j'ai cru voir le petit prince, avec ses cheveux blonds en bataille et son visage si enfantin. Rachel me parla de sa passion pour cette fable et de son grand désir d'écrire une œuvre qui pourrait s'adresser aux enfants, aux familles... à un public vraiment renouvelé.

Cette ambition populaire me toucha beaucoup. Il était crucial à nos yeux que notre *Petit Prince* pût être accessible, aisément réalisable et ouvert au plus grand nombre. Bien sûr, j'aimais ce livre, le premier que j'aie lu en langue française. J'ai donc décidé de tout faire pour l'aider. [...] J'ai fait appel à Nicholas Wright, le fameux dramaturge anglais, avec lequel j'avais travaillé pour *Lady in the dark*. J'ai pensé qu'il était la personne la plus à même d'adapter cette œuvre. Il n'y a là rien de facile : *Le Petit Prince* n'a, en soi, rien de théâtral. Vous avez à créer une tension dramatique. [...]

Notre souhait était de faire monter des enfants sur la scène. Bien sûr, nous savions que le petit prince serait un jeune garçon. Mais nous avons imaginé surtout le dispositif du chœur d'enfants, qui fait office de narrateur. Ils jouent les étoiles, les planètes, les oiseaux, de nombreux personnages ; ils sont notre guide dans cette histoire. Tout au long de notre travail, nous avons été auditionnés par les ayants droit de Saint-Exupéry. Je me souviens qu'après avoir fini le premier acte, je suis allée à Paris avec des chanteurs de l'*English National Opera* pour qu'ils chantent devant les représentants de la succession. Tous furent très émus. [...]

L'autre grande collaboratrice fut Maria Bjørnson, notre *designer* (costumes et décors). Nous voulions être fidèles au style gracieux de Saint-Exupéry, mais nous avions à rendre ses dessins dans les trois dimensions de la scène. Cela était délicat, nous avons dû inventer une sorte de petit univers. [...] Ce qui est triste, c'est que Maria est décédée avant de voir achevée la réalisation de son travail. Mais en un certain sens, le résultat est le meilleur hommage que nous ayons pu rendre à Maria... car ce conte parle des hommes qui quittent la terre pour s'élever vers un ailleurs. Je suis sûr que Maria aurait beaucoup apprécié de voir jouer ce spectacle à New York, après son fameux *Fantôme de l'opéra*. [...]

À New York, le plus gros changement est que, pour la première fois, c'est un enfant qui joue une rose. À Houston, la rosée était jouée par un soprano adulte. Mais si le prince est un jeune garçon, pourquoi l'objet de son amour ne serait-il pas incarné par une jeune fille ?

On se devait d'être très proche des illustrations de Saint-Exupéry, que tout le monde connaît, mais aussi de convaincre le public qu'il est en train d'assister à une représentation "en chair et en os" de ces images. Vous ne pouvez pas risquer de priver les acteurs de ce que leur individualité peut apporter au spectacle. Vous n'avez pas le droit de leur coller un masque ou quoi que ce soit d'autre qui les éloigne de ce qu'ils peuvent faire passer émotionnellement. » (Francesca Zambello, 2005)

Quant au financement de ce spectacle, il doit beaucoup à la générosité de deux mécènes, Kathryn et David Berg. Leur histoire est émouvante : s'ils tinrent tant à soutenir cette création, c'est que l'un de leurs plus chers amis, Larry Pfeffer, mort d'un cancer, lisait chaque jour sur son lit d'agonie *Le Petit Prince* ; cette lecture l'apaisait. Sans commentaire.

Les créations d'opéras et de spectacles musicaux scéniques sont de fait les créations les plus significatives de ces dernières années. Dernière réalisation en date : la création de l'opéra du jeune et brillant compositeur autrichien, Nikolaus Schapfl (livret de Sebastian Weigle), à Karlsruhe en Allemagne le 25 mars 2006. La partition de cet opéra en deux actes et seize scènes avait déjà été interprétée à plusieurs reprises et en divers endroits depuis mai 1997, alors même que Nikolaus Schapfl, couronné du prix Mozarteum, venait de sortir de l'université de musique et d'art dramatique de Salzbourg. Un premier disque fut enregistré. Le compositeur travailla avec August Everding, metteur en scène d'opéra de grande renommée, pour monter une version scénique de son œuvre, avec le soutien de l'Académie bavaroise de théâtre à Munich. Mais ce projet fut ajourné, suite au décès subit d'Everding. Ce n'est qu'en 2001 que Schapfl mit définitivement un terme à sa partition d'orchestre — un orchestre composé de doubles instruments à vent, de trois cornes, de trois trombones, de deux percussionnistes (avec un instrument spécial : un serpent à sonnettes fortifié), d'une harpe, d'un célesta, d'un marimba et d'un orchestre de cordes. Le petit prince est interprété par un soprano, le renard et l'aviateur, par des ténors, la rose, par une mezzo-soprano, les personnages par des barytons ou des basses, et le serpent par un alto.

C'est finalement Peer Boysen, qui avait déjà travaillé pour de nombreuses scènes allemandes et autrichiennes, qui réalise la version scénique de l'opéra, avec Robert Crowe dans le rôle du pilote et Bernhard Berchtold dans celui du pilote... et un véritable avion P38 d'époque sur les planches (le modèle de l'appareil aux commandes duquel périt Saint-Exupéry) !

Nikolaus Schapfl travaillait depuis 1990 (il n'avait alors que vingt-sept ans) à la conception de cet opéra : premier arrangement du *libretto*, mélodies et esquisses musicales. À qui prétend que ce conte relève d'une littérature du passé, son attachement de jeune créateur est la meilleure réponse : « Mon histoire avec *Le Petit Prince* a commencé lorsque j'avais six ans, se souvient-il. Et cette rencontre perdure. Le chœur de l'opéra du petit prince est rempli de sons, de significations et d'airs que les mots ne suffisent pas à exprimer. Son être, par sa candeur et sa franchise, porte quelque chose de l'essence de la musique[1]. Chez lui, rien ne distingue l'apparence de l'être, l'expression de l'impression, le son de l'émotion. Les caractères des personnages dépeints par Saint-Exupéry sont sans âge, et tous ont les qualités nécessaires pour penser une dramaturgie. La première fois que j'ai entendu Gudrun Ebel — alors soprano à l'Opéra de Nuremberg — chanter les premiers *lieder* du cycle *Wandlung* à partir des poèmes de Paul Celan, d'Else Lasker-Schüler et de Jean de la Croix, j'ai eu envie d'écrire un opéra qui s'adresserait à toutes les classes d'âge, et aussi aux familles. » On retrouve ici la préoccupation de Rachel Portman et Francesca Zambello.

Quelques ballets ont été récemment créés, à l'image de la réalisation du Théâtre Ta Fantastica en République tchèque ou de celle de la Compagnie Gregor Seyffert, créée à Dessau, en Allemagne, en septembre 2005. Une citation de l'œuvre est faite dans le ballet *Lumière* de Maurice Béjart, créé à Lyon en 2001. Il est bien évident que ces créations récentes avaient été précédées dans le monde entier par d'autres réalisations, opéras ou ballets, depuis que l'Opéra de Paris avait inscrit à son programme, dès 1958, un gala intitulé *La Nuit du Petit Prince*.

Mais la fortune musicale du conte eut des échos plus populaires : elle inspira d'une part plusieurs

---

[1] Voir sur cet aspect le texte de Thomas De Koninck, particulièrement p. 82-83.

paroliers de chansons françaises, et non des moindres, et fut d'autre part l'objet de toute l'attention des professionnels de la comédie musicale ces dernières années. On trouvera ci-dessous un choix de chansons où le petit prince et la rose ont conquis, d'hier à aujourd'hui, quelques célèbres interprètes : Henri Salvador, Gilbert Bécaud, Pascal Danel, Jeane Manson, Art Mengo... Quant aux spectacles et comédies musicales, ils ont été de plus en plus nombreux depuis la fin du siècle dernier, notamment au Japon (TBS et Kazé) ou au Brésil (Lara Velho, sur une musique composée par Glauco Fernandes). En France, c'est bien sûr le spectacle proposé par Richard Cocciante (paroles d'Élisabeth Anaïs) au Casino de Paris en 2002 et 2003 qui marqua les esprits, avec le chanteur canadien Daniel Lavoie dans le rôle de l'aviateur. Jean-Charles de Castelbajac conçut à cette occasion de somptueux costumes, lui qui avait présenté une collection de robes sur la thématique du conte pour sa collection printemps/été 1995.

Enregistrements

Outre ces nombreuses adaptations scéniques, il y eut depuis soixante ans en France plusieurs enregistrements de l'œuvre, diffusés, selon les époques, sur différents supports et ondes. Jusque dans les années 1980, quatre réalisations ont été commercialisées en France, dont une, parue en 1954 (à l'occasion des dix ans de la disparition de l'écrivain pilote), a marqué très durablement notre culture et notre sensibilité auditives : la lecture du conte par Gérard Philipe et Georges Poujouly. C'est le rendez-vous des anges, le carrefour de la grâce. Quelques précisions techniques s'imposent à propos de cet enregistrement devenu mythique, qui fut récompensé du grand prix de l'Académie du disque. Publié par la marque Festival, il était réalisé par André Sallée et ne proposait qu'un habile montage d'extraits du conte sur une durée de trente-quatre minutes (soit un tiers du texte global). Aux voix des deux acteurs principaux étaient associées celles de Sylvie Pelayo, une rose féminine à souhait, de Jacques Grello, renard doux et attentif, de Michel Roux, serpent glacial et peu disert, et de Pierre Larquey, allumeur de réverbères modeste et résigné. Leur lecture se détachait sur une musique originale de Maurice Le Roux (orchestre de Radio-Luxembourg). En 1954, le conte de Saint-Exupéry avait déjà été traduit dans une douzaine de langues et tiré en France à plus de 300 000 exemplaires. Il est probable que les ventes du disque aient contribué à renforcer encore ce succès. Un émouvant reportage photographique de Manciet était paru dans *Elle* le 28 décembre 1953 pour annoncer l'événement, où l'on voit les deux Gérard, d'une rare élégance, répéter leur texte avant l'enregistrement. L'aîné tient l'enfant par son épaule. Rappelons que le jeune Poujouly, qui n'avait pas encore quatorze ans, était alors tout auréolé de gloire pour son rôle dans *Jeux interdits* de René Clément (1951) auprès de la petite Brigitte Fossey ; couple inoubliable du cinéma français, l'un des plus jeunes probablement. On ne pouvait imaginer meilleur petit prince. Quant à Gérard Philipe[1]... La carrière de Poujouly après 1954, malgré sa présence dans *Les Diaboliques* et dans *Ascenseur pour l'écha-*

---

1. La télévision française avait enregistré une séquence très émouvante où l'acteur, en plan très resserré, lisait un extrait du conte devant un enfant émerveillé.

faud, ne se prolongea guère sur la toile ; sa principale activité fut la postsynchronisation, en studio... un peu le prolongement de son travail sur *Le Petit Prince*.

S'il existe un quarante-cinq tours d'extraits du conte lus par Reine Lorin (qui avait aussi enregistré du Péguy), il faut attendre les années 1970 pour voir apparaître de nouveaux enregistrements dans les bacs des disquaires — car il y en avait encore, des boutiques de ce type, en cette haute époque. C'est, en 1970, le disque enregistré par Jean-Louis Trintignant et le jeune Éric Damain, âgé de quatorze ans, avec la presque totalité du conte et des extraits d'œuvres de Mozart (Philips, réalisation de Jean-Pierre Hébrard) ; trois ans plus tard, Marcel Mouloudji reprend le rôle du narrateur, accompagné d'Éric Rémy pour le petit prince (Déesse), Claude Piéplu incarnant le renard, Danièle Lebrun la fleur, Jean Carmet l'allumeur de réverbères et Romain Bouteille le businessman ; enfin, en 1978, Jacques Ardouin réalise un trente-cinq minutes avec une distribution prestigieuse : Marina Vlady, Jean Marais, Jean Le Poulain, Jean Topart, Jean-Claude Pascal, Claude Dauphin et, dans le rôle-titre, un brin autoritaire et insolent, Jean-Claude Millot. À noter pour ce dernier disque, d'une qualité somme toute assez médiocre, une couverture ornée d'un dessin de Jean Marais inspiré d'une aquarelle de Saint-Exupéry.

Ces vingt dernières années, de nouveaux acteurs ont prêté leur voix au conte, comme Pierre Arditi (1988), Sami Frey ou, plus récemment, Bernard Giraudeau (2006). Le développement de pratiques de lecture dites nomades (*audio books*) a pu jouer en faveur de ce développement ; la conception de nouveaux produits multimédias également. Sami Frey, par exemple, lut le texte à la faveur de la création par Gallimard du premier programme interactif développé autour du conte (1997). *Le Petit Prince* y était lu intégralement, cette lecture étant illustrée de séquences d'animation en deux ou trois dimensions plus ou moins complexes et manipulables. La « localisation » de cette réalisation à l'étranger a été l'occasion de l'enregistrement de nouvelles interprétations. On remarquera tout particulièrement celle du célèbre réalisateur et comédien anglais, Kenneth Branagh, pour la version anglophone du cédérom (2001). L'histoire n'est pas finie pour les programmes multimédias ludiques et culturels, puisque des titres documentaires à destination des enfants de cinq à neuf ans, et prenant pour support *Le Petit Prince*, ont vu le jour au début des années 2000 chez Gallimard Jeunesse. Ces adaptations font l'objet de nouvelles créations graphiques réalisées par le studio Blast, suivant un cahier des charges des plus exigeants.

*

LE PETIT PRINCE EN CHANSONS

GILBERT BÉCAUD — *Le Petit Prince est revenu*, 1966
(*Paroles* : Louis Amade ; *Musique* : Gilbert Bécaud ; © BMG Music Publishing France)

> Ô toi, de Saint-Exupéry,
> Dans tes royaumes inconnus,
> Où que tu sois, je te le dis :
> Le petit prince est revenu. [*Refrain*]

Je l'ai vu ce matin qui jouait sans défense
Avec le serpenteau qui le mordit jadis,
Qui le mordit jadis... ouais !
Le soleil arrivait sur les terres de France
Et le vent tôt levé chantait sur les maïs,
Chantait sur les maïs... ouais !

Ô toi, de Saint-Exupéry,
Dans tes royaumes inconnus,
Où que tu sois, je te le dis :
Le petit prince, je l'ai vu !

Et il cherche partout ta voix et ton visage.
Il demande partout « L'avez-vous rencontré ?
L'avez-vous rencontré... » ouais !
« ... ce monsieur du désert qui dessinait des cages
Pour les petits moutons qui veulent tout manger,
Qui veulent tout manger ? » ouais !

Refrain

Quand il me vit passer, moi, couvert de poussière,
Moi qui venais de près, moi qui n'avais pas faim,
Moi qui n'avais pas faim... non !
Il m'a simplement dit : « Monsieur, saurais-tu faire
Revenir un ami quand on en a besoin,
Quand on en a besoin... dis ? »

Refrain

Tu avais demandé qu'on te prévienne vite
Si on apercevait l'enfant aux cheveux d'or,
L'enfant aux cheveux d'or... ouais !
Dépêche-toi, reviens, j'ai peur qu'il ne profite
D'un grand vol d'oiseaux blancs pour repartir encore,
Pour repartir encore... ouais !

Ô toi, de Saint-Exupéry,
Dans tes royaumes inconnus
Prends ton « Breguet » des vols de nuit.
Reviens, car Lui... est revenu !

Écouter et voir Le Petit Prince : *les adaptations*

GILBERT BÉCAUD — *L'important c'est la rose*, 1967
(Paroles : Louis Amade ; *Musique* : Gilbert Bécaud ; © BMG Music Publishing France)

> Toi qui marches dans le vent
> Seul dans la trop grande ville
> Avec le cafard tranquille
> Du passant
> Toi qu'elle a laissé tomber
> Pour courir vers d'autres lunes
> Pour courir vers d'autres fortunes
>
> L'important, l'important
> C'est la rose l'important
> C'est la rose l'important
> C'est la rose crois-moi
>
> Toi qui cherches quelque argent
> Pour te boucler la semaine
> Dans la ville où tu promènes
> Ton ballant
> Cascadeur, soleil couchant
> Tu passes devant les banques
> Si tu n'es qu'un saltimbanque
>
> Toi petit que tes parents
> Ont laissé seul sur la terre
> Petit oiseau sans lumière
> Sans printemps
> Sans ta veste de drap blanc
> Il fait froid comme en bohême
> T'as le cœur comme en carême
> Et pourtant
>
> Toi pour qui donnant donnant
> J'ai chanté ces quelques lignes
> Comme pour te faire un signe
> En passant
> Dis à ton tour maintenant
> Que la vie n'a pas d'importance
> Que par une fleur qui danse
> Sur le temps…

JEANE MANSON — *Hymne à la vie*, 1987
(Paroles : Jean-Paul Steiger ; *Musique* : Francis Lai)

>Si votre petit prince revenait sur la terre
>Monsieur de Saint-Exupéry
>Il ne verrait pas d'allumeurs de réverbères
>Et il en serait bien surpris
>Il aurait du chagrin votre petit bonhomme
>Ne comprendrait plus rien à la terre des hommes
>Et s'il voulait encore rencontrer un renard
>Peut-être serait-il hélas trop tard

>Terre des hommes terre des bêtes
>On partage la même planète
>Terre violente terre fragile
>Terre des enfants de l'an deux mille

>Si votre petit prince tombait de sa planète
>Monsieur de Saint-Exupéry
>Sur la terre des hommes sur la terre des bêtes
>Où tant d'espèces ont péri
>Il trouverait ici des roses en plastique
>Pourrait-il voir encore un coucher de soleil
>Avec tant de fumées qui noircissent le ciel

>Sur sa planète à lui il n'y a pas de chasse
>Monsieur de Saint-Exupéry
>Et l'on ne tire pas sur les oiseaux qui passent
>Les animaux sont ses amis
>S'il nous revient avec un vol d'oiseaux sauvages
>Il pourra faire comprendre aux hommes le partage
>En leur disant : « Prenez soin de votre planète
>Car votre terre des hommes est aussi celle des bêtes »

ART MENGO — *Le Petit Prince*, 1990
(Paroles : Patrice Guirao ; *Musique* : Art Mengo ; © Sony/ATV Music Publishing)

>Le petit prince est mort de trop de solitude
>d'avoir brûlé l'aurore un soir d'incertitude
>Les volcans sont éteints aux rosiers des jardins
>le sable éparpillé, les lampions fatigués

Ici la rivière est profonde
éclaboussée de lueurs blondes
et le courant qui me l'apporte
me tend les bras m'ouvre ses portes

Dessine-moi un mouton, avec un cœur de lion
un champ de blé au printemps
dessine-moi un enfant
dessine-moi un mouton...

Il y a des mois de mai le long des jours mauvais
un pantin sans ficelle au clair des eaux cruelles
des pierrots en dentelle que la nuit ensorcelle
Il y a comme un regret, sous le brouillard épais

Ici les nuits sont sans lumière
endiamantées de larmes fières
et le berger qui les emmène
a des regards qui les enchaînent

Dessine-moi un mouton, avec un cœur de lion
un champ de blé au printemps
dessine-moi un enfant

Entre chien et loup j'attends
un crépuscule en diamant

Dessine-moi un mouton, avec un cœur de lion
un champ de blé au printemps
dessine-moi un enfant...

Deux Américains et un livre :
James Dean et Orson Welles

Le livre préféré de James Dean

« Bonjour, monsieur Wilder, c'est le petit prince... »
Automne 1951 : James Dean vient de quitter la Californie de son enfance avec l'idée de poursuivre une carrière d'acteur à New York ; il est muni de quelques précieuses adresses confiées par son mentor et amant, Rogers Brackett. L'influent personnage avait déjà eu le loisir de veiller à l'éducation de son protégé, l'initiant notamment à la littérature française ; sur fond de musique noire américaine, Jimmy découvrit Maupassant, Camus et Saint-Exupéry. De fait, la lecture du *Petit Prince* fut la plus marquante de son bref passage sur la terre ; il y trouva réconfort, lui l'enfant blessé. Il s'identifierait jusqu'à la fin de ses jours à l'orphelin venu d'un lointain astéroïde. Même fragilité, même charme singulier, même audace ingénue et agaçante ; deux jumeaux de l'insaisissable et du furtif, deux trajectoires d'étoiles filantes. Et quand, sur le conseil de son mentor californien, il prit contact avec Alec Wilder à New York, c'est au nom du personnage aux cheveux d'or qu'il le fit : « Bonjour, monsieur Wilder,

c'est le petit prince... » Le compositeur tomba sous le charme.

Mythomane, le jeune acteur alla jusqu'à faire croire à son amie Dizzy, compagne d'une romantique bohème, qu'il avait eu le privilège de rencontrer Saint-Exupéry à New York ; l'important était d'y croire, seulement d'y croire ! (Mais Jimmy n'avait que dix ans à l'époque où Tonio résidait à Central Park.)

Passèrent quelques mois et quelques tournages : ce fut la gloire. James Dean incarnerait pour toujours la jeunesse réelle, blessée, aux prises avec une société aliénante. Bientôt à la tête de sa propre maison de production, il fit de l'adaptation du *Petit Prince* l'un de ses trois premiers projets. Sans suite, las. Car le destin en décida autrement.

De Rosebud *à la rose...*
Welles et le petit prince

Orson Welles avait eu, lui aussi, un projet d'adaptation du *Petit Prince* ; il fut le premier réalisateur à l'envisager, excusez du peu. Depuis le début de l'année 1942, Welles s'était éloigné des studios (son premier chef-d'œuvre, *Citizen Kane*, sortit en salle en 1940). Alors que le tournage de *The Magnificent Ambersons* était à peine achevé, le studio RKO d'Hollywood, auquel il était attaché contractuellement depuis 1939, décidait en effet de se séparer du réalisateur génial et de son équipe du Mercury Theatre. Après un séjour officiel en Amérique du Sud, Welles avait à nouveau pris part à de très nombreux programmes radiophoniques sur NBC et CBS, genre qui l'avait fait connaître en 1938 avec sa fameuse adaptation de *La Guerre des mondes* de H. G. Wells, plus vraie que nature. C'est dans ce contexte qu'il propose, le 30 novembre 1942, une adaptation de *Terre des hommes*, interprétée par lui-même et Burgess Meredith. De nouveau à la recherche d'un sujet pour un film, il semble qu'il ait lu dès sa sortie aux États-Unis, en avril 1943, le conte de Saint-Exupéry. Il en fut bouleversé. Il appela son associé Jackson Leighter en pleine nuit, à quatre heures du matin, pour lui lire l'intégralité de la fable. Le lendemain, Leighter obtenait une option de deux mois pour l'adaptation cinématographique du livre auprès de l'agent de Saint-Exupéry. Il pensait alors à un film faisant appel à des acteurs célèbres et envisageait de ne limiter l'usage de l'animation qu'au traitement du voyage du petit prince d'une planète à l'autre. Il se mit en contact, pour cela, avec les studios Disney, dont il n'appréciait pourtant guère les réalisations. Mais Disney repoussa l'offre de collaboration ; sans ce soutien, Welles préféra renoncer.

Mais il n'y avait là rien d'un projet en l'air. L'attestent les quatre exemplaires dactylographiés de son adaptation conservés à la bibliothèque Lilly de l'université de Bloomington (Indiana), dont une transcription a été publiée en Italie en 1995 par Bompiani. Où l'on constate que l'adaptation de Welles, expert en la matière, respectait avec force scrupules le fil et l'esprit de la fable exupéryenne. Et c'est le nom de Welles lui-même qui apparaissait dans son scénario pour les rôles du narrateur et de l'aviateur.

Le thème de l'enfance volée, dévoyée par la funeste pression de l'univers des adultes, la dénonciation du pouvoir insensé de l'argent (l'homme d'affaires fait écho à Citizen Kane) et de la manipulation des masses, la nostalgie de l'innocence perdue et d'un regard pur sur le monde et les êtres, la vérité née de la confrontation à la mort, forment un profond réseau d'affinités entre le *Citizen Kane* de Welles et *Le Petit Prince* de Saint-Exupéry. Que l'un se soit intéressé à l'autre (sans que nous sachions si la réciproque fut également vraie) n'est pas au fond pour surprendre. Une rencontre de géants, au sens propre comme au sens figuré, qui marquèrent tous deux profondément les hommes de leur temps par leur art comme par leur message.

Le Petit Prince
dans le cœur des Français :
de palmarès en palmarès

1955 : Concours « La joie de lire » ouvert aux dix-seize ans. Au palmarès des meilleurs livres élus par les jeunes : *Le Vieil Homme et la mer* de Hemingway, *Le Petit Prince* de Saint-Exupéry, *Le Grand Meaulnes* d'Alain-Fournier, *Oliver Twist* de Dickens et, en extraits, *Don Quichotte*, *Les Misérables* et *Cyrano de Bergerac*. Mais la même année, Raymond Queneau demande à deux cents écrivains de composer, virtuellement, leur bibliothèque idéale : *Le Petit Prince* n'y apparaît qu'une seule fois, à la 272ᵉ place de la liste d'Henri Bosco !

1999 : « Les cinquante livres du siècle », élus par 6 000 Français (enquête La Fnac/*Le Monde*). *Le Petit Prince* se classe à la quatrième place[1].

« Les livres du siècle », élus à l'occasion du 20ᵉ Salon du livre (sondage *Le Parisien/Aujourd'hui en France*, publié en novembre 1999) : *Le Petit Prince*, livre du siècle, derrière *Le Vieil Homme et la mer* de Hemingway et *Le Grand Meaulnes* d'Alain-Fournier.

2004 : « Quels livres vous ont marqué à vie ? » (enquête Sofres pour la SNCF et *Lire*, dans le cadre

---

1. Voir le commentaire de Frédéric Beigbeider, p. 290.

de « Lire en fête »). La question a été posée à 2 000 personnes, chacune pouvant citer plusieurs titres. *Le Petit Prince* se classe troisième d'une liste de 100 titres, derrière la Bible et *Les Misérables*.

Brèves

La liste est infinie des anecdotes et citations relatives à la fortune du Petit Prince. *Nous en donnons ici quelques exemples, pour satisfaire la curiosité des amateurs du conte.*

D'un livre l'autre — 612 : c'était l'immatriculation de l'avion piloté par Bernis dans *Courrier Sud* (chapitre IV)... Quinze ans plus tard, Saint-Exupéry baptise l'astéroïde de son petit prince « B-612 ».

Astronomie — Un astéroïde a été baptisé 46610 *Bésixdouze*, en hommage au petit prince. Quant à la très officielle *B612 Foundation*, elle a été créée en 2001 à l'initiative de la Nasa et s'est donné pour objectif de parvenir avant 2015 à dévier la trajectoire d'un astéroïde se dirigeant vers la Terre. Notons enfin que l'astronaute français Philippe Perrin (Cnes) avait choisi d'emporter avec lui *Le Petit Prince* lors de son séjour dans la station spatiale internationale (ISS) en juin 2002, rejointe à bord de la navette *Endeavour*.

Martin Heidegger — Le philosophe allemand Martin Heidegger (1889-1976) considérait que *Le Petit Prince* était le livre français le plus important de son époque ; son propre exemplaire était couvert d'annotations de sa main. Preuve de cet attachement, on peut lire sur la couverture de la première édition en langue allemande, parue en Suisse en 1949, cette phrase étonnante (qui en dit long sur la nature du public visé par l'éditeur) : « Ce n'est pas un livre pour enfants, c'est le message d'un grand poète qui soulage de toute solitude et par lequel nous sommes amenés à la compréhension des grands mystères de ce monde. C'est le livre préféré du professeur Martin Heidegger. »

Les Smiths — Morrissey, ex-chanteur des Smiths, l'un des plus célèbres groupes de pop anglaise, tient un exemplaire du *Petit Prince* dans ses mains au début du clip vidéo, *Suedehead*.

Ministériel — Le Premier ministre Dominique de Villepin possède un exemplaire de l'édition originale américaine en français du *Petit Prince* (1943). C'est le premier livre que lui ait offert sa mère.

Des petits princes — Beaucoup de personnalités de la société civile se sont fait appeler « petit prince » par leurs pairs ou par leur public, en référence au personnage de Saint-Exupéry : Faudel, le petit prince du raï, Thomas Castaignède, petit prince du rugby... voire Martin Hirsch, directeur bénévole d'Emmaüs, petit prince des pauvres. Expression de journalistes ? Assurément, mais cas rare d'un titre de livre devenu nom commun dans la langue courante.

Échos — Nombreux sont les fils que l'on peut tisser entre *Le Petit Prince* et les autres livres de Saint-Exupéry : l'œuvre se tient de toute part. L'un des plus évidents est celui qui lie le propos du conte au dernier chapitre de *Terre des hommes*, lorsque

Saint-Exupéry, lors d'un long voyage en chemin de fer, se retrouve dans une voiture de troisième classe parmi des centaines d'ouvriers polonais congédiés de France. Son regard s'arrête sur le visage d'un enfant, endormi auprès de ses parents : « Il était né de ces lourdes hardes cette réussite de charme et de grâce. Je me penchai sur ce front lisse, sur cette douce moue des lèvres, et je me dis : voici un visage de musicien, voici Mozart enfant, voici une belle promesse de vie. Les petits princes des légendes n'étaient point différents de lui : protégé, entouré, cultivé, que ne saurait-il devenir ! Quand il naît par mutation dans les jardins une rose nouvelle, voilà tous les jardiniers qui s'émeuvent. On isole la rose, on cultive la rose, on la favorise. Mais il n'est point de jardinier pour les hommes. Mozart enfant sera marqué comme les autres par la machine à emboutir. »

Les livres pour enfants, vus par Saint-Exupéry — « Relire les livres de l'enfance oubliant entièrement la part naïve qui n'a point d'effet, mais notant tout le long les prières, les concepts charriés par cette imagerie. Étudier si l'homme privé de cette onde bienfaisante ne tend pas vers le gigolo 1936 [ou 2006, comme on voudra]. / Cathédrale aussi qui honore en l'homme une part qui de toute évidence est la plus haute. » (*Carnets*)

Hommage de Prévert — Dans le recueil *Grand Bal du printemps*, Jacques Prévert, l'autre grand auteur de livres pour enfants de la NRF (avec Marcel Aymé et ses *Contes du chat perché*), rend hommage à Saint-Exupéry en reproduisant une partie du chapitre de l'aiguilleur.

Petit Prince et LSD — Dans son *Journal*, à l'automne 1955, l'écrivain Anaïs Nin (1903-1977) consigne les effets que lui procure la prise expérimentale de LSD, préconisé par un psychiatre, lui donnant les clés des images récurrentes de son œuvre. Témoignage : « Maintenant, je me tenais debout toute seule au bord d'une planète. J'entendais le bruit des planètes tournant dans l'espace, à toute vitesse. Je me mis alors à me mouvoir parmi elles, et je m'aperçus qu'il faudrait une certaine adresse pour dominer ce nouveau moyen de transport. [...] Je me rappelais l'illustration du *Petit Prince* de Saint-Exupéry, l'enfant debout, tout seul, au bord de la planète. [...] L'image de la solitude sur une autre planète dérive de ma lecture répétée du *Petit Prince* de Saint-Exupéry. »

Prière de Consuelo, « Le père des roses » — Consuelo de Saint-Exupéry, qui a toujours pensé qu'elle était la rose unique du petit prince Saint-Exupéry, écrivait cette émouvante prière : « Notre père du ciel, Vous qui êtes dans tous les jardins. / Faites qu'aux étoiles les roses donnent leur parfum pour guider sur cette terre noire des canons les pas de nos soldats jardiniers jusqu'à leurs maisons. / Je te prie, Seigneur, Père des roses, aidez-les à écouter nos cœurs jusqu'à nous retrouver dans tous vos jardins. / Ainsi soit-il, amen. / La rose du petit prince. » (In *Consuelo et Antoine de Saint-Exupéry, un amour de légende*, par Alain Vircondelet, Les Arènes, 2005.)

DITS ET ÉCRITS

NAISSANCE D'UN PRINCE

Né de la plume et du pinceau d'un exilé, le petit prince n'est pourtant pas venu au monde dans l'indifférence. Sa conception comme sa naissance et ses premiers pas ont été très entourés.

De bonnes fées, d'une part, car la présence féminine est une constante de la vie de Saint-Exupéry, homme à femmes autant que chantre de la camaraderie masculine. Tantôt consolatrices, maternelles et confidentes, tantôt sources d'inquiétude, de fatigue et de tourment, elles furent décisives, par leur proximité, dans la genèse du conte. Saint-Exupéry le leur rendit-il ? L'absence de figures féminines dans sa fable peut frapper le lecteur... vite convaincu cependant qu'elles y tiennent au contraire, comme en creux, une place centrale en la personne de la figure absente de la rose. Sans oublier les milliers de roses qui peuplent la planète et qui, chacune aux yeux de chacun, pourraient un jour se faire singulières.

De parrains, d'autre part, qui, durant l'écriture du conte aux États-Unis, et en Afrique du Nord après sa parution, furent les premiers (et les derniers) à qui l'écrivain fit partager sa joie d'être le père d'un si charmant enfant. Ils étaient éditeurs, écrivains, camarades pilotes ou officiers de haut rang... Écoutons les.

Les bonnes fées

Peggy Hitchcock,
l'éditrice

Peggy était l'épouse de Curtice Hitchcock, l'éditeur américain de Vol de nuit [Night Flight], *que Saint-Exupéry avait rencontré à Paris en 1932. Associé à Eugene Reynal, Hitchcock avait obtenu, moyennant une confortable avance négociée par son agent Maximilian Becker, que Saint-Exupéry signât un contrat pour le recueil de ses reportages parus durant l'entre-deux-guerres en périodiques : ce sera* Terre des hommes [Wind, Sand and Stars], *promis à un grand succès outre-Atlantique. Avec Elizabeth Reynal, Peggy Hitchcock fit beaucoup pour faciliter l'installation de Saint-Exupéry à New York fin 1940 ; les deux couples étaient des intimes de l'écrivain français.*

Les instants de plus grande détente, nous les passions en compagnie de Bernard Lamotte, dans son studio. La rôtissoire sur la terrasse en plein air devait être, je pense, en contravention avec les lois sur l'incendie, quant au steak, je me demande maintenant s'il ne provenait pas du marché noir. Mais je ne sache pas qu'un remords de conscience eût assombri les heures merveilleuses que nous passions dans ces conditions.

C'est là que nous eûmes droit aux premières esquisses d'un petit garçon ébouriffé et une grande écharpe volant au vent. Il revint souvent. Curtice commençait à se demander s'il ne s'agissait là que d'un passe-temps pour occuper un géant malheureux. [...] Le génie est impressionnable et souvent imprévisible, et ce ne fut pas sans quelque hésitation que finalement Curtice suggéra que le petit bonhomme des dessins pouvait devenir le sujet, le héros d'un livre pour enfants. La correspondance de Saint-Exupéry montre qu'il fut à la fois surpris et séduit. Il se mit au travail, à la fois au texte et à l'illustration. [...] La veille de son départ, il vint à la maison et, cette fois, les enfants lui montrèrent ce qu'ils avaient appris en matière de technique : de petites boîtes faites de papier plié capables de retenir l'eau juste le temps de descendre du haut du balcon sur les passants dans la rue. Aussitôt, Saint-Ex était devenu leur complice et participait à leurs jeux, heureux d'avoir découvert cette nouvelle forme de bombardement. Je crois me rappeler que c'est aussi à cette occasion qu'il signa quelques exemplaires du *Petit Prince*, en ajoutant des dessins.

« Relations auteur éditeur »
Icare, n° 84, printemps 1978, p. 79

ADÈLE BREAUX,
le professeur d'anglais

Peu prédisposé à la pratique des langues étrangères et méfiant à l'égard de l'effet d'une trop grande maîtrise d'un idiome sur sa langue maternelle, Saint-Exupéry, ayant quitté Manhattan pour poursuivre l'écriture du Petit Prince *à Asharoken dans une villa de Long Island, finit par se faire à l'idée de prendre quelques leçons d'anglais. Adèle Breaux, professeur à l'école de Northport, fut son jeune professeur ; elle témoigna après guerre, dans ses* Souvenirs, *de ses séances de travail et de ses conversations avec un écrivain qu'elle admirait beaucoup.*

C'était l'époque à laquelle Saint-Exupéry commençait d'écrire *Le Petit Prince*. En arrivant un jour pour lui donner sa leçon d'anglais, j'eus l'impression que le bureau avait changé d'aspect. Sur la table de travail s'entassaient d'innombrables feuilles. Il y avait en particulier une énorme pile de papier pelure. Je distinguai sur les feuilles des silhouettes en couleur. Une boîte de peinture, un verre d'eau colorée, des pinceaux occupaient la table de droite, sous la fenêtre. Sous cette table, un tas de feuilles froissées. À côté, un panier rempli des mêmes feuilles, dont quelques-unes n'étaient pas froissées. [...]

— Vous voyez, j'ai jeté beaucoup de feuilles. Ici, il y a celles qui sont peut-être acceptables. Celles-là, je dois les revoir. Regardez...

C'étaient des dessins au crayon qu'il avait coloriés. Les tons pastel dominaient. Je remarquai l'image d'un petit garçon avec, autour du cou, un foulard qui flottait au vent. L'enfant blond se retrouvait sur la majorité des dessins. Je ne sais pourquoi les lignes gracieuses du foulard et le costume me firent penser à Consuelo. Ces esquisses représentaient-elles un rêve disparu, un enfant longtemps souhaité ? Ce fut lui qui rompit le silence :

— C'est un peu ridicule, car je n'y connais rien en dessin, ni en peinture. Actuellement je suis en train d'écrire l'histoire d'un petit prince. Mes éditeurs m'ont persuadé que le livre aurait plus de succès si j'en faisais moi-même les illustrations, même très naïves. Ce que je sais du dessin et de la peinture date de mon enfance. Et je vous assure que mon talent d'alors n'a jamais attiré l'attention de personne. Je ne me rappelle même plus si ça m'intéressait à l'époque. Mais maintenant, ça m'amuse. J'essaie et je jette tout ce qui ne correspond pas à l'idée que je me suis faite de mon personnage.

Il choisit une feuille.

Naissance d'un prince

— Tenez, regardez ce vieux roi... C'est un radoteur. Mais son manteau bleu ciel et son teint ne s'accordent pas avec son âge.

Il avait choisi une autre feuille.

— Ici, le teint est plus vraisemblable et je lui ai mis un manteau blanc.

Avec un petit sourire entendu, comme s'il parlait à un enfant :

— Les rois portent toujours de l'hermine.

Je répondis :

— Moi, j'aime bien le premier. Qu'allez-vous en faire ?

— Au panier !

— Je ne pourrais pas le garder ?

— Le roi est à vous si vous l'aimez.

— Bien sûr, je l'aime. Son air fatigué est celui d'un adulte, mais il y a comme le reflet d'un enfant... Et là je vois l'or des étoiles au-dessus du désert.

Cette analyse sembla lui plaire, car il sourit amicalement. Il remit en place le roi à l'hermine et prit une autre aquarelle. Elle représentait trois bulbes étranges qui s'attachaient en triangle et se prolongeaient en d'abondantes feuilles vertes. Il en était satisfait.

— C'est mon baobab.

Pour lui, c'était son chef-d'œuvre. [...]

Le jeudi suivant, il m'attendait debout devant sa table de travail.

— Je n'ai pas envie de faire de l'anglais aujourd'hui. Voulez-vous me rendre un autre service ?

Sans attendre ma réponse, il avait pris sur la table un certain nombre de pages dactylographiées. Il en choisit une liasse agrafée. Il me parut nerveux.

— Je voudrais que vous lisiez ces quelques feuillets du *Petit Prince*. C'est une histoire absolument fantaisiste... À propos, dans le même genre, avez-vous lu *Mary Poppins* ?

— Non.

— Vous devriez. C'est la meilleure histoire pour enfants que je connaisse. Elle est charmante et plaît également aux grandes personnes. Je l'aime tant que je l'ai lue plusieurs fois. C'est un classique. (Il revient au *Petit Prince* :)

— J'ai eu beaucoup de mal à persuader mes éditeurs que l'histoire devait finir avec la mort du petit prince. Ils me disaient qu'une histoire pour enfants ne doit jamais se terminer mal. Je leur ai démontré qu'ils avaient tort. Les enfants acceptent tout ce qui est naturel. Et la mort est naturelle. Ils l'admettent sans mauvaise réaction. Ce sont les adultes qui leur apprennent à fausser leur notion du naturel. Aucun enfant ne se sentira bouleversé par le départ du Petit Prince. Maintenant, lisez vous-même et dites-moi ce que vous en pensez.

« J'étais son professeur d'anglais »
Icare, n° 84, printemps 1978,
p. 99-100

SILVIA HAMILTON,
la confidente aimée

Rencontrée à New York en mars 1942 dans l'entourage de son ami et traducteur Lewis Galantière, la belle et jeune Silvia, journaliste, partagea une part du quotidien de l'écrivain durant l'année qui précéda son départ pour l'Afrique du Nord. Appréciant plus que tout la compagnie de cette femme tendre et attentive, Saint-Exupéry passa de nombreuses heures dans son appartement, notamment durant l'été et l'automne 1942. Il se faisait dorloter par cette amie si maternelle, tandis qu'il écrivait et dessinait ce qui allait devenir Le Petit Prince. *Elle fournit notamment à son protégé le modèle du mouton, en la personne de son caniche Mocha, et l'un de ceux du petit prince lui-même, avec sa poupée à la généreuse tignasse d'or. Silvia épousa après guerre le fils du célèbre réalisateur Max Reinhardt.*

Son emploi du temps était très simple, il écrivait sans cesse. Quand je l'ai connu, il avait terminé *Pilote de guerre*, qui fut publié en Amérique sous le titre de *Flight to Arras*, et quand nous nous sommes rencontrés il m'a raconté l'histoire du *Petit Prince* qu'il n'avait pas encore commencé d'écrire.

Comme il faisait constamment de merveilleux croquis, je lui suggérai d'illustrer lui-même ce livre. Il a alors commencé à faire ces petits dessins qui ont servi à illustrer *Le Petit Prince*, et pour le tigre, je me souviens très bien qu'il avait pris comme modèle un petit boxer [*que Saint-Exupéry baptisa Hannibal*] que je possédais alors. Je crois me souvenir qu'il a mis environ un an pour écrire ce livre, mais je n'ai jamais eu l'impression qu'il avait l'intention de faire du *Petit Prince* un livre philosophique. Aujourd'hui, beaucoup de gens pensent le contraire, mais je crois qu'il a toujours considéré cet ouvrage comme un merveilleux conte de fées. [...]

Ou bien il faisait des dessins. Comme, par exemple, les caricatures qu'il traçait, dans les restaurants, des gens qui dînaient autour de nous, afin d'exprimer son sentiment de comédie humaine ; ou encore comme les scènes de son passé cinématographique à Hollywood (*Vol de nuit*), illustré par le dessin de deux planètes, l'une portant « Fox-MGM » et l'autre « Terre », sur laquelle, désespéré, il se pend. Je lui dis qu'il était un grand artiste. Il acquiesça et fit aussitôt une esquisse qu'il signa « Léonard » (de Vinci). Pendant que je lui préparais à déjeuner ou à dîner chez moi, il me distrayait, de la pièce voisine, en faisant rouler deux oranges sur le piano — à la Debussy. C'est chez moi qu'il écrivit et dessina une bonne partie du *Petit Prince*, et il me laissait chaque jour ce qu'il avait écrit « pour examen et remarques critiques ». La façon dont je parvenais à formuler mes critiques est un secret dont jamais, jamais il ne se douta : je recevais tous les matins la visite d'une dame française terriblement comme il faut, que j'avais engagée pour m'enseigner le français. Elle me traduisait son texte et traduisait le mien (avec désapprobation) dans son français si distingué, pour que je le recopie.

Le jour de son départ approchait. Je voulais qu'il arrive vite et sain et sauf. Je lui fis faire un bracelet d'identité en or. Mais je n'avais pas les renseignements nécessaires. Il me les écrivit : groupe sanguin, etc. Je les fis graver sur le bracelet que je lui donnai le matin où il vint me faire ses adieux. En partant, il me dit : « Je voudrais te donner quelque chose de splendide, mais c'est tout ce que j'ai. » Il me mit dans les mains son vieil appareil Zeiss Ikon et le manuscrit français du *Petit Prince*. (Il se trouve maintenant à la bibliothèque Morgan.)

« Souvenirs »
Icare, n° 84, printemps 1978,
p. 113-114

ANNABELLA,
l'actrice

Saint-Exupéry avait fait la connaissance de l'actrice Suzanne Charpentier, dite Annabella, en 1935 sur le tournage du film Anne-Marie, *dont il avait écrit le scénario. Annabella, mariée à l'acteur américain Tyrone Power, retrouva avec bonheur l'écrivain en 1941, en convalescence à Los Angeles. Une grande complicité les unit dès lors.*

En 1941, j'étais à Los Angeles avec mon mari, Tyrone Power, et j'apprends tout à coup par des amis français que Saint-Exupéry — il avait habité assez longtemps chez Jean Renoir — se trouvait à l'hôpital dans la même ville. Aussitôt je prends ma voiture pour aller le voir. [...]

Il était tout seul dans une chambre immense. [...] Au bout d'un moment, je m'aperçois qu'il y a un livre sur la table de chevet, *un seul*, les *Contes* d'Andersen. Je prends le livre, je commence à lire *La Petite Sirène*, j'en lis deux ou trois lignes, je ferme le livre et je continue le texte que je savais par cœur. Le contact était établi. [...]

Quand il est revenu à New York et que j'étais soit en Californie, soit à Chicago [...], je recevais de lui, de temps en temps, des coups de téléphone interminables.

« Écoutez, me disait-il, je vais vous lire le dernier chapitre que je viens d'écrire... » C'est ainsi que le petit prince est devenu pour moi un personnage autrement vivant, autrement présent que tous les acteurs avec lesquels j'ai pu tourner au long de ma carrière. C'était un lien entre nous. Et notre principal sujet de conversation, ce n'était pas le scénario d'*Anne-Marie*, ni la politique, ni les réalités du moment, ni l'évocation du passé, c'était ce Petit Prince qu'il avait en lui. Ce personnage idéal, c'était un moyen pour Saint-Exupéry de démontrer qu'il n'aimait pas les hommes tels qu'ils étaient, qu'il n'aimait pas la vie moderne, la vie américaine. Car, malgré toutes les attentions des Américains, il a beaucoup souffert aux États-Unis, beaucoup souffert d'être loin de la France, de la France occupée dont il portait en lui le désespoir, comme une plaie ouverte. C'est sans doute pour cela qu'il s'est réfugié dans la pureté du Petit Prince parce qu'il ne pouvait pas se raccrocher à un homme, à de Gaulle, pour qui j'avais une immense admiration.

« Sous le signe
des contes de fées »
Icare, n° 84, printemps 1978,
p. 57-58

CONSUELO DE SAINT-EXUPÉRY,
l'épouse

À la demande de son époux, Consuelo de Saint-Exupéry se mit en quête durant l'été 1942 d'une maison où s'installer à Long Island. C'est à Bevin House, dans une maison très fréquentée et qu'il jugeait trop grande, que Saint-Exupéry poursuivit son travail sur le conte. Ses relations avec Consuelo, qui avait tôt fait de rejoindre son mari à New York (novembre 1941), étaient particulièrement complexes et houleuses.

Cette maison est devenue la maison du Petit Prince. Tonio y continua son manuscrit. Je posais pour *Le Petit Prince* et tous les amis qui venaient aussi. Il les rendait fous de colère parce que, une fois le dessin fini, ce n'était plus eux, mais un monsieur à barbe, ou des fleurs, ou de petits animaux...

C'était une maison faite pour le bonheur.

Mémoires de la rose
Plon, 2000, p. 264

ANNE MORROW LINDBERGH,
la femme du pilote

Épouse du grand aviateur Charles Lindbergh, elle était l'auteur du Vent se lève *que Saint-Exupéry avait accepté de préfacer. Ils firent connaissance en 1939 à New York, le couple ayant convié Saint-Exupéry à passer deux jours en leur compagnie dans leur maison de Long Island. Ce fut une rencontre capitale pour la jeune femme, qui tomba sous le charme de l'écrivain pilote.*

Lundi 29 mars 1943

Le conte de fées de Saint-Ex (*The Little Prince*) me parvient et je le lis avidement, d'une traite. Mais c'est si profondément triste, plus triste finalement que son récit de guerre. Bien qu'il ne s'agisse que d'un charmant ouvrage, mi-fable, mi-conte de fées pour enfants, brossé à petites touches discrètes. Non, *pas du tout* pour enfants. Il ne sait pas ce qu'est un enfant. Son Petit Prince est un saint, pas un enfant. C'est un adulte au cœur d'enfant. L'authentique « pur de cœur », comme l'Idiot de Dostoïevski. Mais ce n'est pas un enfant. Il n'a pas « le cœur dur d'un enfant ». Il serait plutôt comme une femme qui n'aurait jamais grandi. Mais sa tristesse n'est pas celle de la guerre ou de la tragédie. C'est une tristesse intime, éternelle mélancolie, éternelle soif, éternelle recherche. Nostalgie insoutenable, mais nostalgie d'une « lumière qui jamais ne fut, ni sur terre, ni sur mer ».

On voudrait le consoler. (Je devine qu'en l'écrivant il était malheureux, malade et solitaire.) Mais on sait bien que ce n'est pas possible.

Il y a de très belles choses dans son récit : tout en vulnérabilité, en tendresse, en blessure. Aussi quelques réponses. Mais non, il n'offre pas de réponses qui vaillent pour la vie personnelle. Il ne les a pas trouvées. Et il ne les trouvera jamais, je le crains. Il ira au sacrifice, à la guerre, à la mort, convaincu d'y trouver la réponse, qui ne s'y trouve pas.

Journal d'Anne Morrow Lindbergh
In A. de Saint-Exupéry,
Écrits de guerre,
Gallimard, 1982, p. 352

Michèle Raudnitz,
la jeune lectrice

Née du premier mariage de la journaliste Hélène Gordon-Lazareff, la petite Michèle fut élevée dans sa famille maternelle et suivit sa mère et son beau-père, le patron de presse Pierre Lazareff, lors de leur exil aux États-Unis durant la guerre. Elle vécut donc dans l'entourage de Saint-Exupéry. Son témoignage est rapporté par Yves Courrière dans sa biographie de Pierre Lazareff (Gallimard, 1997).

Saint-Ex avait un physique étonnant. Un grand corps, très puissant, et une toute petite tête. Dès qu'il avait un instant de liberté, il nous faisait des tours de magie au restaurant ou bien chez lui. Il m'émerveillait. D'autant plus que j'ai été la première lectrice « enfant » du *Petit Prince* que j'ai aussitôt adoré. J'ai beaucoup pleuré en le lisant et j'en ai souvent admiré le manuscrit, d'une écriture éblouissante — et ravissant dans la forme — qui montait comme à l'assaut de la page blanche et sur laquelle les dessins étaient incorporés à l'écriture.

Cité par Yves Courrière,
Pierre Lazareff,
Gallimard, 1997, p. 401

Marie-Sygne Claudel,
une autre jeune lectrice

Pierre et Hélène Lazareff ont présenté Saint-Exupéry à Henri Claudel à New York, au début de l'année 1941. Travaillant dans l'industrie aéronautique, il avait rallié le clan gaulliste ; il devint membre de la mission d'achat de la France libre puis, plus tard, intégra la délégation diplomatique du Général à Washington. Saint-Exupéry aimait distraire sa petite fille, Marie-Sygne.

C'est aussi l'époque où il écrivait *Le Petit Prince*. Ses amis suivaient au jour le jour la composition de ce livre si plein de charme et de poésie écrit davantage pour les adultes que pour les jeunes. Il dessinait partout, jusque sur les nappes de restaurant, le Petit Prince avec sa longue écharpe au vent. Il aimait le faire pour les enfants avec qui il était toujours content de se trouver pour leur raconter des histoires. Il avait une prédilection pour ma fille Marie-Sygne, alors âgée de quatre ans. Si celle-ci ne se souvient pas de ses histoires, elle a au moins soigneusement conservé, à Londres où elle habite aujourd'hui, les dessins que Saint-Ex a faits pour elle.

« Il fallait vivre »
Icare, n° 84, printemps 1978, p. 105

MARIE-MADELEINE MAST,
la femme du résident

Marie-Madeleine Mast, d'origine lorraine, était l'épouse du résident général en Tunisie ; elle s'occupa de 1943 à 1947 de l'assistance aux unités combattantes alliées. Si elle avait fait la connaissance de Saint-Exupéry à Alger en mai 1943, c'est surtout quelques mois plus tard, à Tunis et à El Marsa, qu'elle eut l'occasion de le voir plus souvent. Ayant rejoint le I/33, son unité militaire de rattachement, Saint-Exupéry rendit plusieurs fois visite au couple Mast à la Résidence.

Je voudrais rappeler maintenant ce qu'il nous disait du *Petit Prince*. Cela aussi est resté gravé dans ma mémoire. Il nous avait parlé de la création du personnage toute une soirée, une soirée merveilleuse. Il nous apprit qu'il avait écrit le conte alors qu'il était malade dans une clinique aux États-Unis [*en Californie*]. Le personnage était en quelque sorte la concrétisation d'un rêve éveillé, presque une hallucination, une révélation. Le petit bonhomme, il l'avait vu avant de le décrire. Une fois le livre terminé, estimant — disait-il — qu'il n'était pas très doué pour le dessin, il a demandé des illustrations à un artiste américain [*Bernard Lamotte*]. Quand il reçut les projets, il fut terriblement déçu : tout était attendu, conventionnel, bien loin du rêve qu'il avait fait, bien loin du personnage qu'il avait imaginé et qu'il voyait beaucoup mieux que l'illustrateur.

Alors, il a demandé du papier calque. Il a retenu sur le calque les mouvements qui lui plaisaient, des visages par-ci, par-là. Abandonnant la plupart des détails, ne retenant sur calque vierge que ce qu'il estimait l'essentiel, transposant, effaçant, comparant, il arriva ainsi au dépouillé qu'il avait voulu, au naïf qu'il avait souhaité.

Puis il nous avait parlé de la rose... c'était bien mélancolique, bien désabusé. La rose unique, nous avait-il dit, c'était sa femme. Il en était responsable. Il n'y avait qu'elle. Et puis voilà que le Petit Prince découvre un jour un champ couvert de roses... Il y en avait donc d'autres ? Il y en avait donc tant ?

Comme le Petit Prince, avait-il, lui aussi, fini par découvrir qu'après avoir été amoureux, responsable d'une seule, il y en avait d'autres sur la terre.

« Le baptême de Christian »
Icare, n° 96, printemps 1981, p. 140

SIMONE DE SAINT-EXUPÉRY,
la sœur aînée

La sœur aînée de Saint-Exupéry, archiviste paléographe, était en poste en Extrême-Orient quand son frère résidait à New York. Elle n'a donc pas assisté à la création du conte, qu'elle n'a découvert qu'en 1946, à son retour d'Indochine. Mais elle a délivré en 1958 ce précieux et familier témoignage sur les dessins de son puîné.

Mon frère a toujours griffonné ses cahiers d'écolier et ses notes d'étudiant. Il nous envoyait des lettres couvertes de dessins qui ne satisfaisaient pas toujours les destinataires car ils y figuraient en affreuses caricatures. Nous n'accordions d'ailleurs pas plus de valeur à ces dessins qu'aux opéras qu'il composait au piano à grand renfort de roulades et de trilles assourdissants ; et aux chants sonores qu'il accompagnait d'accords pompeux. Bien qu'il eût la voix très juste, elle était un peu tonitruante, et ses camarades du régiment lui disaient : « Tu as une belle voix pour écrire ! »

Mon frère, sollicité par de nombreuses disciplines, avant de se décider définitivement pour l'aviation, a fait à Paris un an de l'École des beaux-arts, section architecture. Le climat de l'école lui déplut. Lui, si sensible à la camaraderie, fut rebuté par les brimades qui y étaient en honneur. Si vous refusiez de servir les anciens, ils vous le faisaient durement payer. Pour avoir refusé de tailler les crayons de tel ou tel ou d'aller lui acheter ses cigarettes, il fut entièrement déshabillé et peint en rouge.

Je ne sais si ces brimades continuent, mais elles déplurent tant à mon frère qu'il poussa un soupir de soulagement lorsque le service militaire l'enleva aux Beaux-Arts. Il n'était nullement disposé à faire payer aux nouveaux venus, lui qui entrait en deuxième année, la tyrannie qu'il avait subie. Son goût pour le dessin en fut-il influencé ? Il continua simplement à illustrer ses lettres ; et voilà que pendant l'exil aux États-Unis, pendant la guerre, il met au point les charmants croquis du *Petit Prince*, ouvrage qui aussitôt paru conquiert les grands et les petits.

À mon retour d'Indochine, en 1946, après un séjour ininterrompu de sept années en Extrême-Orient pendant lequel j'avais appris sa disparition, je fis avec émotion connaissance avec ce petit livre où avaient mué, vêtues de fraîches couleurs, les caricatures qui ornaient ses lettres de jeunesse.

C'est que ces dessins étaient surtout un moyen d'expression, un langage. Ces années d'Amérique, malgré la gentillesse des Américains et le crédit énorme que lui avait conféré *Pilote de guerre*, l'avaient terriblement marqué. Il avait souffert non seulement de l'occupation de son pays, du manque de nouvelles des siens, mais encore de l'état d'esprit de beaucoup de ses compatriotes de là-bas. Les années d'enfance à Saint-Maurice-de-Rémens avec ses frères et ses sœurs, leurs jeux dans le parc alors empli de fleurs, du bosquet ombreux, le hantaient. *Le Petit Prince* fut une évasion, la condensation de ce passé heureux pendant lequel un enfant aux boucles blondes, puis un collégien turbulent, vivait dans une planète enchantée, la planète de l'enfance. Un double enfant était revenu en quelque sorte visiter l'aviateur exposé aux dangers d'un dur métier, aux pannes dans le désert, à la soif, à l'angoisse et à la solitude des sables où guettent les serpents jaunes. S'il a mis tout son cœur dans les dessins du *Petit Prince*, c'est qu'ils lui permettaient de traduire ses sentiments secrets, ceux que la pudeur de l'écrivain lui interdisait de confier à son œuvre. Il avait écrit à sa mère : « La vie intérieure est difficile à dire... c'est si prétentieux d'en parler. » La nostalgie des années d'autrefois, des fleurs, des animaux familiers qu'il apprivoisait, le trésor de poésie qu'il gardait en lui et qu'il lui était difficile de traduire autrement qu'en contes de fées, s'étaient réfugiés dans ses dessins.

On a beaucoup parlé de la psychanalyse du *Petit Prince* ; on a souvent interprété ce conte comme un envoûtement du désert. Il faut à mon avis y voir autre chose et que ses dessins révèlent : une allusion continue à sa vie d'enfant qui restait pour lui une source jamais épuisée. Si quelques lignes de *Terre des hommes* y sont consacrées, seuls *Le Petit Prince* et sa naïve illustration nous font mesurer l'ampleur et la vivacité des souvenirs qu'il en rapportait et qu'il lui était impossible de traduire entièrement par des mots...

[...] Conservateurs et commentateurs d'images, d'images de tous matériaux, de toutes provenances, vous détenez une réserve illimitée de messages dont quelques-uns parlent un langage intraduisible ; mais dont la plupart continuent inlassablement des révélations accessibles et constituent, selon le titre d'un recueil célèbre, *Les Voix du silence*.

« Antoine et le langage
des images »
*Musées et collections publiques
de France et de l'Union
française*, n° 17, 1958. D. R.

Les parrains

PAUL-ÉMILE VICTOR,
l'explorateur

L'ethnologue et explorateur des pôles Paul-Émile Victor a fait la connaissance de Saint-Exupéry en janvier 1936 par l'in-

termédiaire de Denise Tual. Liant amitié, ils se sont beaucoup fréquentés à Paris puis se sont retrouvés exilés à New York en 1941. Comme Saint-Exupéry, Paul-Émile Victor a conquis l'imaginaire des enfants de son époque, avec la belle et instructive histoire du petit Esquimau Apoutsiak, *écrite et illustrée par ses soins en 1948, premier album de la série des « Enfants de la terre » paru aux Albums du Père Castor (Flammarion).*

Saint-Ex avait écrit le texte du *Petit Prince* et avait jeté sur le papier les premiers croquis des dessins qui devaient l'illustrer par la suite. Il hésitait quant à la technique à utiliser pour les colorier. Il n'aimait pas l'aquarelle ; et les crayons de couleur lui paraissaient trop enfantins. Je lui fis découvrir les crayons de couleur-aquarelle, que j'utilisais depuis longtemps pour la plupart de mes dessins [s'utilisent comme des crayons de couleur ordinaires. La teinte est ensuite uniformisée et travaillée à l'eau avec un pinceau] : « c'est formidable » fut sa réaction.

Nous avons fait toute sorte d'essais. Je ne sais pas au juste sur quelle technique se porta son choix. Je crois, ayant bien regardé les illustrations du *Petit Prince*, que Saint-Ex utilisa ces crayons-aquarelle, tout en dessinant le trait à l'aide de son stylo de façon à en délaver légèrement l'encre avec le pinceau.

« Nous nous sommes donné
rendez-vous à Alger,
à Londres ou à New York »
Icare, n° 84, printemps 1978, p. 23-24

JEAN-GÉRARD FLEURY,
un camarade

Avocat à la cour de Paris et journaliste, Jean-Gérard Fleury se lia d'amitié avec Saint-Exupéry en septembre 1931 à Casablanca, à l'occasion d'un reportage sur l'Aéropostale. Durant la guerre, il sera correspondant auprès de la Royal Air Force. Représentant la société de René Couzinet, spécialiste des avions en bois, il retrouva son ami Saint-Exupéry à New York en novembre 1941.

Souvent, en guise de récréation, il esquissait les formes d'un petit bonhomme penché sur un nuage[1]. C'était les premières touches du Petit Prince et j'ai gardé quelques-uns de ces essais qu'il m'offrait après les avoir passés au fixateur.

« La Présence d'un ami »
Icare, n° 84, printemps 1978, p. 35

RENÉ CLAIR,
le cinéaste

Le cinéaste René Clair, académicien, a connu Saint-Exupéry dans les années 1930. Il fit partie, avec Jean Renoir, des gens de cinéma que Saint-Exupéry fréquenta lors des quinze mois passés aux États-Unis.

Une ancienne blessure, provenant d'un accident dont il avait été victime, s'était réouverte et l'avait contraint à se rendre en Californie afin de recevoir les soins d'un spécialiste. J'allai le voir dans la clinique où il avait été opéré, puis dans la maison de Jean Renoir chez qui il passa sa convalescence. Ne sachant trop quoi lui apporter pour le distraire alors qu'il était alité, je lui fis cadeau de ce que j'aurais aimé recevoir moi-même si j'avais été à sa place : une boîte d'aquarelle et un cahier de papier. Ce modeste présent, qui sembla le ravir, fut sans doute ce qui l'incita à composer les ravissantes illustrations du *Petit Prince*. Cette besogne d'illustrateur fut pour lui un nouveau jeu. Il aimait à jouer comme un enfant et, entre deux tours de cartes, il aimait aussi se

---

1. Voir A. de Saint-Exupéry, *Dessins*, op. cit., p. 256.

poser des problèmes, les uns de mathématique ou de physique, les autres moins sérieux et d'où certain esprit de fumisterie n'était pas toujours absent.

« Entretien »
Icare, n° 84, printemps 1978, p. 70

DENIS DE ROUGEMONT,
le philosophe

Essayiste et philosophe suisse, auteur notamment de L'Amour et l'Occident *(1939), Denis de Rougemont (1906-1985), lui-même installé à New York depuis septembre 1940 (il enseignait à l'École libre des hautes études et contribuait aux émissions radiophoniques de* La Voix de l'Amérique*), devint un intime du couple Saint-Exupéry durant la guerre, s'installant, sinon chez eux, du moins à proximité de leurs logements successifs. Il fut l'amant de Consuelo de Saint-Exupéry.*

Long Island, fin septembre [1942]

Bevin House — Nouvelle maison à la campagne, à deux heures de New York, avec les Saint-Ex. J'y passe mes trente-six heures de congé, chaque semaine. C'est Consuelo qui l'a trouvée et l'on croirait qu'elle l'a même inventée : c'est immense, sur un promontoire emplumé d'arbres échevelés par les tempêtes, mais doucement entouré de trois côtés par des lagunes sinueuses qui s'avancent dans un paysage de forêts et d'îles tropicales.

— Je voudrais une cabane et c'est le palais de Versailles ! s'est écrié Tonio bourru, en pénétrant le premier soir dans le hall. Maintenant, on ne saurait plus le faire sortir de Bevin House. Il s'est remis à écrire un conte d'enfants qu'il illustre lui-même à l'aquarelle. Géant chauve, aux yeux ronds d'oiseau des hauts parages, aux doigts précis de mécanicien, il s'applique à manier de petits pinceaux puérils et tire la langue pour ne pas « dépasser ». Je pose pour le *Petit Prince* couché sur le ventre et relevant les jambes. Tonio rit comme un gosse : « Vous direz plus tard en montrant ce dessin : c'est moi ! » Le soir, il nous lit les fragments d'un livre énorme (« Je vais vous lire mon œuvre posthume ») et qui me paraît ce qu'il a fait de plus beau. Tard dans la nuit je me retire épuisé (je dois être demain à neuf heures à New York), mais il vient encore dans ma chambre fumer des cigarettes et discuter le coup avec une rigueur inflexible. Il me donne l'impression d'un cerveau qui ne *peut plus* s'arrêter de penser...

Journal d'une époque, 1926-1946
Gallimard, 1968, p. 521

ANDRÉ MAUROIS,
le romancier

Le romancier André Maurois, très populaire en France durant l'entre-deux-guerres et fin connaisseur de la civilisation anglo-saxonne et américaine, se retira aux États-Unis de juillet 1940 à juillet 1946, avec une interruption en Méditerranée en 1943. Il y poursuivit son activité de conférencier. Il a à plusieurs reprises évoqué ses séjours chez les Saint-Exupéry. À l'image de son ami, ses prises de position, mal comprises, lui valurent quelques inimitiés parmi ses compatriotes.

En octobre [*1942*] je passai quelques jours à Long Island dans une grande maison de campagne qu'avaient louée les Saint-Exupéry. Il y avait là Denis de Rougemont et les conversations furent hautes et graves. À minuit Consuelo et ses hôtes allaient se coucher et Saint-Exupéry (que Consuelo appelait Tonio) restait seul pour travailler au *Petit Prince*. Vers deux heures du matin la voix de Tonio réveillait les dormeurs : « Consuelo ! Je m'ennuie ; viens faire une partie d'échecs. » La partie finie, Consuelo retournait à son lit et Tonio à son livre. Puis vers quatre heures du matin : « Consuelo ! J'ai faim ! » Après un instant on entendait dans l'escalier les pas de Consuelo qui descendait à la cuisine.

Mémoires 1885-1967
Flammarion, 1970, p. 351-352

*

Quand un pays traverse des temps difficiles, il éprouve le besoin de se souvenir de quelques grandes figures qui sortaient de lui et de se rattacher à elles. Alors chacun de nous retourne à ses prédécesseurs familiers. J'avais, avant la dernière guerre, les miens : Vauvenargues, Valéry, Alain. Puis, en 1940, un de mes cadets vint […]. Il n'est pas d'écrivain qui, durant quatre années douloureuses, m'ait autant aidé à vivre et à espérer qu'Antoine de Saint-Exupéry.

Dans les belles *Lettres sur la philosophie de Kant* que vient de m'envoyer Alain, je lis ceci : « Dès que l'on fait attention à ces grandeurs humaines qui méprisent de si haut grandeurs et puissances, on reconnaît à coup sûr l'homme... » Saint-Exupéry reconnaissait l'homme au sacrifice, d'autant plus beau que secret et gratuit, et toujours chemin de la résurrection.

[…] Quatre ans... Il y a quatre ans seulement que, dans une maison proche de New York, Bevin House, au bord de l'Océan, il écrivait *Le Petit Prince*. Les Saint-Exupéry avaient l'art de découvrir des demeures étranges et surhumaines, trop grandes pour eux : on eût dit qu'il leur fallait des chambres vides pour leurs fantômes. Celle-là se trouvait à Eton Neck,

Northport, en un lieu désert, entourée de bois et de roseaux. L'automne américain, violent et fort, peignait les arbres de couleurs de feu. Denis de Rougemont était arrivé avec moi. Tout l'après-midi, nous écoutâmes Saint-Ex raconter d'admirables histoires. Il nous promena de l'Indochine aux faubourgs de Paris, du Sahara au Chili. Prodigieux conteur. S'il est vrai, comme on le dit, qu'il a laissé de posthumes *Mille et Une Nuits*, rien ne me surprendra moins.

Vers le soir, une dame professeur voulut lui donner une leçon d'anglais. Ô très vaine tentative ! Saint-Ex ne désirait pas apprendre l'anglais. « Un écrivain français, disait-il, ne doit pas gâter sa langue. » Trois mots lui suffisaient pour répondre au téléphone : « *Not at home.* » Lorsqu'il faisait des achats dans New York et que le vendeur ne le comprenait pas, il appelait au téléphone (automatique) notre ami Rouchaud : « Dites donc à ce type que je veux la cravate à fond rouge qui est dans sa vitrine... » Rouchaud traduisait. Cela s'arrangeait ainsi.

Après le dîner, Saint-Ex jouait aux échecs, faisait les tours de cartes les plus mystérieux que j'aie vus de ma vie, et trouvait à nous surprendre un plaisir de magicien et de poète. À minuit, il entrait dans son cabinet de travail où, jusqu'à sept heures du matin, il écrivait et dessinait les aventures de ce *Petit Prince* symbolique qui était, sur sa minuscule planète, une projection de l'auteur. En pleine nuit, il nous appelait à grands cris pour nous montrer un dessin dont il était content. C'est un des traits du génie que d'imposer sa vie et de la prodiguer.

« Les destins exemplaires :
Saint-Exupéry »
Les Nouvelles littéraires,
7 novembre 1946, n° 1005. D. R.

PIERRE LAZAREFF,
l'homme de presse

Le grand patron de presse fit la connaissance de Saint-Exupéry par l'intermédiaire de Nelly de Vogüé. Les deux hommes se retrouvèrent à l'occasion de leur commun exil new-yorkais et tissèrent de vifs liens d'amitié, se voyant presque tous les jours au restaurant Arnold de Colombus Circle, où Lazareff témoigna avoir assisté à la naissance du petit prince, sans cesse crayonné par l'auteur sur les nappes de l'établissement.

Souvent Saint-Ex me téléphonait la nuit en me disant : « Je viens encore d'écrire cinq pages, je vous les lis. Comment aimez-vous cela ? » Lorsqu'il a terminé son récit, il m'en a lu lui-même toute la fin en pleurant, comme s'il avait pressenti sa propre fin qui ressemblera à celle du *Petit Prince*. À cause de cela j'ai un attachement personnel et sentimental à cet ouvrage dont ma femme et moi possédons le manuscrit avec toutes les illustrations[1].

Cité par Yves Courrière,
Pierre Lazareff,
Gallimard, 1997, p. 402

CURTICE HITCHCOCK,
l'éditeur

Curtice Hitchcock, qui publia la traduction américaine de Vol de nuit, *fut, associé à Eugene Reynal, le premier éditeur au monde du Petit Prince, paru en avril 1943 en langues française et anglaise. Ce fut un éditeur attentionné à l'égard d'un auteur qu'il considérait comme un ami. Le texte ci-dessous est extrait d'une lettre adressée à Saint-Exupéry à Alger, depuis New York, le 3 août 1943.*

---

1. Cette révélation stupéfiante n'a pas été confirmée par la famille de Pierre Lazareff, interrogée il y a quelques années sur ce point.

Maintenant, quelques nouvelles d'ici. Enfants et adultes ont fait au *Petit Prince* l'accueil le plus enthousiaste. Les critiques ont été bonnes et je vous en envoie deux ou trois pour que vous les lisiez vous-même — à présent que vous faites tant de progrès en anglais. Nous approchons le cap des 30 000 exemplaires en langue anglaise, et 7 000 en français, et les ventes se poursuivent régulièrement, en dépit des fortes chaleurs, au rythme de 500 à 1 000 exemplaires par semaine. Dès le début de la saison d'automne, nous projetons d'engager une nouvelle campagne, et le livre devrait se vendre beaucoup mieux au cours de l'automne et jusqu'à Noël. Voilà un enfant tout plein de vie.

Nous avons reçu des libraires de nombreuses demandes d'une édition des trois livres précédents en un volume [*Vol de nuit*, *Pilote de guerre* et *Terre des hommes*].

Lettre de Curtice Hitchcock
à Saint-Exupéry
In A. de Saint-Exupéry,
Écrits de guerre, Gallimard,
1982, p. 405

Max Gelée,
le général

En mai 1943, Saint-Exupéry retrouvait enfin le groupe II/33, unité aérienne à laquelle il avait été rattaché lors de la campagne de France. Le groupe était alors encore, pour quelques jours, commandé par le général Max Gelée. Retrouvailles.

À peine avait-il repris contact avec nous que Saint-Exupéry, m'entraînant à l'écart, me dit : Venez, venez vite voir ce que j'ai fait de mon chasseur de papillons !

C'était une vieille histoire, ce chasseur de papillons, c'était le dessin que Saint-Exupéry traçait à chaque instant et sur tous les papiers qu'il trouvait quand il appartenait au II/33 en 1940.

Je lui avais demandé un beau jour la raison de ce dessin qui revenait sans cesse sous sa main. Il m'avait répondu :

— C'est comme ça, je l'aime beaucoup parce que c'est un être qui court après un idéal réaliste.

Ce jour-là, j'avais découvert un nouvel aspect de son esprit. Donc, avec d'infinies précautions, il me sort — mais sans le lâcher un seul instant — l'unique exemplaire en français du *Petit Prince*. Il n'était pas question de le lui prendre des mains ! Il m'expliqua :

— Vous savez, j'en ai bavé pour faire ça. J'ai dû refaire plusieurs fois chaque dessin, l'éditeur n'était jamais content. Tenez, c'est celui-ci qui m'a donné le plus de mal : je voulais représenter un globe avec trois énormes arbres : j'en ai d'abord fait un. Une fois à peu près réussi, je n'ai pas eu le courage de faire les deux autres. Alors, je me suis contenté de reproduire le premier en faisant pivoter deux fois le dessin de 120 degrés si bien, finalement, que j'ai pu arriver à ce que je voulais avec mes trois baobabs.

Ce fut l'occasion pour moi de lui faire remarquer qu'en 1940, il nous disait souvent qu'il était las du monde dans lequel nous vivions. Il nous répétait :

— La prochaine fois, je changerai de planète !

Des planètes, il y avait le choix dans *Le Petit Prince*. Mais, le livre, je ne l'avais toujours pas eu en main !

À quelque temps de là, après le 13 mai plus exactement (c'est la date de mon arrivée chez le général Giraud), je profitai d'une nouvelle rencontre pour lui demander :

Naissance d'un prince

— Votre petit prince, finalement, je n'en ai vu que la couverture ! Je voudrais quand même le lire... Vous ne voulez pas me le prêter pour vingt-quatre heures ? Vous le lâchez ?

— Écoutez, j'ai beaucoup de mal à le lâcher. Enfin, prenez-le ce soir mais vous me le rapportez obligatoirement, demain matin, à une condition.

— Laquelle ?

— Vous me dites ce que vous en pensez, mais par écrit !

J'ai donc gardé une nuit ce dépôt précieux et j'ai fait la page d'écriture exigée. Je ne me souviens plus exactement des termes de mon rapport de lecture ; j'avais dû dire, naturellement, que le livre m'avait plu et je crois que j'avais ajouté quelque chose du genre : « Comme père de famille, je comprends que vous teniez tant à cet enfant et que vous ne vouliez pas le lâcher. » [...]

Je ne veux pour preuve de l'état de détresse dans lequel il se trouvait alors — entre ses deux séjours au II/33, c'est-à-dire pendant huit mois — que les dessins qu'il faisait alors.

C'était toujours le chasseur de papillons adapté à diverses situations, mais malheureux, triste, triste... Habillé en jardinier, ce petit prince-là regardait avec mélancolie un escargot muni d'ailes et disait : tes ailes ne te suffisent pas pour décoller !

C'était aussi un très joli petit prince dans un beau jardin considérant une fois de plus un escargot — l'élève pilote aujourd'hui — avec cette légende : l'aviation, école de lenteur chez nous.

Il était vraiment très malheureux à Alger et nous le savions tous.

Enfin, un jour, Chassin réussit à obtenir l'affectation de Saint-Exupéry à l'état-major de la 31ᵉ escadre.

C'était en avril 1944. [...] Il allait donc recommencer à voler, d'abord comme passager, puis bientôt comme pilote. Ce fut très net : de ce jour, les dessins tristes disparurent et ce furent des dessins drôles qui les remplacèrent : le petit prince souriait de nouveau.

« Le chasseur de papillons »
Icare, n° 96, printemps 1981,
p. 82-85

JULES ROY,
l'écrivain pilote

Début juin 1943, Jules Roy, attaché à la Royal Air Force, retrouvait Saint-Exupéry à Laghouat, les deux écrivains combattants résidant dans deux chambres voisines à l'hôtel Transatlantique. Leur amitié fut sincère, malgré quelque incompréhension sur leur engagement respectif et la question du ralliement au gaullisme.

Quelques jours plus tard, comme je descendais de la terrasse de l'hôtel par une échelle dont le pied reposait sur le dôme du hall comme sur la demi-sphère d'une mappemonde, il était là qui m'attendait, le nez en l'air. Et moi, j'eus tout à coup l'impression de ressembler à l'allumeur de réverbères du *Petit Prince* qu'il avait ramené avec lui, dans l'édition de New York. Nous entrâmes dans sa chambre et, pesant sur le lit de toute sa masse, son regard d'oiseau de nuit cloué au plafond, aspirant avidement la fumée de ses cigarettes, il me dit, après un long silence, son angoisse. Il ne voulait pas avouer son désespoir, mais il souffrait dans son âme et dans sa chair du mal de la France. Il brûlait pour elle de la fièvre de ne pas pouvoir lui porter secours sur-le-champ, alors qu'elle étouffait, mais il incarnait dans la France tout ce qui pouvait faire de la terre une patrie, et, dans l'oppression, tous les ennemis de l'humanité.

Il me sembla, dès lors, que la *Lettre à un otage* dont je ne connaissais que des extraits, et que *Le Petit Prince*, que je venais de lire, entraient dans ce même profond désespoir. Je venais aussi d'achever *Pilote de guerre*, qui était aussi dans ses bagages, et que Saint-Exupéry avait écrit deux ans plus tôt. Ce livre-là sauvait l'espoir : Saint-Exupéry l'avait achevé en Amérique, encore tout chaud de son propre combat dans le ciel et sur la terre de la patrie ; tandis que la *Lettre à un otage* et *Le Petit Prince* se refermaient sur la nuit.

Passion de Saint-Exupéry
Gallimard, 1951, p. 68-69

JEAN AMROUCHE,
l'homme de radio

Jean Amrouche, Kabyle né en Algérie en 1906, est un homme de lettres et de radio. Il travailla jusqu'en 1944 à Radio France Alger, avant de prendre la direction de la revue littéraire L'Arche. *Il était un ami de Saint-Exupéry, qui le fréquenta durant son séjour en Afrique du Nord. Le texte ci-dessous est extrait d'une lettre en date du 7 novembre 1943.*

Votre histoire est une des plus belles histoires. Le petit prince est peut-être mort pour vous, mais il y aura, dorénavant, à cause de cette mort, des petits princes par milliers, semblables à lui, mais uniques, avec un renard et un ami pour chacun de « lui ». Il n'est rien de plus important pour les hommes que de rencontrer le petit prince, dans ce paysage de sable sous une étoile. Il y a six ans j'ai raconté, moi aussi, la même histoire, à ma manière, moins pure, moins simple, que la vôtre. Je l'ai appelée *Étoile secrète*, et mon petit prince s'appelait l'absent.

GEORGES PÉLISSIER,
le docteur

Né le 13 janvier 1887 à Perpignan, le docteur Georges Pélissier, chirurgien, installé à Alger depuis 1909, avait fait la connaissance de Saint-Exupéry en 1931, alors que ce dernier pilotait les hydravions de la ligne Marignane-Alger. Il demeura un ami fidèle de l'écrivain, l'hébergeant lors de son séjour en Afrique du Nord entre mai 1943 et mai 1944. Il publia après guerre un essai sur l'œuvre, la vie et la pensée de Saint-Exupéry, intitulé Les Cinq Visages de Saint-Exupéry.

C'est un conte pour enfants (et pour grandes personnes) d'une exquise fantaisie. L'éditeur avait demandé à Saint-Ex de l'écrire pour la Noël de 1942. [...] Le conte débute avec une certaine affectation de puérilité. Il semble qu'en l'écrivant Saint-Ex, cédant à son génie, ait oublié son public d'enfants. Le récit s'élève peu à peu à la forme du conte philosophique. Pour être fidèle à la vérité, je dirai qu'Antoine faisait un seul reproche à son livre (pour lequel il avait une dilection particulière) : avoir « un peu trop de planètes », voulant signifier par là qu'il eût volontiers coupé dans les voyages planétaires du *Petit Prince*, une partie du moins, car, je le sais, il eût laissé l'allumeur de réverbères.

Les Cinq Visages de Saint-Exupéry
Flammarion, 1951, p. 69-70

PIERRE GUILLAIN DE BÉNOUVILLE,
le résistant

Né en 1914, l'écrivain, directeur de presse et homme politique Pierre Guillain de Bénouville fonda les Mouvements unis de résistance, qui devinrent le Mouvement de la libération nationale en

1943. Il rencontra Saint-Exupéry en mai 1944 en Algérie, à l'occasion d'une mission d'ordre militaire. Rencontre mémorable, à l'en croire, tant le charisme de Saint-Exupéry, encore en attente d'affectation, irradiait et donnait sens à l'action de ses proches.

Au cours des jours qui vinrent, je revis Saint-Exupéry le plus souvent possible. Tantôt il venait jusqu'à notre maison, tantôt nous allions le retrouver dans l'appartement où il habitait. En longeant le couloir, nous voyions le plancher de sa chambre jonché de ses papiers. Il nous conduisait au salon et nous préparait à boire. Il donnait des livres et d'abord ce *Petit Prince* dont on voyait bien qu'il le considérait comme une autobiographie. Il le tendait en souriant, un peu comme s'il nous eût donné sa propre photographie.

« Saint-Exupéry fraternel »
Confluences, VIIe année,
n° 12-14, 1947. D. R.

Pierre Ordioni,
l'éditeur qui a dit non

Ce témoignage atteste de ce que Saint-Exupéry a essayé de faire publier Le Petit Prince *au Maroc en 1943, les exemplaires imprimés aux États-Unis n'étant pas en vente en Afrique du Nord. C'était pour l'auteur une terrible frustration ; muni probablement d'une copie dactylographiée de son texte, il semble l'avoir soumis à quelques libraires et éditeurs, dont Pierre Ordioni.*

C'est avec joie que je le retrouve là sous l'uniforme d'aviateur. Je n'ai, hélas ! que quelques instants à passer avec lui. De Gaulle et l'avenir qui se précise pour la France lui font horreur. Une chose personnelle le préoccupe : il revient de Casablanca où un éditeur lui a refusé un manuscrit qu'il a sous le bras et qu'il désire à toute force que je lise. Il m'assure que je n'en ai pas pour une heure et me demande de le lui rapporter à l'Aletti demain matin. Je l'ai lu et tombe de mon haut ! Comment l'auteur de *Vol de nuit* a-t-il pu se consacrer un instant à ce récit qui me paraît niais et d'un symbolisme mièvre ? En lui rendant son mince cahier, je lui donne mon sentiment, ne lui cachant pas mon étonnement de le voir désolé de ne pouvoir le faire éditer immédiatement. Alors, Saint-Ex, après avoir hésité, m'explique que son intention est de laisser sous les apparences d'un conte destiné aux enfants un testament intelligible seulement à quelques-uns. Il y a dans son *Petit Prince* de l'ésotérisme et du roman à clé. Il est urgent qu'il paraisse car lui seul en connaît l'importance. Pour nous, la mort ne sera-t-elle pas au rendez-vous que nous donne la France ?

Tout commence à Alger,
Paris, 1972, p. 641

JOHN PHILLIPS,
le photographe

Février 1944 : le photographe reporter américain John Phillips est à Alger, s'apprêtant à rejoindre le front italien, et rencontre Saint-Exupéry, dont il appréciait déjà l'œuvre. Se liant d'amitié avec l'écrivain, il tente une intervention auprès du général Eaker, commandant en chef de l'aviation alliée en Méditerranée, pour que Saint-Exupéry obtienne à nouveau le droit de voler avec le II/33. Les deux hommes se retrouvent à Naples dans l'attente d'une entrevue avec leur supérieur.

C'est là qu'il redécouvrit Kafka. Quand il n'était pas plongé dans *Le Procès*, il sortait son jeu d'échecs et me battait avec entrain. En ville, comme il n'avait pas d'échiquier sous la main, Saint-Ex sortait des bouts de papier qu'il avait toujours dans ses poches, soit pour résoudre quelque équation impossible, soit pour jouer un mot de cinq lettres. Ou alors finissait par apparaître dans cette suite envahissante de papiers griffonnés l'image d'un enfant. Un enfant que tout le monde, un jour, reconnaîtrait comme le Petit Prince.

Ce Petit Prince, je l'avais vu souvent surgir de ces papiers avant de me risquer à demander à Saint-Ex comment un tel petit lutin s'était imposé à lui. Il m'expliqua qu'un jour, tandis qu'il avait les yeux fixés sur une feuille blanche, l'enfant lui était apparu.

« Qui es-tu ? avait demandé Saint-Ex.
— Je suis le Petit Prince. »

Et si Saint-Ex n'avait pas besoin du concours du Petit Prince, quand il jouait au mot de cinq lettres, l'enfant était toujours là.

« Adieu à Saint-Exupéry »
Au revoir Saint-Ex, Gallimard,
1994, p. 83-84

Son Petit Prince

Si les témoignages de tiers abondent, qui illustrent la genèse du Petit Prince, *il n'est guère de documents connus à ce jour, excepté ces dessins et manuscrits, où Saint-Exupéry se montre au travail. Cette lettre à son éditeur américain, reproduite dans l'ouvrage publié en 2005 par le légataire de Consuelo de Saint-Exupéry, M. Martinez Fructuoso, fait exception[1]. Écrite probablement à la fin de l'année 1942, elle montre à quel point Saint-*

---

1. En commentaire de ce document, il est cependant indiqué que l'édition originale française du *Petit Prince* parut à la Maison française de New York. On corrigera, bien sûr, par la firme Reynal & Hitchcock.

Exupéry s'est préoccupé de la présentation de son ouvrage, l'envisageant comme un ensemble où texte et image étaient très intimement liés. Ce qui autorise à considérer Le Petit Prince, *dans sa présentation finale, comme l'expression totale de la volonté de son auteur. Il y est question de Maximilian Becker, l'agent de Saint-Exupéry (de Gide et Simenon également) aux États-Unis.*

Cher ami,

Je ne comprends absolument rien aux explications que me donne Becker et je crois qu'il ne comprend absolument rien à ce que je lui demande depuis trois mois.

Lorsque je lui ai remis mes dessins je lui ai dit :

« Je désire absolument avant que tout travail soit entrepris décider moi-même

a) les emplacements des dessins

b) leur taille relative

c) le choix de ceux à tirer en couleur

d) les textes à joindre aux dessins

Lorsque j'écris par exemple : "Voilà le plus joli dessin que j'ai réussi à faire de lui..." Je sais parfaitement quel dessin je désire placer là, si je le désire grand ou petit, en noir ou en couleurs, confondu avec le texte ou distinct. Je crois qu'il est très important pour ne pas perdre trop de temps par des corrections laborieuses d'être d'abord parfaitement d'accord sur la future maquette du livre. »

Je n'ai jamais réussi à me faire clairement entendre de lui et n'ai jamais eu l'occasion de numéroter mes dessins pour spécifier leur rôle.

L'attachement de Saint-Exupéry à son livre est ici manifeste. Il est confirmé par trois lettres adressées en janvier 1944 à Alger par l'auteur à son ami le docteur Pélissier, qui avait eu la malencontreuse idée d'emprunter, sans le lui dire, l'unique exem-

plaire du Petit Prince *qu'il avait pu rapporter de New York (on ne sait s'il s'agissait effectivement de l'édition définitive du texte publié, ou bien d'un jeu d'épreuves rapidement broché par son éditeur avant son départ pour l'Afrique du Nord). Contrarié, Saint-Exupéry le fut d'autant plus qu'il était alors en train de travailler à une adaptation cinématographique du conte avec sir Alexander Korda, et qu'il devait confier son ouvrage à un intermédiaire venu spécialement le chercher. « Où est mon livre ? » s'offusqua-t-il auprès de son ami, vexé de manquer une telle opportunité. Jusqu'à ce que Pélissier se dévoile... et que Saint-Exupéry se radoucisse :*

Mon vieux, ne croyez pas que je vous en veuille. Si vous aviez « prêté » mon bouquin à quelqu'un (moi qui ne prête jamais mon exemplaire unique et le fais lire chez moi, dans ma chambre), je vous en voudrais. Mais que vous l'ayez pris pour vous, ça me touche plutôt, même beaucoup. [...] Il n'est point de litige entre l'amitié et quoi que ce soit. Je n'achèterais pas un ami avec cent milliards. Si ça vous plaît de lire mon livre et que M. Korda attende et renonce, je m'en fous. Vous avez priorité. Plus exactement, la question ne se pose même pas. Il n'y a pas là générosité. Je n'achèterais pas votre amitié avec dix films de M. Korda. L'argent de Korda vaut ce qu'il vaut, c'est-à-dire ce qu'il peut procurer : pas grand-chose. Rien[1].

---

1. *OC*, II, p. 1012-1014.

LECTURES CRITIQUES

Des échos d'Amérique

L'hommage de l'auteur de Mary Poppins
P. L. TRAVERS

Pamela Lyndon Travers (1899-1996), écrivain né en Australie d'une famille d'origine irlandaise, est la créatrice de la série intitulée Mary Poppins *(première apparition en 1934), adaptée en 1964 par Walt Disney.*

Dans tous les contes de fées — je dis bien contes de fées et non balivernes —, l'auteur finit toujours par livrer son secret. Quelquefois c'est voulu, quelquefois involontaire. Mais c'est une règle immuable qui régit les contes de fées, il faut fournir la clé. Telle est la loi à laquelle Antoine de Saint-Exupéry ne s'est pas dérobé avec son nouveau livre *Le Petit Prince*. Et ce secret, il nous le dévoile dès le chapitre deux. « J'ai ainsi vécu seul, sans personne avec qui parler véritablement », dit-il. Nous y sommes. C'est clair, c'est net. C'est amer et c'est familier. La plupart d'entre nous vivent seuls sans personne à qui parler véritablement. Nous ruminons péniblement les élucubrations de notre esprit en silence, car nous n'avons pas appris à découvrir le compagnon qui se cache en chacun de nous. Les poètes et les auteurs de contes de fées ont plus de chance. C'est sans doute parce que leur intellect est moins obtus. Ou alors parce qu'ils sont mieux disposés à se débarrasser de leur carapace. Je ne sais. Ce dont je suis sûre, c'est qu'il faut être pur comme au premier jour avant de pouvoir saisir les paroles du prince. Ce n'est pas tout. Il faut absolument que le prince s'exprime le premier. L'étiquette des contes de fées et les usages de la cour du cœur l'exigent. Il ne vous est pas possible de le faire parler sur commande. Il ne se fera entendre que de l'oreille qui se trouve humblement à l'unisson. « Dessine-moi un mouton »... la voix du prince de Saint-Exupéry a troublé le silence du désert. Et c'est le début d'une amitié. Mais pour nous — sinon pour l'auteur — il y a déjà eu des signes avant-coureurs de cette rencontre. Comme ce chapitre de *Terre des hommes*, l'oasis, avec ces délicates et fières princesses d'Argentine et les vipères sous la table de la salle à manger. Comme l'enfant endormi du dernier chapitre du même livre, ce petit Mozart qui habite à l'intérieur de tous les hommes et que ceux-ci, inévitablement, assassinent. C'est là sûrement que l'on peut trouver les germes du Petit Prince.

En vérité, il me semble que chacun des livres de Saint-Exupéry constitue un itinéraire, qui, à travers les sables, mène à la citadelle du prince. Et tout ce qui pourra survenir par la suite dans la vie publique de Saint-Exupéry sera éclairci et purifié par le souvenir de cette rencontre dans le désert.

Est-ce un livre pour les enfants ? Non que la question soit importante, car les enfants sont comme des éponges. Ils s'imbibent de la matière des livres qu'ils lisent, qu'ils les aient compris ou non. *Le Petit Prince* réunit certainement les trois qualités fondamentales que doivent posséder les livres pour enfants : il est vrai au sens le plus profond, il ne donne pas d'explications et il a une morale. Encore que cette morale bien spéciale concerne plus les adultes que les enfants. Pour la saisir, il faut une âme portée vers le dépassement de soi, par la souffrance et par l'amour, c'est-à-dire une sorte de sensibilité qui — heureusement — n'est pas ordinairement le fait des enfants. « Apprivoise-moi », demande le renard au Petit Prince. « Tu seras pour moi unique au monde. Je serai pour toi unique au monde... » Et le renard dit encore : « Voici mon secret. Il est simple : on ne voit bien qu'avec le cœur. L'essentiel est invisible pour les yeux. » Bien sûr, les enfants tout naturellement voient avec le cœur. L'essentiel, ils le perçoivent clairement. Le petit renard les émeut simplement parce qu'il est un renard. Ils ne cherchent pas à connaître son secret. Ils l'oublieront et il leur faudra le retrouver.

C'est pourquoi je pense que *Le Petit Prince* va éclairer les enfants d'une lumière indirecte. Il va les atteindre, les pénétrer au plus secret d'eux-mêmes et demeurer en eux comme une petite lueur qui se révélera quand ils seront capables de la comprendre.

Certes, en écrivant cela, j'ai conscience de dresser une frontière entre les adultes et les enfants, tout comme Saint-Exupéry l'a fait lui-même. Pourtant, je ne pense pas que cette frontière existe. Elle est aussi théorique que l'équateur. Quoi qu'il en soit, les deux camps ici sont désignés et l'auteur passe dans celui des enfants. Il prend appui sur la barricade, et, posément, non sans humour, vise les adultes, sûr que les enfants ne manqueront pas de lui passer des munitions. Quant aux enfants, ils n'ont jamais imaginé une telle frontière. Ils sont trop malins. Ils ne ressentent pas plus de dérision envers les adultes qu'envers les animaux. L'enfant se prend bien rarement pour un juge. Pour lui, les adultes sont des objets d'étonnement et souvent même de compassion. Il voit en eux des êtres non pas vraiment coupables mais plutôt pris au piège par les circonstances. « Quand je serai grand, pense-t-il au fond de lui-même, je serai autrement plus sensé qu'eux. Je n'en reviens pas — et ça me rend même un peu triste — de constater qu'ils en ont tant vu et qu'ils ont si peu retenu. Je me débrouillerai autrement mieux qu'eux dans la vie. »

Nous ne pouvons pas faire machine arrière et redevenir enfants. Nous sommes trop vieux maintenant et nous devons rester dans notre état. Mais peut-être existe-t-il un moyen de retrouver le monde de l'enfance. Ou, mieux, de faire revivre en nous l'enfant que nous avons été de façon à reconsidérer les choses avec les yeux de l'innocence. Tout ce que Saint-Exupéry écrit donne le sentiment d'une vie intensifiée que seul peut vivre un enfant à l'âge où il est encore tenu par la main. Dans *Le Petit Prince*, il gratifie le petit garçon d'une demeure — l'astéroïde B612 — et d'un titre de prince. Mais ce visage, brûlant comme le soleil, glacé comme la neige, il ne l'oubliera jamais.

Avec délicatesse, avec une ironie malicieuse, le voyage du Petit Prince, d'étoile en étoile, est suivi par l'auteur tandis que son univers est évoqué par les illustrations pleines de charme du même Saint-Exupéry. Il poursuit son rêve parmi les météores, mais ce n'est qu'en prenant contact avec la planète Terre que son cœur commence à s'enflammer. Tandis qu'il erre seul dans le désert, se présentent à lui ceux qu'il a souhaité rencontrer, l'homme, le renard, le serpent. Et chacun d'eux, suivant sa propre nature, lui apporte un cadeau. L'homme lui dessine un mouton, le renard se fait apprivoiser et le serpent lui révèle le cruel secret qui va le délivrer de sa condition de mortel et le faire revenir à ses étoiles.

C'est tout. En quelques pages claires et colorées, le message est passé. Le volume n'est pas épais, assez pourtant pour nous rappeler qu'il nous concerne tous. Nous aussi, comme le renard, nous aurons besoin d'être apprivoisés ; nous aussi, nous aurons à retrouver le désert pour y rencontrer nos princes solitaires. Nous n'avons pas besoin de pleurer les frères Grimm quand des contes de fées comme *Le Petit Prince* peuvent encore tomber des livres d'aviateurs et de tous ceux qui naviguent parmi les étoiles.

> « Across the sand dunes
> to the Prince's Star »
> Trad. Edmond Petit
> *New York Herald Tribune*
> *Weekly Book Review*,
> 11 avril 1943, p. 5. D. R.

Le prince des grandes solitudes
B. SHERMAN

Le nouveau livre de Saint-Exupéry est très différent de *Vol de nuit*, *Terre des hommes* et *Pilote de guerre*. Et pourtant ils ont en commun cette beauté, cette transparence et ce raffinement des espaces de hautes solitudes où l'esprit de l'homme a la possibilité de méditer et de s'interroger sur le sens des choses. *Le Petit Prince* est une parabole pour les grandes personnes déguisée en une banale histoire pour enfants. Une fable ornée de charmants et subtils dessins illustrant les aventures du petit prince. L'histoire, très belle en elle-même, recèle une philosophie poétique pleine de tendresse ; ce n'est pas l'une de ces fables à la morale nette et précise, mais plutôt un ensemble de réflexions sur ce qui porte vraiment à conséquence.

Il y a six ans, Saint-Exupéry fit un atterrissage forcé dans le désert du Sahara, seul à mille milles de toute terre habitée. Il dut réparer le moteur de son avion lui-même, dans le temps que lui laissait sa réserve d'eau potable. Un matin, il fut réveillé au lever du jour par une petite voix qui lui disait : « S'il vous plaît... dessine-moi un mouton ! » C'était le petit prince. Saint-Exupéry dessina le mouton, mais le petit prince ne fut finalement satisfait que par le dessin d'une caisse pour le mouton — le mouton lui-même n'est pas visible, mais on peut aisément l'imaginer à l'intérieur. Durant le temps que prit la réparation de son moteur, le pilote apprit à très bien connaître le garçon — un petit personnage sérieux, réfléchi et posant beaucoup de questions, qui doit ressembler à plus d'un titre à Saint-Exupéry lui-même. […]

Par ces envolées imaginaires, ce livre captivera les enfants au même titre que n'importe lequel des meilleurs contes de fées. Les aquarelles, d'une netteté lumineuse, ont la texture fragile et aérienne du vent, des étoiles et d'un vol. Par leur grande simplicité, elles sont très proches des choses que les enfants aiment dessiner.

La traduction du français est admirable, gardant l'apparente simplicité d'une fable charmante, riche de significations cachées.

Beatrice Sherman
The New York Times Book review,
11 avril 1943, p. 9. D. R.

Accueil mitigé pour un auteur à succès
H. L. Binsse

Cet écho est paru dans The Commonweal *(religion, politique et culture), journal d'opinion catholique new-yorkais créé en 1922.*

Un triste classique, propre à faire couler les larmes, mais on trouve de la joie à pleurer, même pour l'enfance, et l'enfance parfois ne considère pas comme tragique ce qui l'est certainement pour moi en tant qu'adulte. Mais je semble être le seul de cet avis. Le livre n'a pas eu un succès éclatant, bien qu'il ait été publié au printemps dernier et peut-être mon jugement est-il erroné. Ce que je soupçonne, c'est que le public n'accepte pas facilement d'un auteur quelque chose qui ne s'insère pas dans la catégorie où il l'a placé et pour un aviateur plein d'imagination, le fait d'écrire ce que l'on peut appeler un conte de fées — ou du moins une allégorie fantastique — c'est peut-être plus que le public n'est prêt à avaler.

Harry Louis Binsse
The Commonweal,
19 novembre 1943, p. 120

Une notion d'exil
Th. Reynal

Cet article fut publié dès août 1944 dans l'organe de la France libre à Londres, dont Raymond Aron fut rédacteur en chef pendant la guerre.

Ce livre se place à mi-chemin entre les souvenirs d'enfance attendris et les contes de fées sérieux.

L'auteur décrit très rapidement l'enfant qu'il a été, puis l'utile grande personne qu'il est devenu : un pilote. Celui-ci, au moment où le conte commence, s'efforce de réparer un moteur qui l'a laissé en panne en plein Sahara. Alors s'avance vers lui, surgissant des sables, un enfant au cache-nez et à la chevelure d'or. Le livre devient un dialogue, autant entre l'homme et ses souvenirs qu'entre les deux héros.

Le petit prince arrive de loin. Il vivait solitaire sur une autre planète, le petit astéroïde B.612. Il soignait sa terre, ramonait deux volcans, comme d'autres des cheminées mais, un jour, il s'est attaché à une fleur inconnue dont le vent lui a apporté la graine : une rose belle, fière et ingrate. L'enfant s'est alors décidé à employer le remède classique des amoureux incompris : l'absence. Il part explorer les planètes voisines. Il en découvre d'aussi petites que la sienne. Dans une il rencontre un buveur qui boit pour oublier qu'il a honte de boire. Dans une autre le *businessman* affairé, et celui-ci est en train d'acquérir les droits sur toutes les étoiles ; il sera bientôt le roi des étoiles, puisque, avant lui, personne n'avait songé à entreprendre une spéculation aussi téméraire. La bouffonnerie des personnages, dans leur solitude sidérale, détachés de leurs relations habituelles, se détache crûment, presque cruellement. L'enfant arrive enfin sur la Terre. Il y est un peu solitaire. Un renard lui enseigne l'amitié. Il l'apprivoise. Le renard lui découvre le sens de ce mot : « Apprivoiser, cela signifie créer des liens... Si tu m'apprivoises... Je connaîtrai un bruit de pas qui sera différent de tous les autres. »

Le petit prince passe la dernière semaine de son voyage avec son ami le pilote, qui lui arrache avec difficulté le récit décousu de ses découvertes.

Le ton du récit souligne ce que la douceur un peu soutenue de la langue feint de dissimuler : la critique des mœurs et des caractères.

Ce livre qui retient, fait sourire et émeut une grande personne est-il un livre d'enfant ? Les enfants ne sont pas ironiques, ils sont graves. Ils ne regardent pas, d'un air détaché, jouer les adultes qui pèsent si lourd sur leur vie. Ils les acceptent ou les repoussent. Mais chacun se retrouve dans ce livre, le jour où il s'aperçoit qu'il ne pourra plus dire : « Les grandes personnes ne comprennent jamais rien toutes seules et c'est fatigant pour les enfants de toujours et toujours leur donner des explications. » L'auteur n'a-t-il pas éprouvé ce même sentiment puisqu'il dédie ce livre non aux enfants mais à l'enfant que son meilleur ami a été ? « Je veux bien dédier ce livre à l'enfant qu'a été autrefois cette grande personne. »

La silhouette fraîche et étonnée du petit prince, les paysages vides du désert ont été dessinés par Saint-Exupéry, la mise en page est habile, les couleurs douces, il se dégage de l'ensemble une discrète résignation.

Ce livre apporte encore autre chose ; une notion d'exil. Le pilote et l'enfant vivent en dehors des nations, entre deux planètes, entre deux époques. Ils savent qu'ils quitteront ce séjour incertain. L'aviateur rentrera chez lui quand la réparation sera terminée. L'enfant s'envolera pour retrouver sa rose. Pour y parvenir, il doit abandonner son enveloppe terrestre. Il se fait piquer par le serpent des sables. Comme lui, les exilés repartiront : ils n'emporteront avec eux que leur activité, leur persévérance, l'amour de leur pays.

Thérèse Reynal
« Un triste classique »
La France libre.
Liberté, égalité, fraternité,
vol. VIII, n° 46,
15 août 1944, p. 302-303. D. R.

Pourquoi ces larmes, vraiment ?
A. MONNIER

> *En 1915, Adrienne Monnier (1892-1955) inaugure à Paris, au n° 7 de la rue de l'Odéon, une librairie-bibliothèque de prêt d'un genre nouveau,* La Maison des amis des livres, *appelée à devenir le rendez-vous favori d'un grand nombre d'écrivains parisiens ou en séjour dans la capitale française. Elle fut la première éditrice de Saint-Exupéry, accueillant avec Jean Prévost dans sa revue* Le Navire d'argent *son petit récit « L'aviateur ». De janvier 1938 à mai 1945, elle publia* La Gazette des amis des livres, *dont ce bel article avant-courrier est extrait.*

Je viens de lire *Le Petit Prince*. C'est un livre pour enfants écrit par Antoine de Saint-Exupéry et publié à New York en 1943.

Ce livre est chez moi depuis novembre dernier (Keeler Faus me l'a apporté à son retour ici) ; je l'ai gardé trois mois sans le lire. Il était là, sur ma table, avec sa couverture illustrée d'un dessin gentil, mais un peu fade à dire vrai. Cependant, je savais par Keeler que *Le Petit Prince* avait de l'importance, de la gravité même ; il me l'avait donné avec une certaine solennité, non pas donné, mais prêté. Et moi qui ai tant horreur des gens qui conservent longtemps les livres prêtés, je ne m'étais point pressée de le lire ; j'attendais de trouver loisir et chaleur, d'avoir moins de raccommodages sur la planche et un peu de feu ou de soleil.

Et voilà qu'un beau jour Eunice Taylor m'apporta le livre en cadeau. C'était mars ; les raccommodages dominaient toujours la situation, mais les grands froids étaient loin. Il me tardait, également, de lire la *Lettre à un otage*, publiée récemment par Gallimard (elle aussi a d'abord paru à New York, chez Schiffrin).

Je lus les deux ouvrages coup sur coup ; je ne sais plus par lequel j'ai commencé. Je sais seulement que la *Lettre à un otage* m'a paru admirable du commencement à la fin. *Le Petit Prince*, au début, m'a déçue par sa puérilité — disons plutôt déconcertée, car cette puérilité est assez extraordinaire. J'ai commencé à m'attendrir, tout de même, en lisant l'histoire de la fleur qui a quatre épines et qui dit des mensonges. Le récit des visites aux astéroïdes, peuplés chacun d'un seul habitant, m'a beaucoup plu : c'est d'une ironie tout à fait charmante. Quand le renard est arrivé, le renard qui veut être *apprivoisé*, j'ai été très émue ; mon émotion s'est accrue à chaque page, jusqu'à la fin où le petit prince prévient son ami l'aviateur qu'il va retourner dans son étoile et qu'il aura *un peu l'air de mourir*. Eh oui, à la fin je me suis trouvée pleurant à chaudes larmes.

Tout en pleurant je me disais : pourquoi ces larmes, vraiment ? Ce n'est là qu'un conte pour les enfants. Je me suis vite aperçue que derrière le petit prince se cachait Saint-Exupéry lui-même et que je pleurais sur sa mort dont je prenais conscience en même temps que de maintes figures de sa vie.

Je crois qu'il en sera ainsi pour beaucoup de gens, amis proches ou éloignés de Saint-Ex — mais tous ses lecteurs n'étaient-ils pas ses amis ?

Quand nous apprîmes sa disparition l'été dernier, nous étions tous, ou presque tous, comme le commandant Alias : trop absorbés par nos problèmes pour ressentir une mort et pour en souffrir, d'autant que cette mort était douteuse — Saint-Ex n'était-il pas toujours rentré des missions périlleuses ?

Maintenant cette douleur est là, entière. Comme il nous le dit dans la *Lettre à un otage*, il ne faut pas conserver son couvert à notre table ; il ne faut pas en faire un *éternel absent, un convive en retard pour l'éternité... Il ne sera plus jamais présent, mais ne sera jamais absent non plus.* Il faut faire de lui, comme il a fait de Guillaumet, *un véritable ami mort*.

Je sais, oui, je vois bien pourquoi cette amitié m'apparaît, à moi, si vive et comme prête pour ce moment. Je vis avec les livres plus qu'avec les gens. Et bien souvent les gens me gênent dans mon commerce avec les livres. Ce n'est pas que je dédaigne la compagnie des auteurs, loin de là, je l'apprécie infiniment quand ce sont des auteurs dont j'admire l'œuvre, mais c'est toujours par rapport à leur œuvre que je les aime et non par rapport à leur gloire ou à leurs bons procédés à mon égard. Je suis pourtant très sensible aux bons procédés, et je ne supporte aucunement les mauvais, mais je ne les accepte comme bons procédés que s'ils viennent de quelqu'un que j'admire franchement. Mon sens de hiérarchie domine mon besoin de camaraderie. Le sentiment des valeurs telles que je les éprouve en mon for intérieur fait presque tout mon sentiment.

Cela pour dire que je puis facilement me passer des gens (il y a des jours où je me passerais volontiers de moi-même) et qu'en ce pays des livres où j'habite, les morts peuvent compter tout autant que les vivants.

Personne ne m'a été plus présent, ces dernières années, que Melville et Gottfried Keller. J'ai vécu cette guerre beaucoup plus avec Henri le Vert et les matelots du Pequod qu'avec le monde immédiat, et j'ai trouvé refuge, aussi, au pôle de Byrd et au désert de Saint-Exupéry.

En lisant *Pilote de guerre*, j'ai été frappée par cette définition de l'étendue : « L'étendue véritable n'est point pour l'œil, elle n'est accordée qu'à l'esprit. Elle vaut ce que vaut le langage, car c'est le langage qui noue les choses. »

L'homme qui a écrit ces lignes pouvait, dans son avion, parcourir tout l'espace de la planète, mais cet espace ne valait pour lui qu'en raison de sa vie intérieure, que par le langage dont il pouvait l'animer, le langage par lequel il pouvait l'exprimer.

Et le langage, ajouterons-nous, trouve sa plus haute valeur et son aboutissement dans le livre.

L'auteur d'un livre comme *Terre des hommes* ne saurait disparaître. Il sera toujours aviateur vivant dans l'étendue spirituelle. Il parlera en père à chaque enfant ; chaque père fera lire à ses enfants ce livre d'un homme qui fut à la fois, et de façon exemplaire, un héros, un poète et un moraliste. Certaines de ses paroles comptent parmi les plus nobles et les plus limpides qui aient jamais été dites : « Aimer ce n'est point nous regarder l'un l'autre mais regarder ensemble dans la même direction. » Cela ne baptise-t-il point un nouvel amour ?

À la suite du *Petit Prince* et de la *Lettre à un otage*, j'ai voulu relire tous les livres de Saint-Exupéry — trois livres seulement, mais chacun d'une telle richesse. En ouvrant les volumes, j'ai retrouvé avec émotion les dédicaces où l'auteur prenait toujours soin de rappeler que j'avais publié ses premières pages dans *Le Navire d'argent*.

L'écriture de Saint-Exupéry : déliée, simple, harmonieuse. En la regardant, je pense à l'herbe pénétrée de lumière.

Eh oui, c'est bien le *Navire* qui a eu cet honneur. Et c'est le cher Jean Prévost qui m'avait amené ce débutant qu'il avait rencontré chez des amis — n'est-ce pas Gide qui les avait mis en rapport ?

Ce premier texte, intitulé *L'Aviateur*, est l'ébauche de *Courrier Sud*.

C'est curieux, en reprenant *Courrier Sud*, j'ai trouvé, à la fin, une sorte de préfiguration du *Petit Prince* — ce petit prince qui, tombé d'une étoile, dans le désert où il rencontre un aviateur, retourne à son étoile en se faisant piquer par un serpent. Oui, il me semble : la visite du jeune pilote à un vieux sergent isolé dans les sables, visite qui laisse au sergent *presque un souvenir d'amour* ; le pilote, *enfant perdu qui remplit le désert*, qui ne meurt pas tant qu'il rejoint *l'étoile la plus verticale*.

Dans tous les livres de Saint-Exupéry, que d'étoiles vers lesquelles on s'élève ou qu'on trouve en soi-même, que d'étoiles peintes avec l'or le plus fin du langage.

À la fin de *Vol de nuit*, ce sont trois étoiles qui apparaissent comme *un appât mortel au fond d'une nasse*. L'aviateur monte vers elles et ne peut plus descendre.

Comment n'être pas frappé, encore, par l'analogie qu'il y a entre le serpent du petit prince et l'avion chasseur, dans *Pilote de guerre*, qui *lâche son venin d'un coup comme le cobra*.

Le petit prince, c'est Saint-Exupéry — l'enfant qu'il fut et celui qu'il est resté en dépit des grandes personnes ; c'est le fils qu'il aurait pu avoir et qu'il a désiré sans doute ; c'est aussi le jeune camarade qui se laisse apprivoiser et qui disparaît. C'est son enfance et l'enfance du monde, *provisions de douceur*, trouvées et retrouvées dans le désert bien-aimé.

Adrienne Monnier
« Saint-Exupéry et Le Petit Prince »
Fontaine, mai 1945, n° 42, p. 282-285
Repris dans : Les Gazettes (1923-1945)
Gallimard, « L'Imaginaire »,
1996, p. 336-341

Un délicieux apologue
E. CADEAU

Le Petit Prince était sur une commode, chez des amis. Ce n'était qu'un livre pour enfants et je ne lui accordai guère, par respect humain, qu'une distraite attention. Puis je vis qu'il était d'Antoine de Saint-Exupéry, avec des dessins faits par l'auteur. Et je l'emportai. […]

J'ai lu le livre comme une grande personne, parce qu'on ne sait plus être un enfant quand on n'est plus un enfant. C'est pourquoi j'ai trop voulu en voir les résonances, les allusions ; c'est pourquoi j'ai trop voulu retrouver, sous la légende, cet humanisme du romancier-aviateur qui a trouvé, dans son expérience, dans son intelligence et son cœur, cette plénitude qui délivra en lui le poète qu'il ignorait, qui a demandé qu'on réveille le Mozart qui dort en chacun de nous, et qui, avec une gentillesse charmante, a voulu délivrer aussi, dans l'enfant, le petit prince qui veille en chacun d'eux.

Les enfants, eux, seront sensibles à la belle histoire du prince et de l'aviateur, à l'émotion discrète et vraie qui s'en dégage, aux dessins qui illustrent, presque à chaque page, dans un style très simple mais excellent, cette aventure qui est un délicieux apologue.

... Mais, hélas, on ne peut trouver le livre qu'en Amérique !

Emyl Cadeau
« Quand Saint-Exupéry
parlait aux enfants... »
Temps présent,
14 septembre 1945

Ému et clair comme un conte d'Andersen
C. MALRAUX

Clara Malraux (1897-1982), épouse de l'écrivain André Malraux depuis 1921 (ils divorcent en 1946), publie cette petite chronique dans Paysage dimanche, *hebdomadaire édité par le quotidien* Le Pays. *Dernières informations de Paris à partir du 17 juin 1945.*

Ému et clair comme un conte d'Andersen nous parvient, enfin, l'un des derniers messages de Saint-Exupéry, qui parut, en 1943, aux États-Unis. C'est une histoire destinée aux enfants, ou mieux encore, comme le précise son auteur, aux enfants que nous avons été, histoire pleine de poésie, de bonté, de sagesse, d'invention. [...]

Peu à peu le récit s'humanise, le petit prince apprend à connaître l'amitié, une certaine souffrance et la mort — tout ce qui vaut de vivre. À travers ces pages qui cessent d'être délicatement « enfantines » s'élève, grave et pure, la voix de Saint-Exupéry, qui mourut pour défendre précisément ce qui, dans la vie humaine, vaut de vivre (Reynal et Hitchcock).

Clara Malraux
Paysage dimanche [1945]

Des bonnes feuilles dans le numéro 2 de Elle
P. Bringuier

> *C'est à l'insistance d'Hélène Gordon-Lazareff (ancienne rédactrice à* Marie-Claire *et épouse du grand journaliste Pierre Lazareff) auprès de Gaston Gallimard que l'on doit la publication des premiers extraits du* Petit Prince *en France, dans le deuxième numéro de* Elle — *nouveau magazine féminin créé par les Éditions Défense de la France sur le modèle de* Harper's Bazaar. *Pourquoi dès novembre 1945, alors que le livre ne sera publié qu'en avril 1946 ? Parce que la publication avait initialement été prévue pour les fêtes... Les Lazareff revenaient de New York, où ils s'étaient retirés en 1940 et où ils avaient accueilli leur ami Saint-Exupéry dès son arrivée outre-Atlantique. Hélène avait bien sûr lu* Le Petit Prince *aux États-Unis en 1943*[1].

C'est aux États-Unis qu'Antoine de Saint-Exupéry a écrit, illustré et publié *Le Petit Prince*. Vous comprendrez la raison de son immense succès quand vous aurez lu ce chapitre encore inédit en France.

Le Petit Prince est le récit d'un enfant enchanté qui, las de la planète minuscule où il habite seul avec une rose, part pour la Terre. Il y arrive en traversant six autres planètes en miniature où il rencontre, tour à tour, incarnés par des personnages pittoresques, le despotisme, la vanité, l'ivrognerie, l'avarice, la fantaisie et la philosophie. Sur la Terre, il ne trouve qu'un renard et l'aviateur en panne à qui il confie son aventure.

Mais Saint-Exupéry n'a pas osé nous dire que son Petit Prince c'était lui-même.

1. Voir le témoignage de sa fille, p. 208 ; et de son mari, p. 220.

Promeneur halluciné des nuages, des étoiles, des dunes mouvantes, des vallées lunaires, il a rencontré vraiment tous les fantoches, tous les symboles de la vie.

Et puis, Saint-Ex — pilote et poète — a quitté sa belle féerie, il est arrivé au renard, il a atterri dans la vie solennelle et angoissante des villes.

Il a été célébré, fêté. Mais en réalité, il n'est jamais tout à fait revenu de la planète à la rose. Dans ses yeux, il y avait toujours des reflets d'étoiles.

Un jour de guerre, il est reparti sur un désert, un désert d'eau, et, cette fois, il n'est plus du tout revenu. Il a disparu, comme le Petit Prince.

Paul Bringuier
Elle, n° 2,
28 novembre 1945, p. 6-7
[Suivi du chapitre XXI
et illustré
de trois aquarelles du conte]

Lectures françaises

Une sagesse détachée
R. KANTERS

Robert Kanters (1910-1985) était l'une des figures éminentes du monde littéraire français de l'après-guerre, notamment par son intense activité critique et éditoriale.

Je n'ai pas l'impression de quitter le côté des poètes en parlant du dernier livre de Saint-Exupéry, déjà publié en Amérique, et que la Librairie Gallimard vient de rééditer. Ce *Petit Prince*, destiné aux enfants, est spontanément cousin des muses.

Le petit prince qu'il nous rend présent à la fois par son texte et par de charmantes aquarelles, Saint-Exupéry l'a rencontré au cours d'une panne de moteur, en plein désert. Il venait d'une autre planète, d'un tout petit astéroïde, dont il était le seul habitant, et dont il avait ramoné, avant de partir, les deux volcans en activité et le volcan éteint — sait-on jamais ? Il avait visité au passage quelques petites planètes : celle qui n'est habitée que par un roi autoritaire, mais prudent, et qui fut tout heureux d'avoir un sujet ; celle du vaniteux, celle du buveur, celle du businessman qui pense posséder les étoiles parce qu'il les compte et que son avidité à posséder les signes de la richesse détourne toujours de jouir des richesses elles-mêmes. Et puis la toute petite planète, sans maison ni population, où il n'y a qu'un réverbère et un allumeur de réverbères... Enfin la terre où il a parlé à un serpent, à une fleur, à un écho, à des roses, à un renard qui voulait être apprivoisé, à un aiguilleur qui triait les voyageurs par paquets de mille, à un marchand, et enfin à Saint-Exupéry lui-même. De tout ce périple et de toutes ces rencontres, il ressort clairement quelques vérités fort importantes : et d'abord, que les grandes personnes sont des êtres bien bizarres qui ne savent pas ce qui importe réellement. Et si elles sont ainsi ignorantes et aveugles, c'est parce qu'elles regardent le monde avec leurs yeux, c'est-à-dire avec des idées, des préjugés, des manies, et non point avec leur cœur. Ce que nous voyons avec notre cœur compte seul, mais compte pour toujours et pèse à jamais sur notre vie. C'est parce que sur sa planète il a vu une fleur avec son cœur, parce qu'il a eu avec cette orgueilleuse une sorte de flirt malheureux (nous ne disons pas un amour n'est-ce pas...) que le petit prince s'est lancé dans ce grand voyage, et c'est pour cela que finalement il trouve le courage de rentrer chez lui, dans la toute petite planète où il faut soigneusement arracher les pousses de baobab, de crainte que les arbres devenus grands ne fassent éclater le globe.

Cette histoire du petit prince, on le voit, c'est un apologue, un apologue pour ceux qui ont un jour aimé une fleur, une de ces fleurs qui disent des choses comme : « Le soir, vous me mettrez sous globe. Il fait très froid chez vous. C'est mal installé. Là d'où je viens... » ou encore : « Ne traîne pas comme ça, c'est agaçant. Tu as décidé de partir. Va-t'en », et qui pleurent après... Un apologue aussi pour enseigner aux enfants des hommes que leur vraie supériorité est à leur portée s'ils savent continuer à regarder les choses avec la simplicité de leur cœur et non pas avec la vanité du vaniteux ou l'avidité du businessman. C'est un apologue révolutionnaire...

Pour l'écrire, Saint-Exupéry a trouvé un ton d'une parfaite exactitude, parce que c'est le ton d'une voix ; il semble qu'on entende parler le conteur bien plus qu'on ne le lit. Et cette voix s'amuse et s'attendrit, se laisse prendre à son piège et s'en déprend comme l'enfant lui-même à ses jeux. Peut-être l'ironie, ici ou là, passera-t-elle au-dessus des têtes enfantines. Mais le grand art du livre est d'avoir créé ce petit prince avec un tel soin et une telle tendresse qu'il devient pour ses jeunes lecteurs, et pour ceux qui ont la chance de n'avoir pas encore rejoint tout à fait le troupeau aveugle des grandes personnes, un de ces êtres proches et familiers, dont la sagesse à la fois profonde et fragile appelle en même temps notre audience et notre protection. Saint-Exupéry, retourné au ciel, comme son petit prince, nous parle ici avec une sagesse détachée qui n'enlève rien à son amour pour la « terre des hommes », et qui finalement ne prétend rien nous apprendre, si ce n'est à regarder et à voir une fleur...

Robert Kanters
« Du côté des poètes.
Antoine de Saint-Exupéry.
Le Petit Prince (Gallimard) »
La Gazette des lettres, 27 avril 1946

La miraculeuse moisson des vraies richesses
TH. MAULNIER

Thierry Maulnier (1909-1988), normalien et académicien français, fut un homme de lettres influent, d'inspiration nationaliste, collaborateur de La Revue universelle *et de* L'Action française *avant guerre, puis chroniqueur au* Figaro *après la Libération.*

Il peut paraître étrange que l'on consacre une chronique littéraire à un livre pour les enfants. Mais, outre que *Le Petit Prince* — l'auteur lui-même nous le dit à peu près dans sa dédicace — est un livre pour les enfants que pourront peut-être comprendre les grandes personnes, outre que les enfants eux-mêmes sont un public qu'il n'y a pas de raison de dédaigner, le livre dont il s'agit est un livre d'Antoine de Saint-Exupéry ; le premier des livres posthumes de Saint-Exupéry qui voit le jour, si l'on met à part la brève et d'ailleurs magnifique *Lettre à un otage*. Or le silence, à mon avis inexcusable, qui a si étrangement entouré Saint-Exupéry, homme et œuvre, depuis sa fantastique disparition, ne saurait suffire à nous faire oublier que la victime de ce silence est un des plus grands écrivains, et l'un des héros les plus complets et les plus irréprochables dont la France blessée puisse aujourd'hui s'enorgueillir.

Après avoir compté au nombre des pilotes les plus valeureux de cette fameuse Compagnie aéropostale où s'illustrèrent un Guillaumet, un Mermoz, après avoir on ne sait combien de fois franchi les solitudes sahariennes, les solitudes de l'Atlantique Sud et les solitudes des Andes, toutes semblablement mortelles, après avoir écrit *Vol de nuit*, *Terre des hommes*, *Pilote de guerre*, qui par la fermeté, l'amplitude, la sérénité, la splendeur du langage, ne sont pas seulement les plus beaux livres que l'aviation ait inspirés, mais aussi quelques-uns des plus beaux de la prose française ; après avoir, au cours de l'hiver 1939-1940, repris du service sur l'un de ces avions d'observation, véritables avions de suicide, qui payèrent un tribut si lourd à la chasse et à la *Flak* allemandes ; après avoir enfin, en dépit de l'âge et des traces douloureuses laissées par un accident terrible, demandé à servir, après le débarquement allié en Afrique, sur un de ces avions modernes que leur foudroyante vitesse rendait redoutables même aux pilotes les plus jeunes et les plus robustes, Saint-Exupéry disparut, de façon si totale qu'on ne retrouva nulle trace ni de lui ni de son avion, au cours d'une mission au-dessus de la France occupée par l'ennemi, quelques jours avant le débarquement. Ce paisible géant aux yeux clairs n'était pas seulement un de nos plus grands écrivains, et l'un de nos plus grands pilotes, il possédait toutes les vertus scientifiques et son nom reste attaché à de nombreux brevets. Je l'ai entendu moi-même conduire des débats d'économie politique avec une autorité, une puissance et une originalité d'argumentation, une subtilité incroyables.

Tous ceux qui l'ont connu savent que le rayonnement prodigieux de sa personnalité prenait naissance aux sources les plus pures de la qualité humaine, que l'action ne fut jamais pour lui un jeu, une aventure, une parade, mais le service de la collectivité humaine au plus haut degré de l'abnégation et de la responsabilité acceptée. Je ne demande pas qu'on lui décerne quelques-uns de ces frivoles honneurs qui consistent, par exemple, à donner un nom à une rue. Il me semble pourtant que la France n'est point aujourd'hui en situation de traiter par le dédain, ou seulement par l'inattention, un des types d'homme les plus exemplaires qu'elle ait produits.

De la diversité des dons de Saint-Exupéry, *Le Petit Prince* témoigne en même temps de la qualité de son âme. Non seulement Saint-Exupéry trouve dans sa vie d'écrivain et de guerrier le temps de composer avec un soin et une générosité paternels ces quelque quatre-vingts pages émouvantes et magnifiques, un des plus beaux contes pour les enfants qui aient jamais été écrits, mais encore il les a illustrées lui-même de dessins dont il est difficile d'imaginer, avant de les avoir vus, la grâce et la fraîcheur. [...]

C'est ainsi que dans le texte simple et limpide, et pourtant lourd de sens, riche de merveilleuses résonances, d'un petit livre pour les enfants, Antoine de Saint-Exupéry a réussi à enfermer tous les préceptes essentiels de sa haute et sereine morale, une des plus nobles qu'un homme de ce temps ait proposée aux autres hommes : dédain des agitations futiles et des parades, grandeur du don, qui engage celui qui donne à l'égard de celui qui reçoit ; grandeur du service accepté et du sacrifice par lequel l'homme s'échange contre son œuvre ; grandeur de l'action non pas inutile, mais utile ; grandeur de la responsabilité ; grandeur de l'amitié discrète et hautaine qui suffit à faire germer dans un monde absurde et désertique la miraculeuse moisson des vraies richesses, celles qu'on ne voit pas. Il faut souhaiter que beaucoup de grandes personnes lisent le livre que Saint-Exupéry a écrit pour les enfants.

Thierry Maulnier
« *Le Petit Prince* »
[*source non identifiée*], 2 mai 1946

*Le dernier romantique
de la tendresse et de l'amitié*
P. BOUTANG

Pierre Boutang est né le 10 septembre 1916, dans le Forez. Philosophe, poète, il est aussi théoricien et journaliste politique.

J'ai lu *Le Petit Prince* là où il devait être lu. Quel hasard avait bien pu amener un exemplaire de la première édition publiée en Amérique, restituée aujourd'hui à la NRF, dans ce coin du Sud tunisien ? En tout cas, je connais le plus beau paysage du monde, où vient se clore la merveilleuse histoire : la rencontre de deux lignes du sable sous la lumière d'une étoile. […]

Il est trop tard maintenant, même si vous voyagez en Afrique ; le petit prince ne redescendra plus d'un ciel — on voit son ange, jamais l'ange d'un autre dit Rimbaud — Du moins il reste pour de futurs exils ce livre du dernier romantique de la tendresse et de l'amitié.

Si je vous en parle dans cette page qui est celle du combat spirituel « aussi brutal que la bataille d'hommes », c'est que notre combat est d'abord pour l'amitié et la tendresse. Le paradoxe est que nous ayons si souvent, avant la guerre, refusé en bloc le romantisme comme solidaire de la révolution. Ce que nous répétions, c'était sans doute le romantisme de la passion et le désordre de la fausse solitude ; mais tous nos goûts venaient pratiquement nuancer ce jugement sommaire ; *nos* livres (nous pouvons dire *nos* livres comme le petit prince parle de *sa* rose) c'était la *Sylvie* de Nerval, *Dominique* de Fromentin, *Le Grand Meaulnes* et le *Bal du comte d'Orgel* — tous ces livres que l'on peut réunir par l'image réservée à Dominique de « la longue aiguille fine » qui pénètre dans le cœur — Nous sentons, par-delà nos partis pris, que c'était là qu'on pouvait trouver l'irremplaçable suite française, où la sensibilité sauvée d'elle-même et du tumulte révèle à l'homme la tremblante joie d'exister ; elle le saisit dans l'origine et le dénouement de sa nature, tandis que les systèmes politiques modernes ne le veulent voir que comme une réalité donnée, toute faite, qui servira de matière à leur organisation. Elle retrouve enfin l'enfance, mais jamais sensibilité française ne l'avait atteinte d'une manière aussi pure que Saint-Exupéry dans *Le Petit Prince* : ce livre au bord des larmes (« *c'est tellement mystérieux le pays des larmes* ») mais livre aussi qui est un puits des larmes et qui détient dans sa profondeur de quoi guérir la peine qu'il sait faire naître en nous.

Je cherche un livre d'enfants qui soit une grande œuvre et qui soit, sans tricher, un livre pour les enfants. Il n'y a finalement en France que les contes de Perrault et encore n'est-ce peut-être pas une grande œuvre. Cela est trop moral me disait un enfant. Et c'est vrai que les Français ne sont pas très doués pour l'enfance, mais sa difficulté est universelle, il la faut en effct dire comme un secret ; mais elle n'est pas secrète par son contenu : un beau jour on déclare que les enfants sont devenus de grandes personnes, ils « transposent » leurs soucis qui restent au fond les mêmes. [...]

Ressaisir l'enfance n'est pas se placer dans un autre monde que nos *souvenirs* nous donneraient ; nos souvenirs sont d'avance *diminués* pour nous, nous les voyons de notre haute taille, rapetissés comme la terrasse où nous avons joué enfants et que nous retrouvons quinze ans après. Il n'y a qu'un moyen alors, c'est d'essayer de vivre l'authenticité de *notre* monde d'adultes, en lui enlevant, peut-être par l'intercession de l'enfant à qui l'on s'adresse, tout ce qui vient du faux sérieux et du plus absurde des préjugés : le préjugé d'être un adulte.

C'est là ce qu'a réussi Saint-Exupéry. Tous les gens sérieux qui répondent devant le deuxième dessin du livre (celui qui représente le boa en train de digérer un éléphant), « c'est un chapeau », ne sont peut-être pas perdus. Ils peuvent se corriger. On peut leur accorder un sursis et ne leur parler ni bridge, ni golf, ni politique, ni cravates, mais encore de serpent boa, de forêts vierges et d'étoiles. Mais s'ils peuvent avancer dans le livre sans avoir doucement envie de pleurer, s'ils se mettent à l'abri de son humour infiniment tendre, il n'y a plus rien à espérer d'eux : ils ont perdu cette part éternelle d'eux-mêmes qui s'appelle l'enfance.

Si le romantisme allemand est dans l'ensemble très supérieur au romantisme français, ce n'est pas seulement qu'il se trouve en Allemagne dans son pays d'origine. C'est qu'il est (chez Hoffmann en particulier et dans l'exquise *Princesse Brambilla*) romantisme du sentiment plus que de la passion : et la vraie tendresse ne se sépare jamais de l'humour. Cet humour dans la tendresse est la perfection du petit prince. C'est là que Saint-Exupéry excelle. Les Persans à Paris ne nous intéressent plus pour déceler l'absurdité ou la méchanceté des hommes ; mais qu'un petit prince atterrisse sous le regard de l'aviateur en panne dans le Sahara, qu'il reconnaisse tout de suite le boa digérant l'éléphant, qu'il se fasse dessiner un mouton et qu'il retrouve celui qu'il voulait sous la seule image de la caisse, qu'il soit enfin tombé du ciel pour éprouver la terre, cela devient beaucoup plus intéressant. [...]

Ce n'est pas seulement la blessure que nous fait la lecture du *Grand Meaulnes*. Les peines font retour au cœur du monde et l'illuminent. Le conseil du néant est rejeté ; on songe à Rilke : « avoir été terrestre, cela est irrévocable » ; irrévocable mais selon une joie qui trouve ses couleurs dans la tendre, fragile humanité finie.

Et pour que la conversion du romantisme soit complète, le thème de la rose vient sauver et mesurer l'idée romantique de l'amour. Sur sa toute petite planète le petit prince a deux volcans en activité, qu'il ramone soigneusement, un volcan éteint, des graines de baobab qu'il arrache — c'est très dangereux les graines de baobab — mais surtout une fleur, « une fleur qu'il connaît lui, unique au monde, et qui n'existe nulle part sauf dans sa planète ». L'amour est un souci, il soigne donc sa fleur (qui est coquette et insupportable) mais « malgré la bonne volonté de son amour », il se laisse agacer, doute d'elle et s'enfuit. Il lui faudra l'expérience terrestre pour transformer l'idée qui est en lui de l'unicité de ce qu'il aime. Car vous avez compris que cette fleur « unique » n'est qu'*une* rose égarée sur sa planète : lorsqu'il trouvera sur terre tout un buisson de roses, il fera une expérience bien pénible sur ce qu'il y a d'arbitraire et d'illusoire dans l'amour. Il est un moment où chez le petit prince comme pour Marcel Proust l'évanouissement de la différence absolue (l'idée des centaines d'Albertine possibles) créera la souffrance et le doute. Mais il est trop sage pour ne pas triompher de ce moment : « Bien sûr, ma rose à moi, un passant ordinaire croirait qu'elle vous ressemble. Mais à elle seule, elle est plus importante que vous toutes puisque c'est elle que j'ai arrosée. Puisque c'est elle que j'ai mise sous globe... puisque c'est elle que j'ai écoutée se plaindre ou se vanter ou même quelquefois se taire. Puisque c'est *ma* rose. » Ainsi les intermittences d'un cœur que le romantisme de la passion voudrait désespérer se trouvent comblées par les soins et la tendresse.

Avant de visiter la Terre, « cette planète toute sèche, toute pointue et toute salée », le petit prince en a visité quelques autres, habitées, comme la sienne, par un occupant unique. Ces six planètes nous valent six histoires du même humour tendre que le reste du livre ; mais elles retiennent en elles une très précieuse sagesse, et ne sont pas là pour la seule grâce de conter. Planètes solitaires pour mieux dire l'isolement des hommes qui jouent leurs jeux divers dans un monologue étranger à l'amitié, elles indiquent l'éloignement absolu des hommes qui *croient* vivre sur la même terre.

Il y a la planète de l'*autorité* où un vieux roi gentiment drôle, mais bien absurde, maintient la chimère d'un gouvernement de ce qui échappe à sa volonté en se gardant de donner d'autres ordres que ceux qui correspondent à la nature des choses dans le moment.

Il y a la planète de l'*apparence* où le vaniteux attend l'admirateur. [...]

Il y a la planète de la *possession* où le businessman compte les étoiles, et s'approprie le monde. Mais l'abstraction de sa folie détruit la douce appartenance des choses, et le petit prince lui oppose une plus vraie « propriété », celle des choses que l'on aime et auxquelles on est utile.

Il y a la planète du *travail*, de l'absurde retour des besognes, celle de l'allumeur de réverbères dans une planète si petite qu'il doit allumer et éteindre son réverbère une fois par minute. Pour celui-là, le petit prince conçoit pourtant quelque amitié : c'est le seul qui ne s'occupe pas que de soi-même.

Il y a la planète du *désir* dans sa plus injustifiable sottise, avec son buveur devant les bouteilles vides et les bouteilles pleines : il boit pour oublier... mais c'est pour oublier qu'il a honte, et sa honte est celle de boire. [...]

Il y a enfin la planète de la *connaissance* où habite un vieux monsieur géographe qui passe sa vie à faire la critique du témoignage des explorateurs. Le propre de sa connaissance, c'est qu'il ne note pas les fleurs et que la rose du petit prince est négligée par lui comme éphémère. Ce qui crée chez le Petit Prince un mouvement de tristesse et de regret.

Mais par-delà ces vaines planètes de solitude, ces planètes d'adultes, il va apprendre sur la terre le secret qui lui fera accepter de mourir pour revenir vers la planète de sa rose, un secret qui est aussi le dernier message de Saint-Exupéry actuellement connu. C'est peut-être en lui que les adversaires honnêtes du combat que nous menons ici pourraient trouver les raisons les plus tenaces de notre refus de leur révolution.

Le petit prince fait une rencontre plus curieuse que celle du serpent : celle du renard qui prononce pour lui le mot d'*apprivoiser*. Il obtiendra finalement la meilleure définition que renard ait jamais donnée ; les « définisseurs » de la civilisation, de Rousseau à Nietzsche et au-delà, n'ont jamais rien apporté qui me satisfasse plus : « Tu n'es encore pour moi qu'un petit garçon semblable à cent mille petits garçons. Et je n'ai pas besoin de toi. Et tu n'as pas besoin de moi non plus. Mais, si tu m'apprivoises, nous aurons besoin l'un de l'autre. Tu seras pour moi unique au monde. Je serai pour toi unique au monde... ma vie sera comme ensoleillée. Je connaîtrai un bruit de pas qui sera différent de tous les autres. Et puis, regarde ! tu vois, là-bas, les champs de blé ? Je ne mange pas de pain. Le blé pour moi est inutile. Les champs de blé ne me rappellent rien. Et ça, c'est triste ! mais tu as les cheveux couleur d'or. Alors ce sera merveilleux quand tu m'auras apprivoisé. Le blé, qui est doré, me fera souvenir de toi. Et j'aimerai le bruit du vent dans le blé. »

Ainsi la tendre durée, l'histoire qui crée des liens heureux aux plus libres mortels, fonde la réalité de l'homme sur l'amitié. À ce point de vue, le « planisme » révolutionnaire moderne est aussi faux et chimérique qu'un retour à l'état sauvage, puisque tous deux reposent sur l'ignorance de ce que c'est qu'*apprivoiser*. Le révolutionnaire oublie systématiquement toutes ses réelles amitiés pour ne voir dans le monde présent que l'exploitation et la servitude. Je ne me sens pas prêt, quant à moi, à jouer les difficiles conquêtes de la durée sur l'état sauvage pour remédier à quelques injustices : la pire des injustices serait finalement le retour à la barbarie.

Il faut des rites, dit encore le renard [...]. Étrange qu'au terme de sa vie, justement à l'approche de l'aventure définitive, ce soit vers une telle alliance du quotidien et du merveilleux telle qu'on la trouve dans l'idée de rite que se soit tourné Saint-Exupéry. Nous avons récemment indiqué, à cette même place, une évolution analogue chez André Malraux. Ce qu'Alain-Fournier cherchait vainement puisque *Le Grand Meaulnes* demeure malgré tout déchiré entre le réalisme et le merveilleux, cette unité du spirituel et du physique, du sens et du signe perdue depuis très longtemps (au-delà peut-être de la Révolution française), les plus grands de notre temps semblent l'avoir retrouvée. La vraie vie n'est plus absente, l'aventure est surprise dans les gestes de chaque jour, les poètes n'ont plus honte de la tendresse et de l'amitié.

Bref, les éléments d'une civilisation mesurée, « apprivoisée », se trouvent donnés *en haut*. Pourquoi faut-il que ce soit à ce moment que les bases mêmes de toute civilisation soient le plus menacées ?

Pierre Aubray [Pierre Boutang]
« À propos du *Petit Prince* »
Paroles nouvelles françaises,
14 mai 1946. D. R.

*Sa technique s'inspire
du dessin animé*
C. VIVIER

> *Colette Duval (1898-1979), dite Colette Vivier, s'est fait connaître en France comme écrivain pour enfants avec* La Maison des Petits-Bonheurs, *paru en 1939 et récompensé du prix Jeunesse. Auteur à la « Bibliothèque rose » et chez Bourrelier, elle publia*

quatre albums illustrés à la NRF dans la collection des « Albums du gai savoir » et fut directrice de la collection des « Almanachs du gai savoir » (un titre par an) de 1940 à 1947.

Peut-être n'est-il pas trop tard pour parler du *Petit Prince* d'Antoine de Saint-Exupéry, qui n'a paru qu'après le jour de l'an (Éd. NRF). C'est un conte destiné aux enfants, mais c'est beaucoup plus encore : un essai de retour aux origines, l'effort d'un homme, d'un poète, pour ressaisir, et pour comprendre, le monde perdu. Ce petit prince, tombé d'une étoile en plein désert, ce petit prince à la fois tragique et fort, tremblant et intrépide, exigeant, passionné et merveilleusement solitaire, ce Petit Prince c'est l'enfance. Il pose quantité de questions mais qu'a-t-il besoin d'apprendre ? Il sait tout, d'avance, rien ne le déconcerte, et l'infini même n'est pas sans lumière à ses yeux, parce qu'il trouve, dans son ignorance, de très simples raisons à toutes les choses : « Les étoiles sont éclairées pour que chacun puisse un jour retrouver la sienne. » Un homme, pour lui, est à peine plus vivant qu'une fleur. Le petit prince lui-même est d'ailleurs beaucoup plus proche de la fleur que de l'homme, et lorsqu'il décide de mourir pour pouvoir, allégé de son corps, regagner enfin son étoile, il s'offre à la morsure du serpent avec un courage tranquille, seul, toujours seul. Histoire terrible et pure qui remonte, plus loin qu'on n'a jamais été, peut-être, vers les sources de l'enfance. Sa technique s'inspire du dessin animé beaucoup plus que du conte de fées ; pour la première fois, cet art gratuit, dont le plaisir est l'unique fin, sert de moyen pour exprimer des vues profondes. Sur le grand désert de la page blanche, hommes, animaux, plantes viennent l'un après l'autre se poser ; leur rôle joué, ils disparaissent, laissant la page à nouveau blanche. Dans ce domaine clos, et qui flotte entre ciel et terre, l'enfant n'accueille que ce qu'il veut bien accueillir ; tout alentour, c'est le vide, un vide sans clair-obscur et sans arrière-plan, où tout le réel est refusé pour laisser la place au rêve. Mais les rares élus : un mouton, un serpent, une rose, avec quelle violence sont-ils aimés, et quel don impérieux de tout soi-même : « C'est *mon* mouton, c'est *mon* serpent, c'est *ma* rose. » Les dessins, faits par l'auteur, contribuent à renforcer, par leur nudité voulue, l'impression de solitude qui rayonne du livre, livre étonnant, presque effrayant, dont les enfants subiront le charme, sans le comprendre, sans probablement soupçonner qu'un homme s'est aventuré au-delà des barrières, au cœur de leur monde interdit.

Colette Vivier
« Trois livres
sur le pays des rêves »
Les Étoiles, 2 juillet 1946. D. R.

Bilan de l'année 1946
R. KANTERS

Dans le genre du conte philosophique, outre la tentative de M. Duhamel [*Souvenirs de la vie de Paradis*], nous avons pu lire deux œuvres intéressantes : *Le Petit Prince* (Gallimard), dernier message de Saint-Exupéry, adressé aux enfants, mais qui par-dessus leurs têtes viendra jusqu'à nous. C'est une œuvre achevée, un récit plein de grâce, d'ironie, de tendresse et de mélancolie. Puis *Tulipe* (Calmann-Lévy), le second livre de M. R. Gary, un conte grinçant, déchirant parfois, dont l'équilibre est incertain, mais qui témoigne de l'amertume et du désordre de notre monde au camp des vainqueurs.

Robert Kanters
« Les romans »
Almanach des lettres,
1947, p. 41

Une morale de la responsabilité
TH. MAULNIER

Lorsque au printemps de 1944, Saint-Exupéry, parti pour une opération de guerre au-dessus de la terre française occupée, s'évanouit dans le ciel pour ne jamais reparaître, il laissait derrière lui les manuscrits de deux ou trois livres. Le premier de ces livres qui ait paru, le premier qui ait rétabli, par-dessus les frontières interdites, une communication entre nous et l'un des plus parfaits héros de notre temps, est un conte pour les enfants, *Le Petit Prince*. Peut-être y a-t-il quelque chose de paradoxal dans le fait que celui qui fut au sens plein du terme un homme entre les hommes, et qui, par ses vols, par ses combats, par son œuvre écrite, par sa pensée, par son attitude ou plutôt par son absence absolue d'attitude, reste pour nous le symbole de la virilité dans sa sereine plénitude, ait consacré quelques jours de son existence extraordinaire à se pencher sur l'enfance avec une attention maternelle, et n'ait pas dédaigné de se vouer un moment à cette sorte de littérature que de jeunes ou vieilles dames bienveillantes sont généralement les seules à cultiver. Mais nous savons, depuis Nietzsche, depuis plus longtemps peut-être, que c'est dans les paradoxes que les symboles se cachent le plus volontiers.

Je n'ai pas l'intention de redire ici l'extraordinaire grâce du *Petit Prince*, la riche et fluide perfection de la langue, la merveilleuse et désuète tendresse avec laquelle est tracée la figure d'un enfant énigmatique et pur comme le dieu même de l'enfance, et cette dorure d'espoir qui y paraît au-dessus d'une mélancolie déchirante comme l'étoile des navigateurs célestes au-dessus des vagues, et le charme des dessins. Ce qui me paraît le plus surprenant, c'est qu'un petit livre où l'on pourrait voir au premier abord un divertissement sans conséquence soit si lourd au contraire de conséquences, qu'il s'offre à nous avec une solennité testamentaire comme le résumé d'une œuvre et d'une vie, qu'on puisse y lire enfin, plus complètement et plus clairement peut-être que dans *Vol de nuit* ou *Terre des hommes*, la leçon de Saint-Exupéry, la morale de Saint-Exupéry.

Saint-Exupéry était trop complètement, avec une conscience trop aiguë, une sensibilité trop fine, un homme de notre temps pour que cette morale ait pu être, à un degré quelconque, une morale du mythe, de la diversion ou de l'évasion. Ni les consolations religieuses, ni la simplicité fascinante des buts révolutionnaires, ni la parade héroïque, ne sauraient masquer pour l'auteur du *Petit Prince* l'aride, dure, irrémédiable vérité de la condition humaine, telle qu'elle est apparue à Nietzsche, à Malraux, aux philosophes et aux romanciers de l'angoisse existentielle, et aussi à Pascal ou à Shakespeare. Chaque homme est solitaire, jeté pour une existence sans but sur une planète inutile ; il y a dans ses agitations et dans ses passions quelque chose de fondamentalement absurde. Dans une série de brefs apologues, *Le Petit Prince* nous rappelle que le désir de possession, le désir de domination, le désir d'évasion et de divertissement débouchent en fin de compte sur un néant inévitable. L'amour lui-même s'offre à nous avec le visage de l'illusion, puisque l'objet (pour employer le langage du XVIIe siècle) qu'il s'acharne à parer, à chérir comme s'il était unique et incomparable, n'est rien, pour qui sait le voir avec plus de sévérité, qu'un atome interchangeable, pareil à des milliers ou à des millions d'autres : pourquoi s'attacher à celui-là ? Tout semble donc conjuré pour ôter à la vie toute signification, pour creuser le vide autour d'elle, pour la laisser errer et trébucher dans un univers désertique dont les mirages déçoivent l'approche et s'effacent pour qui veut les saisir. Tout semble nous conduire au nihilisme. Mais c'est au cœur du péril et de la solitude suprêmes qu'il appartient à l'homme de se ressaisir en ressaisissant le monde. Il reçoit une vie privée de signification, ou plutôt il est jeté dans une vie privée de signification : c'est donc à lui qu'il appartient de créer cette signification.

Le rôle de l'action et de l'amour humains sera donc de découvrir le chiffre d'un univers inexplicable, de *sauver* un univers injustifiable et l'homme lui-même avec cet univers. « Ce qui est important ne se voit pas » est-il dit à plusieurs reprises et sous diverses formes dans *Le Petit Prince*. Le seul choix pour lequel une amitié humaine se pose sur un être ou sur une chose suffit à faire reculer jusqu'au-delà du champ de notre vue l'épouvantable indifférence dont nous sommes entourés, et le monde alors s'organise, s'assemble autour de nous paternellement. C'est le sens du discours du renard au petit prince. « Tu vois, là-bas, les champs de blé ? Je ne mange pas de pain. Le blé pour moi est inutile. Les champs de blé ne me rappellent rien. Et ça, c'est triste ! Mais tu as des cheveux couleur d'or. Alors, ce sera merveilleux quand tu m'auras apprivoisé ! Le blé, qui est doré, me fera souvenir de toi. Et j'aimerai le bruit du vent dans le blé... » De même, le ciel entier est peuplé pour le petit prince, parce qu'il a laissé dans sa planète lointaine une rose qu'il aime : « Si tu aimes une fleur qui se trouve dans une étoile, c'est doux, la nuit, de regarder le ciel. Toutes les étoiles sont fleuries. » De même encore, pour l'ami du petit prince, quand le petit prince aura quitté la terre : « Quand tu regarderas le ciel, la nuit, puisque j'habiterai dans l'une d'elles, puisque je rirai dans l'une d'elles, alors ce sera pour toi comme si riaient toutes les étoiles. » « Ce qui embellit le désert, nous dit encore Saint-Exupéry, dans une formule d'une simplicité poétique admirable, c'est qu'il cache un puits quelques part. »

Ce qui importe donc essentiellement pour l'homme, c'est de choisir, pour son propre compte, le pôle autour duquel se mettra aussitôt à graviter le monde, le pôle vers lequel l'action et l'amour solidaire, soutenus, enrichis l'un par l'autre, se trouveront ensemble orientés. Ainsi doit être compris l'apologue dans lequel le petit prince, qui aperçoit sur la terre, dans un jardin, des milliers de roses toutes aussi belles que la rose unique qu'il cultivait dans sa planète, et qu'il croyait la seule au monde, commence par se désespérer, puis comprend que sa rose est bien la seule, en dépit de tout, puisque c'est celle qu'il a choisie, celle qu'il a nourrie et désaltérée, celle envers laquelle il a pris son engagement d'homme : « C'est le temps que tu as perdu pour ta rose qui fait ta rose si importante. » L'importance de l'action et celle de l'amour sont créées par l'action même, elles résultent de l'engagement humain. La rose unique pour chacun de nous, c'est celle dont chacun de nous est responsable. Ainsi naît une morale de la responsabilité dans un univers en apparence indifférent et insaisissable. Le monde attend de l'homme son sens : c'est à l'homme de le lui donner.

Thierry Maulnier
« La morale de Saint-Exupéry »
[*origine inconnue*]

Prolongements critiques

Participation, relation, présence
P.-H. SIMON

Comme il a surmonté le sentiment anxieux de la mort par une morale de l'action constructive et conservatrice, Saint-Exupéry a réussi à tourner vers la considération de l'essentiel humain une méditation qui, par son esprit et ses méthodes, était proche, au départ, de celle des existentialistes. En effet, à la lumière surtout des ouvrages postérieurs à 1940 — *Pilote de guerre, Lettre à un otage, Citadelle* et le très secret et significatif *Petit Prince* —, il apparaît que sa philosophie est, pour user de trois mots qui lui sont familiers, une philosophie de la *participation*, de la *relation* et de la *présence*. [...]

L'homme n'est pas un témoin, il est un agent. Ce n'est pas en se détachant du monde par l'intelligence qu'il se met en position de le connaître, et ce n'est pas davantage dans la pensée pure qu'il doit situer la perfection de son être : la voie de la connaissance profonde et de la plénitude est l'adhésion à la vie, la plongée dans la vague. Il faut faire la guerre pour connaître la guerre. Il faut faire un métier, c'est-à-dire se donner une prise concrète sur le monde, pour connaître le monde. [...]

Or ce qu'un monde de connaissance par la participation découvre à l'individu, ce sont, d'abord, les rapports qui l'unissent au monde et aux autres hommes : d'où l'importance, dans la pensée saint-exupéryenne, de la notion de relations. [...] « Liés à nos frères par un but commun et qui se situe hors de nous, alors seulement nous respirons, et l'expérience nous montre qu'aimer, ce n'est point nous regarder l'un l'autre, mais regarder ensemble dans la même direction. »

Il est aisé à comprendre que cette vue de la condition humaine comme un « nœud de relations » avec le monde et avec les autres découle d'un subjectivisme fondamental. Dire que tout est rapports revient à situer l'essence du réel dans la conscience qui pense, qui interprète ou qui crée ces rapports. Et c'est bien la position de Saint-Exupéry. On s'en rend compte, par exemple, en analysant un thème qui a pris une grande place dans sa pensée : le thème de l'*étendue*. [...] L'espace, c'est le monde qui m'entoure ; l'étendue, c'est l'ensemble des points de cet espace qui se projettent dans ma conscience : c'est ce qui a rapport avec moi, ce qui m'intéresse, ce que je désire, ce que j'aime. Si je suis sans intérêts, sans désir et sans amour, l'espace le plus riche en objets, la ville la plus belle ou l'île la plus délicieuse me sont un fastidieux ou un horrible désert. Si, au contraire, au milieu du désert, je suis possédé par une volonté précise, par la pensée d'un puits dont ma vie va dépendre, par le souvenir d'une maison qui m'attend en France ; si je sais écouter tout ce que le silence contient de mystères et promet de possibles, alors « d'invisibles divinités bâtissent un réseau de directions, de pentes et de signes, une musculature secrète et vivante. Il n'est plus d'uniformité, tout s'oriente. [...] Tout se polarise. Chaque étoile fixe une direction véritable. Elles sont toutes étoiles de Mages ». Ainsi l'espace se peuple, « s'aimante », devient étendue. Et la richesse et la beauté de mon étendue sont à proportion des liens que mon âme a su tisser entre elle et le monde, entre elle et les êtres.

Et c'est ainsi que la notion de relations appelle celle de la *présence*. [...] La relation appelle la présence, mais pour passer de la première à la seconde, il faut une violence, un coup d'État : ce ne peut être que l'amour. C'est, en fin de compte, l'amour qui aimante l'étendue, et qui donne à certains instants un poids étrange et immesurable ; c'est l'amour qui nous révèle la qualité secrète d'un paysage ou d'un être, et qui nous révèle notre propre présence à nous-mêmes, en donnant un sens à la vie, une raison à l'action. [...]

Il est émouvant que ce sentiment de la présence, chez Saint-Exupéry, ne soit jamais lourd et sublime, mais léger et familier comme un état de grâce ; et, comme un état de grâce, donné par chance suprême et non construit par labeur et volonté. Plus un être est ingénu, plus en lui se colore la vision du monde, s'épanouit la joie de la présence. D'où le charme des jeunes filles de Saint-Exupéry [...]. D'où encore la nostalgie et la poésie de l'enfance, presque aussi poignantes chez lui que chez Bernanos — « L'enfance, dit-il, ce grand territoire d'où chacun est sorti [...] D'où suis-je ? Je suis de mon enfance comme d'un pays. » Et c'est en effet à des souvenirs d'enfance que, spontanément, dans le chaos de la défaite et de la déroute, en 1940, il s'accroche comme au fond solide de son être. C'est pour un enfant qu'il écrit *Le Petit Prince* — ou plutôt, il l'écrit pour lui-même, pour restituer à l'homme mûr, alourdi et un peu las qu'il est devenu, le paradis des frais matins, des petits matins, des petites bêtes joyeuses et des fleurs qui s'ouvrent. « Voici mon secret, dit le renard. Il est très simple : on ne voit bien qu'avec le cœur. L'essentiel est invisible pour les yeux. »

Pierre-Henri Simon
L'Homme en procès.
Malraux-Sartre-
Camus-Saint-Exupéry
À la Baconnière, 1950,
p. 131-137. D. R.

Quand le jeu devient une leçon
M. ARLAND

Puisque Saint-Exupéry se trouve contraint au loisir, il se livre à sa voix la plus intime ; par la fraîcheur du ton, de l'image et de la fable, un homme mûr essaie, à travers l'épreuve, de rejoindre son enfance. C'est *Le Petit Prince*, l'œuvre de Saint-Exupéry la plus populaire.

Il me faut avouer que je résiste à ses charmes. Non que je méconnaisse la fantaisie de l'auteur ; elle ne manque ni de grâce ni d'invention. Mais il en répète et accuse les traits ; il l'exploite. C'est qu'ici encore il veut trop dire, trop enseigner, et que rien n'est plus dangereux en de tels contes que l'intention trop manifeste ou le symbole trop suivi. Rien, sinon la « poésie » trop complaisante. On sourit à l'histoire de l'allumeur de réverbères — jusqu'à l'instant où le jeu devient une leçon. On s'attendrit à celle du renard qui voulait être apprivoisé ; mais le renard à son tour devient philosophe et poète, bénit le commerce des cœurs, qui lui a fait découvrir l'or du blé, et rappelle à l'enfant le prix d'une rose invisible. Cette rose même, qui nous plaisait d'abord comme une image familière, rajeunie de Meung et de Ronsard, cette rose qui n'avait de prix que d'être délicate, fragile et passagère, voici que de l'image elle passe à l'allégorie, et de l'allégorie tombe dans la complainte. Nous aimions enfin la rencontre, au désert, du Petit Prince et de l'aviateur ; mais leurs adieux dans la nuit, les paroles élégiaques de l'un, le pire silence de l'autre (« Moi je me taisais... Moi je me taisais... »), la vipère des sables, le cri, la chute, l'envol dans les étoiles : que d'insistance au pays d'Ariel, et que d'impudeur sentimentale ! « L'essentiel, disait le renard, est invisible pour les yeux. » C'est une leçon que l'auteur du *Petit Prince* n'a pas impunément négligée. Reste que Saint-Exupéry lui-même la connaissait bien, et qu'il en nourrissait le meilleur de sa vie.

Marcel Arland
« Saint-Exupéry et *Le Petit Prince* »
[articles parus dans *La NRF*
en mai et juin 1954]
La Grâce d'écrire
Gallimard, 1955, p. 209-210

Un gamin insupportable
J.-L. BORY

Alors que la gloire posthume de Saint-Exupéry est à son comble, alors que les ventes annuelles de ses œuvres, et spécialement du Petit Prince, *atteignent leur niveau le plus haut, des voix s'élèvent parmi l'intelligentsia française qui mettent à mal la qualité de l'œuvre et dénoncent la malléabilité du message de Saint-Exupéry, récupéré à l'envi par tous les conformismes. Jean-François Revel (*En France, *1962) et Jean Cau (*L'Express*) s'en prennent violemment au mythe : qui lui reproche sa* *niaiserie (« le crétinisme sous cockpit prend des allures de sagesse ») et la faiblesse de son œuvre ressortissant à une littérature de bons sentiments, juste bonne à alimenter une collection de littérature scoute ; qui, son aristocratique misanthropie et son humanisme des plus ambigus. René Tavernier, qui avait composé le sommaire de l'hommage collectif rendu à Saint-Exupéry dans sa revue* Confluences *après guerre (n° 12-14, 1947), a la bonne idée de rassembler en 1967 de nouvelles contributions dans un volume intitulé* Saint-Exupéry en procès. *André Beucler, François Nourissier, Pierre de Boisdeffre, Jean Ricardou sont appelés à la barre. Et il s'avère paradoxalement que l'accusation tient autant de place que la défense : à de rares exceptions près, c'est plutôt ce qu'on a fait de Saint-Exupéry qui dérange : « Saint-Exupéry n'est pas forcément le compagnon idéal et obligatoire de Baden-Powell, du père de Foucauld ou du docteur Schweitzer (si respectables que soient ces personnalités » (Beucler). Dès lors, c'est à une meilleure connaissance des œuvres et des engagements de l'homme qu'incite la lecture de la plupart de ces textes. C'est dans ce recueil que le critique et romancier Jean-Louis Bory (1919-1979) livre le texte qui suit, l'un des plus sévères, certes, mais qui recèle cependant en ses dernières lignes la possibilité d'une réhabilitation.*

Il était une fois deux de mes meilleurs amis. Ils se marièrent. L'un avec l'autre. Ils furent heureux et ils eurent un enfant. Un garçon, qui devient vite un blondinet avec un épi sur l'arrière du crâne. Bourré de mots d'enfants jusqu'à la gueule : « Dis monsieur pourquoi ceci, pourquoi cela. » Adorable. Épuisant. Une plaie. Il ne lui manquait plus que le long cache-nez flottant à l'horizontale. On l'a déjà deviné, ses parents l'appelaient le Petit Prince. J'espaçais mes visites.

Non que le bambin fût si détestable, le pauvre chat. Ni que le Petit Prince, ce cher innocent, me casse tellement les pieds. (J'aimerais assez que s'établisse un de ces dialogues d'ombres dont raffolaient jadis les professeurs — entre Ulysse et Achille, Rodrigue et Julien Sorel —, ce serait entre le Petit Prince, sorti de son désert, et Zazie sortie de son métro : le dialogue serait bref.) Mais c'est la référence familiale à Saint-Exupéry qui me parut lourde de menaces. Le blondinet allait fréquenter les scouts, il prendrait Péguy pour Barrès et Schweitzer pour un philosophe, il piétinerait chacun des kilomètres en direction de Chartres (ce qui est saint), risquait de préparer Saint-Cyr (ce qui l'est moins).

Voilà en effet ce qu'est devenu l'auteur de *Terre des hommes* : une divinité en uniforme bleu, dont, pour les commodités du service quotidien, on a écourté le patronyme — inconscient de la signification ironique qu'il prenait alors, en référence à quelque auréole périmée : saint Ex. Un profil très perdu pour médaille pieuse pareille à ces piécettes que les petits jeunes gens de la bonne bourgeoisie catholique laissent pendiller sur leur peau à la racine de leur cou. Une saint-sulpicerie douceâtre mêlant l'avion aux ailes d'anges et l'archange à hélice — en oubliant que qui veut faire l'ange ne fait pas forcément l'avion. [...]

L'œuvre d'un écrivain, c'est aussi l'utilisation qu'on en fait. [...] L'œuvre de Saint-Exupéry prête un flanc complaisant à l'admiration abusive ; elle la sollicite. Le côté « Enfants, méfiez-vous des baobabs ! » favorise toutes les consommations moralistes, pédagogiques, éducatives ; elle appelle tous ces cataclysmes. Après tout, la béatification littéraire, c'est comme la Légion d'honneur : il faut la demander, et vous la proposerait-on, il ne suffirait pas de la refuser — encore faudrait-il n'avoir rien fait pour la mériter. L'ennui, avec Saint-Ex, est que, céleste au triple titre de saint, d'archange et d'aviateur, il participe de tous les ciels — catholique, laïque, marxiste. Il s'offre, avec une malléabilité qui laisse rêveur, à toutes les propagandes — celle du camp de jeunesse à la Vichy comme celle du commando maquisard. Il prêche dans toutes les bibliothèques, à Moscou comme à Versailles. Il faut avouer que c'est bien commode. [...]

M'inquiète encore plus le désert sur lequel se dresse la Citadelle. Qui est déjà celui du Petit Prince. Et qui n'est pas le désert *réel* où surgit le Bédouin fraternel porteur d'eau, mais l'espace allégorique qui, autorisant l'aristocratique *recul* qui maintiendra à *distance* la médiocre, la lamentable humanité, permet à l'élu de rêver à l'Homme sans aimer les hommes puisqu'il n'aime pas leurs faiblesses.

Viendra une époque, j'en suis sûr — étant donné le monde qu'on nous mitonne à coups de chiffres et de logique, n'est-ce pas mon Petit Prince ? un monde glacial, abruti, écœuré (au sens étymologique : « dont on a arraché le cœur »), où il faudra, faisant flèche de tout bois, réclamer le Petit Prince au balcon sur l'air des lampions. Il faudra plaider pour Saint-Exupéry malgré Saint-Ex. L'Archange disparu en plein ciel (quelle mort *merveilleuse* déjà mythique), le saint Antoine des patrouilles perdues, nous l'accepterons alors comme un frère de combat, au nom du bonhomme lourdaud dont les bons gros yeux promenaient sur notre terre la mélancolie pensive du cocher. Ce que j'écrirai alors pour Saint-Exupéry (sait-on jamais ?) ne sera nullement en contradiction avec ce que j'écris aujourd'hui contre lui.

Mais pas encore.

Jean-Louis Bory
« Peut-on sauver Saint-Exupéry
de Saint-Ex »
Extrait de
Saint-Exupéry en procès,
Belfond, 1967, p. 149-150

Un Guy de Larigaudie taille géante
F. Nourissier

Même provenance que le précédent texte pour cet article de François Nourissier, qui met en parallèle le destin posthume de l'œuvre d'Albert Camus et de Saint-Exupéry, partant du constat que les deux écrivains français les plus souvent décriés sont aussi les écrivains favoris des lecteurs de vingt ans, chiffres de vente à l'appui.

On a fait de Saint-Exupéry un Guy de Larigaudie taille géante ; un « routier » volant ; l'auteur d'excellents ouvrages de la collection « Signes de piste », mais auréolés d'une gloire ennerefienne : qu'y pouvait-il ? Aviateur, il a écrit des romans courts et réalistes sur l'univers de son aventure quotidienne. Ces romans ont plu. Il a plu, lui, au petit milieu qui entourait alors les Éditions Gallimard. Tout cela se déroule comme un film bon enfant, et l'on ne saurait y déceler la moindre faute de goût. Ensuite, saisi comme beaucoup d'hommes simples par le démon des idées générales, des notes intimes, du bon sens combattant, Saint-Exupéry accumule des pages et des pages. Plus tard, sa mort ayant entre-temps donné une dimension nouvelle à son personnage, on fait de ses notes un livre [*Citadelle*] et l'on descend en flammes une nouvelle fois, par la conversation, ce pilote qui décidément avait le tort de n'être plus là. Brusquement on ne supporte plus rien de lui : le succès du *Petit Prince*, l'admiration béate des jeunes gens, les modestes grands mots — tout de lui exaspère et fait sourire.

Je crois qu'il convient d'abord de remarquer *l'innocence* de Saint-Exupéry. Il n'est pour rien dans cette polémique autour de sa « figure ». Pour lui, la gloire posthume a été plus abusive qu'une veuve : elle a peut-être trompé d'innombrables lecteurs sur la marchandise […].

La place occupée aujourd'hui, *dans le domaine de la lecture*, par Saint-Exupéry, constitue un petit phénomène de sociologie et de psychologie qui n'a rien de scandaleux. Au contraire. Nous qui possédons de fameux gosiers, et le sens du raffinement, et le goût des poisons, nous trouvons la liqueur un peu douce. Buvons donc ce que nous aimons. Mais ne partons pas en guerre pour imposer nos alcools à la terre entière. Entre Dario Moreno et Dalida, Frigidaire et Bendix, Salan et Jean Nocher, je trouve encore assez miraculeux que quelques dizaines de milliers de garçons et de filles dévorent chaque année *Pilote de guerre* ou *Le Petit Prince*. C'est la façon, si vous voulez, dont Saint-Exupéry me rend bête. Les éternels chevaliers de la manchette (voir Rousseau) qui administrent le goût français et s'emploient à ridiculiser toute salubrité sous prétexte de bonne littérature, ne me feront pas changer d'avis sur ce point. Saint-Exupéry n'est pas Claudel, ni Aragon, ni même l'oncle Gide, ni aucun des grands écrivains français de ce temps, mais on ne me fera pas cracher dans la soupe pour une fois qu'elle rassasie sans empoisonner.

François Nourissier
« Une image du courage.
Une leçon de morale »
Extrait de
Saint-Exupéry en procès,
Belfond, 1967, p. 155-159

Le Petit Prince, *une parabole religieuse ?*
E. Drewermann

Reconnaître dans un récit poétique les accents d'une pensée religieuse peut conduire à une impasse, voire à des contresens. Il reste que Saint-Exupéry s'est voulu porteur d'un message en son œuvre littéraire ; et Le Petit Prince *est marqué par une référence permanente à un symbolisme et à des thématiques religieux (le serpent, le désert, l'étoile ; l'amour et la mort, la vie éternelle, la vanité) qui incite le lecteur à s'interroger sur sa portée prophétique. C'est à cette tâche interprétative que s'est attelé brillamment le psychothérapeute, théologien et anthropologue Eugen Drewermann dans la première partie de son ouvrage* L'essentiel est invisible, *paru en 1984 en Allemagne et traduit en 1992 en France*[1].

Alors Saint-Exupéry, auteur catholique, à l'image d'un Mauriac ou d'un Bernanos ? On peut difficilement le soutenir.

Le Petit Prince de Saint-Exupéry recourt incontestablement à des thèmes relevant de l'imaginaire religieux : privé de l'arrière-plan symbolique et spirituel du christianisme, le personnage n'existerait pas et resterait même inimaginable ; et cependant il n'existe que sous forme d'ombre fugitive d'une lumière religieuse jadis éclatante, et la tristesse et la mélancolie, cette atmosphère de coucher de soleil et de solitude qui l'environne, sont comme un rappel de quelque chose qui aurait dû subsister, mais qui ne survit plus que sous forme schématique. [...]

Car là où des rêveries populaires grandioses nous racontaient comment des adultes pouvaient faire une expérience de renaissance, symbolisée dans un de leurs enfants, ou comment des enfants pouvaient sauvegarder leur particularité alors même qu'il leur fallait affronter le risque de grandir, *Le Petit Prince*

1. Voir aussi p. 111-113.

nous décrit une rencontre sans intégration, un souvenir sans synthèse, une vision sans perspective. [...]

Certes le christianisme lui-même disait de l'« enfant-roi » que, dès sa venue au monde, il serait persécuté, chassé et finalement tué ; lui aussi parlait d'attente et de retour de l'envoyé divin dont nous connaissons déjà la figure et dont nous avons entendu le message. Mais, religieusement parlant, l'« enfant divin » est le symbole d'un genre d'existence fondamentalement renouvelée et sauvée, tandis que le petit prince nous présente une aspiration idéale à une vie qui n'est jamais vécue ; il n'est que l'antithèse symbolique de l'univers inhumain des « grandes personnes ». Alors que la religion nous raconte un rêve devenu réalité, et qu'on peut donc, qu'on doit même à chaque instant rendre à nouveau réel, Saint-Exupéry nous entretient d'un rêve qui n'a jamais pris véritablement forme et dont on ne saurait envisager la concrétisation. L'« enfant-Dieu » de la religion incarne une vie qui a vaincu la mort, tandis que le petit prince renvoie à une enfance qui n'a pas pu accéder à la vie ; ce qu'il nous présente, ce n'est pas le resurgissement, mais bien l'étouffement d'une disposition du cœur de l'homme, de la vocation à laquelle il aurait pu répondre si une gelée précoce n'était venue en anéantir les premiers bourgeons printaniers.

[...] Qui vient sauver ces « grandes personnes » de leur grandeur ? Comme les en délivrer ? C'est vraiment la question essentielle. Si on suit le petit prince, il est impossible d'en aider aucune, et la raison de cette impossibilité est celle même de leur malheur. Leur solitude, leur isolement, leur égocentrisme, leur fantastique capacité de se lancer comme des fous à la poursuite du bonheur ne peuvent les conduire qu'au malheur. Leur monologue permanent, leur monomanie, leur incapacité totale à écouter l'autre ou à en apprendre quelque chose ne fait que manifester l'impossibilité de les humaniser. [...]

Tous ces martyrs du moi auraient besoin de redécouvrir et de faire surgir à la lumière un peu de leur enfance perdue, de regagner la confiance en leur royaume caché, une part du petit prince. Quant au petit prince, il lui faudrait entrevoir sous le masque des grimaces et des déformations le lieu lui permettant de se redécouvrir lui-même présent au cœur de ce qui lui paraît au premier abord si éloigné de lui. Ainsi seulement lui serait-il possible de refaire alliance avec les « grandes personnes ». [...]

De tout cela, pas un mot chez Saint-Exupéry. Lui qui réclamait et louait si fortement l'engagement, l'effort, le sacrifice de soi en faveur d'une grande tâche commune, ne pouvait manifestement pas voir dans les « grandes personnes » une tâche, mais seulement des créatures perdues. Le petit prince se contente de trouver tous ces malheureux « bizarres » et de leur tourner le dos, comme si elles ne souffraient pas déjà suffisamment d'elles-mêmes ; il les méprise au lieu de les aider, il se résigne au lieu de s'en préoccuper, il bute sur elles au lieu de les délivrer, et ce n'est pas par hasard : il n'a lui-même rien d'un personnage religieux. [...]

N'y a-t-il donc rien à faire, rien à espérer, rien à attendre de ce monde de « grandes personnes » ? Dieu merci, ce n'est pas le cas. En développant une espèce de doctrine du désert, Saint-Exupéry entend bien tirer des leçons de la privation ; c'est pour lui une forme d'espérance, en dépit du désespoir. [...]

Dans beaucoup de contes, le héros, en marche vers la vérité, parvient à une zone frontière entre l'intérieur et l'extérieur, entre la superficie et la profondeur, entre l'en deçà et l'au-delà, où il rencontre des animaux qui viennent à son aide, parlent avec lui, lui montrent la bonne route dans l'anti-monde de sa conscience. Dans *Le Petit Prince*, ce rôle est celui du renard, le même qu'on retrouve dans les contes populaires, par exemple dans celui de Grimm, *L'Oiseau d'or*. Il a aussi une longue carrière dans l'histoire religieuse : le renard européen se situe manifestement dans la suite d'Anubis, le dieu égyptien à tête de chacal, le fidèle compagnon d'Isis lorsque, tout en pleurs, elle part dans le delta du Nil à la recherche des membres dispersés de son frère et époux bien-aimé, Osiris. Le secret d'Anubis consiste dans la connaissance magique de la réanimation, fonction qui semble précisément échoir au renard du *Petit Prince* ; car, à la frontière de l'au-delà du désert, son conseil vient vraiment sauver. [...] Fondamentalement, le renard n'apprend vraiment rien de nouveau au petit prince. Ses leçons ne font que l'armer contre le danger de la réalité extérieure en lui montrant en quoi consistent sa recherche intérieure et le caractère unique de sa rose. [...]

Saint-Exupéry laisse entrevoir une singulière unité de l'amour et de la mort : les deux réalités exigent de l'homme le même engagement, la même décision existentielle, et elles font également voir l'homme dans sa vérité nue : ainsi, de même que dans l'amour, toutes les choses du monde se transforment en sacrements, se faisant présence symbolique de l'aimé, en présence de la mort elles deviennent symboles de l'épaisseur et de la profondeur de l'existence. [...]

Or voici que c'est justement l'amour qui peut aussi provoquer la réconciliation avec la mort. Car lui seul sait qu'à cet instant le corps n'est plus que coquille extérieure, simple enveloppe, creuset d'une vie supérieure. Lui qui peut à tout instant reconnaître dans les gestes du corps l'expression de l'âme, lui qui cherche à entrevoir dans les choses et dans les « faits » l'intériorité d'une signification spirituelle, lui qui est en état de transformer tous les objets environnants en symboles de l'esprit est aussi capable de considérer la mort comme le symbole d'une ultime spiritualisation, et il cesse alors de se révolter contre elle. […]

Si tant de gens trouvent plaisir à lire *Le Petit Prince*, c'est bien parce que, sous son langage imagé, sa conclusion semble rejoindre la foi habituelle de la religion en l'immortalité de la personne humaine. Apparence cependant trompeuse ! Le ciel étoilé de Saint-Exupéry n'a que métaphoriquement affaire avec le ciel des croyants ; l'itinéraire du petit prince ne promet pas l'immortalité, mais seulement la chance de ne pas perdre des yeux le rêve d'une humanité originelle et, au milieu du désert humain, de ne jamais trahir les valeurs, en dépit de tous les échecs, en dépit de sa finitude. […] Pour Saint-Exupéry, le petit prince n'exprime rien d'autre que le songe d'une existence telle qu'on devrait certes la vivre, mais qui, en réalité, est prématurément détruite. Tous les symboles religieux, en particulier ceux de l'éternité, de l'immortalité, de la survie de l'amour, se transforment ainsi en souvenir nostalgique d'une espérance perdue. Ce ne sont plus que des postulats humains qui n'ont même plus la force de réaliser de l'intérieur la réalité qu'ils appellent.

Eugen Drewermann
*L'essentiel est invisible —
une lecture psychanalytique
du* Petit Prince
Le Cerf, 1992

LEUR PETIT PRINCE

PIERRE ASSOULINE

Out of Sahara

Quel écrivain osera jamais écrire un « Ce que je dois » qui mettrait à leur vraie place *Le Petit Prince* et *La Chèvre de M. Seguin* ? Je n'avais pas dix ans. Nous vivions alors au Maroc. Casablanca n'était certes pas un point d'eau dans le désert mais on le savait là, au bout du pays, à portée de la main. C'était notre Atlantide à nous. À la moindre escapade dans le Sud, on sentait sa présence. Un je-ne-sais-quoi dans la couleur du jour et l'odeur de la nuit annonçait les sables. Je conservais le livre à côté de moi à l'arrière de la Pontiac, et le caressais à l'égal d'un talisman. Il ne m'a guère quitté durant toutes ces années-là.

Le petit prince est le jeune frère de Tintin. Sauf que si le reporter m'a emmené autour du monde, le petit bonhomme extraordinaire a réussi à contenir le monde dans un paysage lunaire.

À mes yeux, ce personnage de jardin d'Éden figurait la pureté non dans toute sa blondeur mais dans toute sa blancheur. Ce n'était pas un étranger, mais mon double. Le petit personnage ailé m'autorisait à rester dans les frontières imaginaires de l'enfance. Entre le Peter Pan de James Barrie et Oscar Matzerath le tambour de Günter Grass, il tient son rang dans la mythologie des enfants qui refusent de grandir. Je lisais d'abondance dans tous les azimuts mais nulle part je ne trouvais une telle méditation sur l'amitié, le goût des autres, la solitude.

Un esseulé sommeille en tout enfant.

En ce temps-là, je ne me demandais pas si c'était un livre à clefs, ni en quoi l'atmosphère de 1942 avait pu influer sur l'écriture, et je ne m'interrogeais pas davantage sur la nature du matériel à dessin utilisé par l'auteur. Heureuse époque de l'enfance d'un lecteur débarrassé d'esprit critique, de curiosité mal placée et d'un crayon en main pour souligner. Tous les mots m'étaient familiers sauf « éphémère », qui est expliqué, et « astéroïde » pour lequel je dus me renseigner ; aussi, quand je le croisai à nouveau quelque temps après du côté de chez Tintin dans *L'Étoile mystérieuse*, j'étais en terrain connu.

C'était juste un livre tombé d'un avion. Autant dire : venu du ciel.

Un héros de conte de fées mais doué de raison. Il a le génie de l'ordinaire mais tous les éléments conjugués de son univers le rendent extraordinaire. Il est touché par la grâce, et habité par le sens du merveilleux. Il ne renonce jamais à poser une question, osant ce que je n'ose pas, moi qui brûle de connaître toutes les réponses. Grâce à lui, j'ai tout demandé à tous, par procuration. Je lui dois une leçon de logique et de bon sens.

À la fin, quand tombe le corps du petit prince, le bruit de sa chute est amorti par le sable. Puis il disparaît : l'analogie avec le corps du Christ m'a moins frappé que l'analogie avec le corps de l'auteur. Une fois le livre lu et relu, je n'en retins pas les fleurs, ni le renard ou le serpent, l'Aiguilleur ou le Marchand de pilules, ni même l'Allumeur de réverbères. Le petit prince était mon frère, l'aviateur mon père, mais ni l'un ni l'autre n'étaient à mes yeux les véritables héros du livre.

Juste le désert. Il est pourtant plus discret que les planètes ; n'empêche que toutes mes pensées me ramenaient à lui.

Dessine-moi un désert...

Je retrouvais cet univers plus tard dans *Terre des hommes*. Il prenait forme, ce paysage lunaire écrasé de lumière, là où l'on sent l'écoulement du temps et la brûlure du jour. « On y baigne dans les conditions mêmes de l'ennui », écrira Saint-Exupéry dans *Lettre à un otage* pour mieux dire que la seule écoute attentive et profonde du silence suffit à y occuper un homme. La sagesse chinoise enseigne que si ce que l'on a à dire n'est pas plus beau que le silence, on gagne toujours à se taire. Le désert est l'écrin du silence.

Si l'aviateur avait eu une panne dans le bocage normand, ma destinée eût été tout autre.

Un chef-d'œuvre est ce qui nous explique ce qui nous arrive mieux que nous ne parviendrons jamais à le faire. *Le Petit Prince* est un chef-d'œuvre : il m'explique à moi-même ce que je suis. Le désert l'a donné, le désert l'a repris. Il me fallut quelques décennies pour comprendre que *Le Petit Prince* m'avait ramené à mon origine archaïque du Sud profond. Quand je découvris que le berceau des miens se situait aux confins du Tafilalet, dans un lieu nommé Figuig, point ultime avant le grand saut dans l'immensité, je sus que ce livre avait été écrit pour moi.

On m'appelait « le Petit Pierre ».

Un jour j'écrirai mon roman familial. On en tirera peut-être un film d'un romantisme absolu, *Out of Sahara*. Il sera dédié « à l'auteur du *Petit Prince* ».

FRÉDÉRIC BEIGBEDER

Le Petit Prince

Le Petit Prince d'Antoine de Saint-Exupéry (1900-1944) est le seul conte de fées du XXe siècle. Au XVIIe siècle, on a eu les contes de Perrault ; au XVIIIe, les contes de Grimm ; au XIXe, les contes d'Andersen. Au XXe siècle, on a *Le Petit Prince*, un livre écrit par un aviateur français exilé aux États-Unis entre 1941 et 1943, qui fut d'abord publié là-bas avant de paraître en France en 1946, un an après la mort de son auteur. Depuis sa publication, ce petit livre illustré est un phénomène d'édition qui se vend chaque année à des millions d'exemplaires dans le monde entier.

Pourquoi ? Parce que, sans le faire exprès, Antoine de Saint-Exupéry a créé des personnages immédiatement mythiques ; ce petit prince tombé de sa planète B 612 qui réclame un dessin de mouton à un aviateur égaré dans le désert ; cet allumeur de réverbères qui dit tout le temps bonjour et bonsoir ; ce renard philosophe qui veut qu'on l'apprivoise... et qui fait comprendre au petit prince qu'il est « responsable de sa rose ».

Ce conte aurait pu s'intituler *À la recherche de l'enfance perdue*. Saint-Exupéry y fait sans cesse référence aux « grandes personnes » sérieuses et raisonnables, parce que, en réalité, son livre ne s'adresse pas aux enfants mais à ceux qui croient qu'ils ont cessé d'en être. C'est un pamphlet contre l'âge adulte et les gens rationnels, rédigé avec une poésie tendre, une sagesse simple (Harry Potter, rentre chez ta mère !) et une feinte naïveté qui cache en réalité un humour décalé et une mélancolie bouleversante.

On pourrait dire que Saint-Exupéry est un Malraux humble et *Le Petit Prince* une sorte de *E.T.* blondinet, ou une *Alice* de Lewis Carroll au masculin (avec la même fascination trouble pour les paradis de l'enfance). Comme beaucoup de grands écrivains précités, Saint-Ex refusait de vieillir, et d'ailleurs *Le Petit Prince* fut prémonitoire. Quelques mois après sa publication, l'aristocrate insista, à quarante-quatre ans, pour partir en mission de reconnaissance au-dessus de la Méditerranée et disparut, comme son petit personnage. On ne retrouva l'épave de son Lockheed P 38 Lightning de type J modifié en F5B qu'il y a quelques mois. Quand on relit la fin du conte : « Soyez gentils, ne me laissez pas tellement triste : écrivez-moi vite qu'il est revenu... », on s'aperçoit que *Le Petit Prince* est un testament. On en a fait des lampes, des assiettes, des tonnes de produits dérivés, des tasses, des disques et même une grotesque comédie musicale.

Mais cela reste le testament d'un aviateur égaré dans le Sahara, et qui, bien qu'« endormi sur le sable à mille milles de toute terre habitée », jette une bouteille à la mer.

(Extrait de *Dernier inventaire
avant liquidation*
Grasset, 2001,
Gallimard, « Folio », 2003,
p. 205-207)

TAHAR BEN JELLOUN

Une histoire

Chaque fois que je pense au Petit Prince, *j'invente une petite histoire, une façon de rendre hommage à celui qui m'a fait tant rêver.*

Il était une fois une ravissante petite fille qui rêvait de devenir princesse et d'habiter dans un dictionnaire monumental oublié sur un banc public par des grandes personnes qui avaient cru bien faire de le remplacer par une machine à calculer les sous qu'elles engrangeaient en vendant des flacons bleus remplis de vent et d'autres jaunes où des syllabes étaient entassées comme dans un pot de mauvaise confiture.

Elle voulait faire de ce grand livre une maison entourée de jardins à perte de vue, avec des fenêtres par centaines et pas de porte. Les mots se précipiteraient de tous les lieux de l'alphabet pour la servir, l'habiller et lui donner à manger des dattes et à boire du lait.

Elle pensait qu'avec la maison des mots elle pourrait séduire un roi ou un prince, quelqu'un qu'on aime et qui ne fait pas de mal autour de lui.

On lui a conseillé d'aller marcher dans le désert pour rencontrer le silence et certaines facettes de la lumière. Peut-être que cette épreuve la conduirait vers la tente bleue où s'était reclus un prince déçu par les grandes personnes obsédées par l'argent et la manie de donner des ordres aux plus faibles. Il avait abandonné son palais et préférait la limpidité de la solitude et le grand silence des sables.

Elle a marché jour et nuit sans ressentir de fatigue. Elle découvrit les vertus du désert qui l'intriguait. Plus elle avançait, plus son imagination anticipait ce qui allait se passer. Ainsi elle vit un homme bleu sortir d'une tente bleue et se diriger vers elle.

Il était très mince et très grand. Il avait les joues creuses et des yeux d'un bleu vif. De loin il ressemblait à un humain, de près c'était une sculpture, une statue de bronze capable de se mouvoir. Elle lui caressa le dos de la main et attendit sa réaction. Une voix étrange lui dit :

— Bienvenue au royaume des larmes heureuses !
— Qui êtes-vous ?
— Je ne suis que le gardien de la tente bleue du prince, une statue échappée de l'atelier d'un grand sculpteur.
— Où est ton prince ?
— Il est allé bavarder avec un aviateur tombé dans les sables. Mais de boa en mouton, de fleur qui tousse en nuage égaré, de planète en planète, mon prince a oublié son gardien et la tente qui lui tenait tant à cœur.
— Tu penses qu'il ne reviendra pas ?
— Non, il reviendra mais je ne serai plus là, car je dois rentrer chez l'artiste qui m'a fait. Je lui dois ce que je suis. Je sais qu'il est très malheureux à cause de ma disparition. Si je ne rentre pas, il sera ruiné. La ville lui avait commandé une statue appelée

« l'homme qui marche », je devrais symboliser les droits de l'homme !

— Tout le monde a besoin de toi, même moi ! Allons chercher ton prince, s'il te plaît.

La statue prit la main de la petite fille et ils se mirent à marcher dans le désert. La nuit ils virent une lumière scintiller au loin ; c'était un feu ; plus ils avançaient, plus la lumière s'éloignait. Au petit matin, ils se retrouvèrent devant la tente bleue d'où ils étaient partis. Désespérée, la petite fille se coucha sur un lit de camp sous la tente pendant que la statue montait la garde. Quand elle se réveilla, la statue avait disparu. Elle se dit qu'il ne fallait pas pleurer et qu'il fallait attendre son prince. Elle ne bougerait pas de là. Elle se nourrit de dattes et apprit à s'ennuyer tranquillement.

Le prince ne vint pas. Alors qu'elle fixait l'horizon, elle vit une myriade de syllabes se donner la main et former une caravane qui se dirigeait vers la tente bleue.

Dépêchées par le Dictionnaire qui s'ennuyait d'elle, elles avaient pour mission de la ramener à la maison où justement un prince l'attendait depuis longtemps.

PHILIPPE DELERM

La couleur du blé

Mon histoire avec *Le Petit Prince*, c'est d'abord le 33-tours avec la voix de Gérard Philipe et celle de Georges Poujouly. On me dit que c'est très beau, je le crois, mais en même temps cela m'étonne que les adultes manifestent une telle admiration pour une histoire que je trouve un peu simplette. Je ne lis pas le livre. À l'école, je ne l'étudie pas. Beaucoup plus tard, je le découvre enfin, et certaines phrases m'accompagnent. Puis le temps passe encore, et une seule phrase du *Petit Prince* se met à dominer toutes les autres.

« J'y gagne à cause de la couleur du blé. » Maintenant, j'en suis sûr. Toute la singularité poétique de ce conte me conduisait à ces quelques mots. On connaît le contexte. Le renard veut que le Petit Prince l'apprivoise. Il lui parle des champs de blé qui ne lui disent rien, mais qui vont prendre un sens, puisque le Petit Prince a des cheveux couleur de blé. Et quand ils sont sur le point de se quitter, comme le Petit Prince perçoit seulement la mélancolie pour le renard de ce départ, de cet apprivoisement, le renard répond : « J'y gagne à cause de la couleur du blé. »

Il est de bon ton dans les sphères intellectuelles de trouver que *Le Petit Prince* est un livre un peu cucul la praline. Soit. Pourtant, aucune philosophie, aucune religion ne m'a apporté de réponse aussi satisfaisante à la question : « Pourquoi faut-il aimer l'autre ? »

On y gagne à cause de la couleur du blé. Notre seule chance d'habiter un peu la planète, c'est d'aimer quelqu'un. Seul un poète pouvait trouver cette réponse. Seul un autre poète, René-Guy Cadou, me le dira aussi bien :

> *Et lorsqu'il me suffit de savoir ton passé*
> *Les herbes les gibiers les fleuves me répondent*

Ce paradoxe-là n'est pas un jeu formel de l'esprit. C'est la clé. On se met à croire que la vie entière ne tient que dans une seule personne. On pense devenir aveugle au reste, et c'est tout le contraire. C'est cet aveuglement-là qui crée la vue, qui donne un sens. À tout. Le présent. La mémoire. Les sensations. Le voyage est forcément triste. Mais on y gagne quand même, à cause de la couleur du blé.

SOPHIE FONTANEL

À Antoine

C'est à vous que je parle, Antoine. On me demande de dire en quoi, pour moi, *Le Petit Prince* est un texte qui compte. Je me dis que déjà, si on a pensé à moi, c'est que ça doit se voir. Vous me comprenez, n'est-ce pas ? Ça doit se voir, ce que ce livre m'a fait. Quel merveilleux honneur ce serait d'être devinée amie de vous. Et en m'adressant à vous, alors que ça devrait me sembler un petit événement, je réalise que je suis assez habituée, au fond. Je vous ai si souvent parlé. Au début, pour vous dire que j'étais d'accord avec vous, et puis après pour vous dire que je vous en voulais parce que vous aviez menti : les hommes ne sont pas des frères. Et puis enfin, pour vous dire que j'avais tort et que vous aviez raison, que les hommes valent le coup, en fin de compte. Que les hommes valent le coup, Antoine.

La première fois que j'ai lu *Le Petit Prince*, en réalité je l'ai écouté. J'avais le disque. Jean-Louis Trintignant, il faisait la voix de l'aviateur. Éric Damain, je me souviens du nom, il faisait le Petit Prince. Je n'arrive plus à retrouver lequel des deux j'aimais d'amour. J'étais très jeune. Peut-être, tout bonnement, je jubilais de les savoir présents en même temps, rien que pour moi. Un homme et un garçon, presque deux hommes. La richesse. Mais il y a plus important. À cette époque, je me suis raconté : voilà, c'est comme ça, les hommes. C'est comme Antoine dit. Leur cœur s'ouvre complètement et dedans c'est une fleur.

Ah ! j'ai bien visité votre royaume.

Le Petit Prince, un jour, à Avignon. Je me promène avec une tante. Elle boit beaucoup. On passe devant un fleuriste. Dans un seau rose, des fleurs comme des boules, comme des fruits, c'est très beau. Je demande : « C'est quoi ? » Ma tante me répond : « Ce sont des pivoines. Tu connais pas les pivoines ? » Et moi : « Non. » Et elle : « Après, le bouton s'ouvre et ça devient immense. » Elle me montre une pivoine ouverte, juste à côté. Je pense qu'elle a bu. Mais elle a l'appui du fleuriste, qui confirme : oui, la fleur prend confiance, et se détend. À qui je pense, à ce moment-là, Antoine ? Au *Petit Prince*. À quelque chose que vous avez exprimé sur le poing des hommes et la façon dont il peut s'ouvrir. Et je me dis que le monde est bien celui décrit par vous. *Le Petit Prince*, une autre fois. Un ami du lycée m'écrit des lettres sensationnelles. Il me certifie que le génie lui vient rien qu'en me contemplant, eh ! Un vague coup d'œil sur les lettres suffit à comprendre qu'il se contente de recopier des phrases du *Petit Prince*. Vous aidez le monde à s'exprimer, le savez-vous ?

Le Petit Prince, bien plus tard, et là je suis une femme. C'est un soir et je suis au restaurant avec un homme. Il me dit que les hommes n'ont qu'une pensée en tête, tout le temps. La pulsion de baiser. Il me dit que l'homme a la pulsion d'anéantir, de posséder et de démultiplier ses possessions. L'homme est infidèle par nature. J'objecte : « Mais non, si quelqu'un pour lui est unique. » Ça le fait bien rire, ce rustique, d'avoir une naïve dans sa vie. Le lendemain, je le quitte. Il est sidéré, il demande, les paumes de ses mains momentanément offertes, comme quoi tout arrive : « Mais pourquoi ? » Je réponds : « Tu ne sais rien à rien. » À quoi je fais allusion, Antoine mon chéri ? Aux leçons du *Petit Prince*.

Avec le temps, j'ai cessé de comparer les hommes tantôt à l'aviateur, tantôt au *Petit Prince*. Mais pour autant, je ne suis pas restée là stupide et inopérante, je suis allée au front des sentiments. Dans ma vie, depuis : chaque fois que je parle vraiment à un homme, c'est à votre cœur à vous que je parle, Antoine. Je veux dire : je m'adresse à quelqu'un qui peut comprendre. Vous m'avez appris que l'homme peut progresser. Parfois, les êtres s'élèvent. On ne sait jamais. Je ne crois qu'en cela. J'ai vu des hommes s'élancer, galvanisés par les propos que je leur tenais. Ces mots de la candeur et de la grâce que je murmure.

Je ne sais pas ce que j'apprivoise, Antoine. Ni pourquoi. Mais je vous en remercie.

PATRICK POIVRE D'ARVOR

Lettre à Tonio

« C'est le soleil qui me réveilla ce matin-là. En m'aveuglant. Un grand soleil, gros comme le cœur d'une maman, chaud et réconfortant comme lui, un soleil plein d'amour comme on en rêve à la veille des vacances. Habituellement, il faisait toujours noir dans ma chambre. J'aime bien avoir peur, seul, la nuit. Pas trop tout de même... »

Voilà comment, soixante ans après sa mort, je commençai la lettre que j'aurais tant aimé pouvoir adresser à Antoine de Saint-Exupéry, pour le remercier de toutes les émotions que m'a procurées la lecture de mon tout premier livre, *Le Petit Prince*. Et, pour ce faire, j'ai essayé de me replonger dans le trouble délicieux qui était le mien quand je rêvais du petit prince et de son aviateur, du petit prince et de son mouton, du petit prince et de son renard. Car je rêvais beaucoup à l'époque, grâce à Saint-Ex. C'est en souvenir de lui que j'écrivis un jour, avec mon frère Olivier, un livre pour enfants, *Les Aventuriers du ciel*. Mon héros, qui prenait le visage de mon fils, imaginait sa rencontre avec l'auteur de *Vol de nuit*, en plein désert :

« C'était un adulte qui ne prêtait pas attention à moi et qui réparait une drôle de machine brillant sous les premiers feux du soleil : un petit avion, bien cabossé, dont le train d'atterrissage s'était brisé. Sans doute l'un de ces magnifiques chevaliers du ciel dont on parlait tant dans les cours d'école, sans être bien sûr qu'ils existent : on ne voyait généralement d'eux que des points noirs survolant les villes et les campagnes en allant crever des nuages doux comme des moutons. Ou de grands traits de pinceaux lumineux tout droits dans le bleu du ciel. Qu'il était beau mon pilote, beau et calme en même temps ! Descendu jusqu'à moi, en chair et en os. Un grand bonhomme, un peu voûté, avec le haut du crâne franchement dégarni. Gentil, presque l'air de s'excuser d'être aussi grand et pataud. »

Des lettres comme celle-là, nous sommes sans doute des millions à les avoir imaginées. Car nous lui devons tant, à notre aviateur de légende. C'est un peu notre papa à tous et, en ce qui me concerne, ce fut même un peu mon parrain, parce que j'étais tellement fier d'avoir eu un grand-père aviateur qui avait souvent croisé la route de Saint-Ex et une grand-mère très liée à sa femme Consuelo, que j'avais dit un jour, dans une cour de récréation, être le filleul d'Antoine de Saint-Exupéry ! Ça en avait bouché un coin à mes petits camarades (pas si petits à l'époque, ils me dépassaient de quelques centimètres car j'avais sauté une classe) et, depuis, ils me respectèrent chapeau bas...

C'est à Tonio, comme l'appelaient mon grand-père et tous ses camarades pilotes, que je tire aujourd'hui mon chapeau. À Tonio et à son petit prince.

Quelques phrases pour grandir

Florilège d'un apologue

Les grandes personnes ne comprennent jamais rien toutes seules, et c'est fatigant, pour les enfants, de toujours et toujours leur donner des explications. (chapitre I)

Les grandes personnes aiment les chiffres. Quand vous leur parlez d'un nouvel ami, elles ne vous questionnent jamais sur l'essentiel. (IV)

Quand on veut faire de l'esprit, il arrive que l'on mente un peu. (XVII)

Les hommes ? Il en existe, je crois, six ou sept. Je les ai aperçus il y a des années. Mais on ne sait jamais où les trouver. Le vent les promène. Ils manquent de racines, ça les gêne beaucoup. (XVIII)

— Qu'est-ce que signifie « apprivoiser » ?
— C'est une chose trop oubliée, dit le renard. Ça signifie « créer des liens ».
— Créer des liens ?
— Bien sûr, dit le renard. Tu n'es encore pour moi qu'un petit garçon tout semblable à cent mille petits garçons. Et je n'ai pas besoin de toi. Et tu n'as pas besoin de moi non plus. Je ne suis pour toi qu'un renard semblable à cent mille renards. Mais si tu m'apprivoises, nous aurons besoin l'un de

l'autre. Tu seras pour moi unique au monde. Je serai pour toi unique au monde... (XXI)

S'il te plaît... apprivoise-moi ! (XXI)

On ne connaît que les choses que l'on apprivoise, dit le renard. Les hommes n'ont plus le temps de rien connaître. Ils achètent des choses toutes faites chez les marchands. Mais comme il n'existe point de marchands d'amis, les hommes n'ont plus d'amis. Si tu veux un ami, apprivoise-moi. (XXI)

Le langage est source de malentendus. (XXI)

Un rite [...] c'est ce qui fait qu'un jour est différent des autres jours, une heure, des autres heures. (XXI)

Voici mon secret. Il est très simple : on ne voit bien qu'avec le cœur. L'essentiel est invisible pour les yeux. (XXI)

C'est le temps que tu as perdu pour ta rose qui fait ta rose si importante. (XXI)

Moi, se dit le petit prince, si j'avais cinquante-trois minutes à dépenser, je marcherais doucement vers une fontaine... (XXIII)

L'eau peut être aussi bonne pour le cœur. (XXIV)

Les étoiles sont belles, à cause d'une fleur que l'on ne voit pas... (XXIV)

Ce qui embellit le désert, c'est qu'il cache un puits quelque part... (XXIV)

Mais les yeux sont aveugles, il faut chercher avec le cœur. (XXV)

INDEX

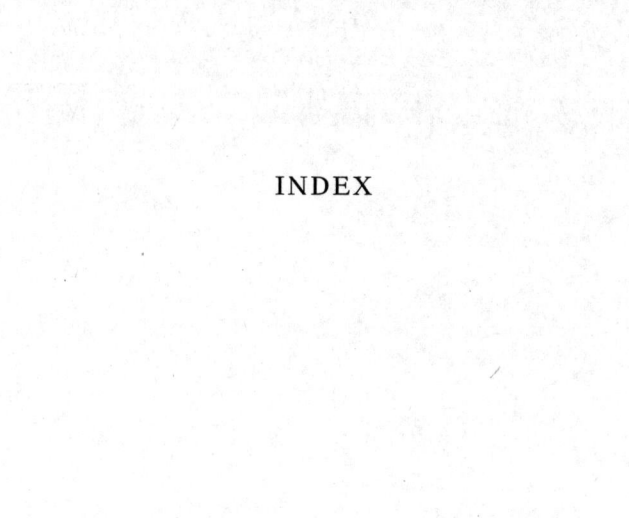

À la recherche du temps perdu (Proust), 85.
Absurdité, 145, 259-260.
Adaptations, 163-187.
Affectivité, 78-81.
Afrique du Nord, 221-231.
Aiguilleur, 51, 73, 192, 288.
ALAIN, 218.
ALAIN-FOURNIER, 187, 256, 262.
« Albums du gai savoir », 21.
« Albums du Père Castor », 28-29, 32, 67, 214.
ALIAS (commandant), 242.
Alice's Adventures under Ground (Caroll), 25, 291.
ALLARD, Roger, 61, 124.
Allumeur de réverbère, 38, 51, 83, 145, 177-178, 224, 226, 250, 260, 272, 288, 290.
Almanachs du gai savoir (Vivier dir.), 20, 263.
Alphabets, 141-142, 161-162.
AMADE, Louis, 180-181.

Amérique du Sud, 46-47, 107, 185, 218, 253.
Amitié, 102-104, 106, 239, 255-256, 259-262, 267.
Amour et l'Occident, L' (Rougemont), 109, 216.
Amour, 76, 79, 96, 109, 234, 239, 244, 251, 258-259, 267-268, 271, 279, 282.
AMROUCHE, Jean, 225.
ANAÏS, Élisabeth, 176.
ANDERSEN, Hans Christian, 25, 35, 38, 41, 205, 247, 290.
Âne culotte, L' (Bosco), 21.
Animation (film d'), 167-168.
Animaux, 40.
Anne-Marie (Saint-Exupéry), 204-205.
ANSELME, Jean, 34.
Apprivoisement, 81, 90, 236, 239, 261, 272, 295.
ARAGON, 278.
Arche, L', 225.

ARDITI, Pierre, 178.
ARDOUIN, Jacques, 169, 178.
ARLAND, Marcel, 272-273.
ARON, Raymond, 238.
ART MENGO, 176, 182.
Ascenseur pour l'échafaud (Malle), 177.
Astéroïde « B 612 », 116, 190, 235, 239, 290.
Autant en emporte le vent (Mitchell), 138.
Autobiographie, 42, 108-109, 227, 242, 248.
AUTRAND, Michel, 52.
Aventures de Jérôme Bardini, Les (Giraudoux), 43.
Aventures de Télémaque, Les (Fénelon), 41.
Aventures de Tom Sawyer, Les (Twain), 89.
Aventuriers du ciel, Les, 300.
Aviateur, 30, 92, 108, 166, 174, 176, 242.
« Aviateur, L' » (Saint-Exupéry), 241, 245.
Avion, 37, 92, 95.
AYMÉ, Marcel, 20, 33, 40, 64, 192.

Babar (Brunhoff), 25, 28, 40.
Babouot (relieur), 61.
BADEN-POWELL, 274.
Bal du comte d'Orgel, Le (Radiguet), 256.
Ballets, 175.
BALZAC, Honoré de, 170.
Baobab, 30, 37, 83, 201, 251, 258, 275.

BARCLAY, Dorothy, 51.
BARRAULT, Jean-Louis, 169.
BARRÈS, Maurice, 276.
BARRIE, James, 287.
BARTHES, Roland, 170.
BAUDELAIRE, Charles, 37, 72.
BEAUCAIRE, Roger, 90.
Beauchemin (Éditions), 118.
BÉCAUD, Gilbert, 176, 179, 181.
BECK, Béatrice, 34.
BECKER, Maximilian, 198, 230.
BÉJART, Maurice, 175.
Belle du seigneur (Cohen), 142.
BELVÈS, Pierre, 29.
BERCHTOLD, Bernhard, 174.
BERG, David, 173.
BERG, Kathryn, 173.
BERL, Emmanuel, 102.
BERNA, Paul, 33.
BERNANOS, Georges, 271, 279.
BERNIN, 86.
BERQUIN, Arnaud, 35, 41.
BEUCLER, André, 21, 274.
Bibliographie de la France, 61.
Bibliophilie, 23-24, 114-123.
« Bibliothèque blanche », 32-33.
« Bibliothèque bleue », 32.
« Bibliothèque de la Pléiade », 65, 67.
« Bibliothèque Folio junior », 66.
« Bibliothèque rose », 32, 262.

« Bibliothèque verte », 32.
Billet de banque, 65.
Billy Budd Films, 167.
BINSSE, Harry Louis, 238.
BJØRNSON, Maria, 172.
BLAKE, William, 25, 44.
Blé (champs de), 261, 267, 273, 295-296.
Boa, 30, 37, 71, 129, 145, 257-258.
BOHRINGER, Richard, 168.
BOISDEFFRE, Pierre de, 274.
BOISSIER, Denis, 36-37.
Boîte à joujoux, La (Hellé), 25.
BONET, Paul, 65.
BONNARD, Pierre, 21.
BORY, Jean-Louis, 273-274, 276.
BOSCO, Henri, 19, 21, 187.
BOULANGER, Nadia, 55, 127.
BOURLIAGUET, Léonce, 33.
Bourrelier (Éditions), 262.
BOUTANG, Pierre, 255, 262.
BOUTEILLE, Romain, 178.
BOUTET DE MONVEL, Louis Maurice, 28.
BOWIE, David, 171.
BOYSEN, Peer, 174.
BRACKETT, Rogers, 184.
BRAGANCE, Nada de, 47, 51, 109.
BRANAGH, Kenneth, 179.
BREAUX, Adèle, 199.
Brentano's, 60, 105.
BRINGUIER, Paul, 248-249.
BRUEGHEL, 86.
BRUNHOFF, Jean de, 25, 40.
BURNETT, Frances Hodgson, 36.
BURTON, Tim, 167.
Businessman, 51, 71, 90, 178, 239, 250-251, 260.
Buveur, 51, 71, 90, 92, 239, 250, 260.

Cadeau, Emyl, 247.
CADOU, René-Guy, 296.
Cahiers d'aujourd'hui, 102.
CAILLOIS, Roger, 10, 67.
CAMUS, Albert, 65, 138, 142, 184, 277.
CANTON, Edgardo, 169.
Cap Juby, 107, 109.
CARMET, Jean, 178.
Carnets (Saint-Exupéry), 15, 192.
Carnets (Wittgenstein), 73.
Caroline, 20.
CAROLL, Lewis, 25, 291.
Cartonnage d'éditeur, 65.
CASTAIGNÈDE, Thomas, 191.
CASTELBAJAC, Jean-Charles de, 176.
CAU, Jean, 273.
CBS, 185.
CELAN, Paul, 175.
Censure, 144.
CHAMBERLAIN, John, 16.
Chansons, 175-176.
Chantons sous la pluie (Donen), 166.
Chants d'innocence (Blake), 44.
Chapeau, 30, 37, 71, 112, 257.

Charade (Donen), 166.
CHARPENTIER, Suzanne. *Voir :* POWER, Annabella.
Chasseur, 37.
CHASSIN, Lionel-Max, 223.
Châtaigne (Tchekhov), 21.
CHAUVEAU, Léopold, 21, 25.
Cherche la rose (Salvador), 179-180.
Chèvre de M. Seguin, La (Daudet), 287.
CHEVRIER, Pierre, 108. *Voir aussi :* VOGÜÉ, Nelly de.
CHOMBART DE LAUWE, Marie-José, 43.
Christianisme, 238, 275, 278-283, 288.
CHRISTIE, Agatha, 142.
CHRISTOPHE, 25.
Cinéma (adaptation au), 165-168, 184-187, 203, 231.
Cinq prières dans la cathédrale de Chartres (Péguy), 19.
Citadelle (Saint-Exupéry), 67-68, 77, 80, 106, 269, 276-277.
Citizen Kane (Welles), 185, 187.
CLAIR, René, 215.
CLAUDEL, Henri, 208.
CLAUDEL, Marie-Sygne, 208.
CLAUDEL, Paul, 48, 278.
Clavel soldat (Werth), 102.
CLÉMENT, René, 177.
Club de l'honnête homme, 65.
Club des cinq, Le (Blyton), 20.
Club du meilleur livre, 65.
COCCIANTE, Richard, 176.
Cochinchine (Werth), 102.
COCTEAU, Jean, 9, 26, 33.
COHEN, Albert, 142.
Collier's magazine, 105.
Colline, 107, 129.
Comédie enfantine (Ratisbonne), 35.
Commonweal, The, 238.
Confluences, 255, 274.
Conte, 35, 40-41, 207, 226, 233, 238, 242, 254, 256, 263-264, 290.
Contes à l'enfant né coiffé (Beck), 34.
Contes de la bûcheronne (Pourrat), 19.
Contes du chat perché, Les (Aymé), 20-21, 37, 64, 192.
Contes du milieu du monde, Les (Pourtalès), 20.
Contes pour enfants pas sages (Prévert), 19.
Contre Sainte-Beuve (Proust), 107.
Conversations avec Eckermann (Goethe), 71.
Coquilles et erreurs, 56, 124-125.
Corbeau (marque au), 116-119.
CORNEILLE, Pierre, 150.
Cotes, 123.

Couchers de soleil, 56, 73, 83, 125-126, 279
Courrier Sud (Saint-Exupéry), 116, 122, 245.
COURRIÈRE, Yves, 208.
COUSINET, Roger, 30.
COUZINET, René, 215.
Crès (Éditions), 26.
Crétinisme, 273-276.
Critique, 16, 143, 228, 232-283.
Critique négative, 272-278.
CROWE, Robert, 174.
CUMMINS, Marie, 38.
CUMMINS, Rick, 170.
Cures merveilleuses du Docteur Popotame (Chauveau), 26.
Cyrano de Bergerac (Rostand), 188.

DALIDA, 278.
DAMAIN, Éric, 178, 297.
DANEL, Pascal, 176.
Daphné (Bernin), 86.
DAUDET, Alphonse, 35.
DAUPHIN, Claude, 178.
DE KONINCK, Thomas, 109, 175.
DEAN, James, 168, 184-185.
DEBUSSY, Claude, 25, 204.
Dédicace, 17, 101-106, 245.
Delagrave, 36.
DELANGE, René, 103.
DELPIRE, Robert, 34.
Déposition (Werth), 104.
DERÈME, Tristan, 36-39.

Désert, 37, 75, 77, 106-107, 109, 138, 213, 233, 236, 245-246, 249, 255, 268, 270, 279, 281.
Dessin animé, 263.
Dessin enfantin, Le (Luquet), 29.
Dessin. *Voir*: illustrations et dessins.
Dessins d'un enfant, Les (Luquet), 29.
Diaboliques, Les, 177.
DICKENS, Charles, 21, 188.
Dieu, 280.
DIMIU, Mihai, 93.
DISNEY, Walt, 186, 232.
Disque, 177-179.
DIZZYE, 185.
Dominique (Fromentin), 256.
Don Quichotte (Cervantès), 89, 188.
DONEN, Stanley, 166.
DOSTOÏEVSKI, Fédor, 207.
DREWERMANN, Eugen, 111, 279, 283.
Drôle de ménage (Cocteau), 26, 33.
DUHAMEL, Georges, 19, 264.
DUPONT, Paul (imprimeur), 62, 124.
Durée, 75, 80, 131, 133, 261.

E.T. (Spielberg), 291.
EBEL, Gudrun, 175.
Édition pour la jeunesse, 18-23, 28-34.

Édition américaine du *Petit Prince*, 114-121.
Édition française du *Petit Prince*, 56-68, 121-122.
Édition originale, 23-24, 114-126.
ÉDY-LEGRAND, 21.
EINSTEIN, Albert, 71.
Éléphant, 30, 37, 71, 112, 257-258.
ELKIN, Henry, 52.
Elle, 63, 177, 248-249.
ELUARD, Paul, 19.
Émotion, 75, 81.
En France (Revel), 273.
Enfance, 33.
Enfance (vision de l'), 42-44, 74, 90, 92-93, 229, 234-235, 239-240, 257, 265, 271.
Enfant et la rivière, L' (Bosco), 19, 34.
ENGEL, Jules, 169.
Ennui, 145.
Enregistrements, 176-179.
ENRICO, Robert, 53.
ÉPINAY (Mme d'), 42.
Escargot, 223.
Essentiel est invisible. Une lecture psychanalytique du Petit prince, L' (Drewermann), 111, 279.
États-Unis (genèse et parution du *Petit Prince* aux), 16-17, 23, 45-56, 60-61, 198-210, 213-221, 230, 232-241, 247-248.
Éternelle (vie), 279, 283.

Étoile mystérieuse, L' (Hergé), 288.
Étoile secrète (Amrouche), 225.
Étoile, 18-19, 37, 76-77, 83, 106, 109, 145, 172, 193, 235, 239, 245, 249, 255, 257, 260, 263, 268, 271, 279.
Étoiles, Les, 264.
Étonnement, 70-74.
Étranger, L' (Camus), 142.
EVEDING, August, 173-174.
Exil, 45-48, 57, 60, 105, 108, 205, 240.
Existentialisme, 269.
Express, L' (Cau), 273.

Fabrication, 62, 66.
Famille Fenouillard, La (Christophe), 25.
Fantôme de l'opéra, 173.
FAUCHER, Paul, 32, 67.
FAUDEL, 191.
FAUS, Keeler, 241.
Femmes, 50-51, 197.
FÉNELON (François de Salignac de La Mothe), 41.
FERNANDES, Glauco, 176.
FESTY, Jacques, 124.
Flammarion (Éditions), 19, 67.
FLAUBERT, Gustave, 86.
Fleur. *Voir* : Rose.
FLEURIOT, Zénaïde, 35.
FLEURY, Jean-Gérard, 214-215.
FOA, Eugénie, 36.

Index

« Folio », 56, 66.
« Folio junior », 65.
Fontaine, 246.
FOREMAN, Michael, 148.
FOSSE, Bob, 166.
FOSSEY, Brigitte, 177.
FOUAD, Lahbib, 145.
FOUCAULD (père de), 274.
FOUCAULT, Michel, 65, 138.
France livre, La, 241.
FRANC-NOHAIN, 58.
FRANC-NOHAIN, Marie-Madeleine, 58.
FRANÇOIS, André, 34.
FREINET, Célestin, 30.
Frères Karamazov, Les (Dostoïevski), 85.
FREY, Sami, 178.
FROMENT, Pierre, 36.
FROMENTIN, Eugène, 256.

GALANTIÈRE, Lewis, 49-51, 53-54, 105, 127, 202.
GALEMBERT, Laurent de, 34, 41.
Gallimard (Éditions), 19-22, 32-33, 56-68, 102, 116, 121-122, 192, 249, 263, 277.
GALLIMARD, Claude, 58.
GALLIMARD, Gaston, 9, 56, 58, 61, 128, 248.
GARY, Romain, 264.
GAULLE, Charles de, 206, 208, 227.
Gazette des amis des livres, La, 241.
Gazette des lettres, La, 252, 264.
Gazettes, Les (Monnier), 246.
GELÉE, Max, 221.
GENEVOIX, Maurice, 19.
Géographe, 51, 71, 92, 260.
GIDE, André, 10, 138, 230, 245, 278.
GIRAUD (général), 222.
GIRAUDEAU, Bernard, 178.
GIRAUDOUX, Jean, 43.
GLASS, Philip, 171.
GOETHE, 71.
GORDON-LAZAREFF, Hélène, 208, 248.
Grain d'aile (Eluard), 19.
Grand Bal du printemps (Prévert), 192.
Grand Meaulnes, Le (Alain-Fournier), 188, 256, 258, 262.
Grandes personnes, 37, 71, 96, 102, 112, 202, 236, 239-240, 251-252, 255, 257, 280-281, 290.
GRASS, Günter, 287.
Gravité, 241.
GRELLO, Jacques, 177.
GRIMM, 282, 290.
Guerre des mondes, La (Wells), 186.
GUILLAIN DE BÉNOUVILLE, Pierre, 226.
GUILLAUMET, Henri, 243, 253.
GUIRAO, Patrice, 182.
GÜLVERJIC, Jean, 58.

Hachette (Librairie), 30, 32, 36, 150.
Hakone (Japon), 139.
HAMILTON, Silvia, 50-54, 109-111, 127, 202.
HAMY, Viviane, 104.
Harcourt Brace, 55, 121.
Harper's Bazaar, 238.
Harry Potter, 142, 291.
Hartmann, 19.
HÉBRARD, Jean-Pierre, 178.
HEIDEGGER, Martin, 190.
HELLÉ, André, 25, 36.
HEMINGWAY, Ernest, 188.
HENRY, Michel, 78-79.
HETZEL, Pierre-Jules, 23, 34-35.
HEURÉ, Gilles, 101-106.
Hirondelle qui fit le printemps, L' (Genevoix), 19.
HIRSCH, Louis-Daniel, 34.
HIRSCH, Martin, 191.
Histoires du petit Renaud, Les (Chauveau), 21.
Histoires vraies (Tolstoï), 21.
HITCHCOCK, Curtice, 52-53, 198-199, 220-221.
HITCHCOCK, Peggy, 198.
HOFFMANN, E.T.A., 258
HOFFMANN, Heinrich, 25.
HÖLDERLIN, Friedrich, 78.
HOMÈRE, 73.
HOUVILLE, Gérard d', 30.
HOWARD, Richard, 121.
HUGO, Victor, 25.
Humanisme, 269.
Humour, 258-259.

Hymne à la vie (Manson), 182-183.

Illustrations et dessins, 21-22, 24-31, 42, 49, 51, 54, 56, 59, 66, 111, 122, 127, 134, 146, 148-149, 200, 203, 209, 211, 214-215, 217, 222-224, 229-230, 237, 247, 264.
Inédits (passages), 129-134.
Influences. *Voir :* Sources littéraires.
Intertextualité. *Voir :* Sources littéraires.
Intransigeant, L', 103.
Inventeur, 132.
IONESCO, Eugène, 169.

JAMES, William, 74.
Japon, 138-139, 164, 167-168.
Jardinier, 223.
JEAN DE LA CROIX (saint), 175.
Jean-Christophe (Rolland), 138.
JÉRÔME, Raymond, 169.
Jeux interdits (Clément), 177.
Joie, 81.
Journal (Nin), 192-193.

KAFKA, Franz, 25, 228.
KANTERS, Robert, 249, 252, 264-265.
KELLER, Gottfried, 244.
KELLY, Gene, 166.

Kessel, Joseph, 43, 142.
Kiley, Richard, 166.
Kipling, Rudyard, 40.
Knack Animation Studio, 167.
Koberidze, Otar, 165.
Korda (sir Alexander), 168, 231.
Lady in the dark, 172.
Lagerlöf, Selma, 38.
Laï, Francis, 182.
Lamotte, Bernard, 49, 61, 198, 210.
Lamplighter, The (Cummins), 38.
Langage, 244.
Larigaudie, Guy de, 277.
Larmes du crocodile, Les (François), 34.
Larquey, Pierre, 177.
Lasker-Schüler, Else, 175.
Lautréamont, 37.
Lavoie, Daniel, 176.
Lazareff, Pierre, 61, 208, 220, 248.
Le Poulain, Jean, 178.
Le Roux, Maurice, 177.
Lebrun, Danièle, 178.
Legras, David, 170.
Leighter, Jackson, 186.
Lénine, 142.
Leprince de Beaumont (Mme), 42.
Leriche, Mathile, 19.
Lerner, Alan Jay, 166-167.
Lestrange, Yvonne de, 10, 103.

Lettre à un otage, La (Saint-Exupéry), 67, 76, 105, 122, 225, 242-244, 269, 288.
Lettres des îles Baladar (Prévert), 19.
Lettres sur la philosophie de Kant (Alain), 218.
Libye (désert de), 107-108.
Lindbergh, Anne Morrow, 206.
Lindbergh, Charles, 206.
Lion, Le (Kessel), 43, 142.
Liszt, Franz, 85.
Little Lord Fauntleroy (Burnett), 36.
Little princess, The (Burnett), 36.
Loewe, Frederick, 166-167.
Lorin, Reine, 178.
L.S.D., 192.
Lumière (Béjart), 175.
Luquet, Georges-Henri, 29.
Luro-Cambaceres, 46.

Macao et Cosmage (Édy-Legrand), 21.
Magnificent Ambersons, The (Welles), 185.
Maison blanche, La (Werth), 102.
Maison des Petits-Bonheurs, La (Vivier), 262.
Maison française (Éditions de la), 60, 229.
Malraux, André, 138, 247, 262, 266, 290.
Malraux, Clara, 247.

Mame (imprimerie), 58.
Mame (Éditions), 19.
MAME, Alfred, 58-59.
MANCIET, 177.
Manhattan, 129.
MANSON, Jeane, 176, 182.
Manuscrit et tapuscrit, 49, 53-55, 125, 127-134, 204, 208, 220, 227-228.
MAO TSÉ-TOUNG, 142.
Maquette. *Voir :* mise en pages.
MARAIS, Jean, 178.
Marchand de pilules, 51, 74.
Marchand, 131.
Maréchal nous voilà (Roche), 18.
Marianne, 102.
Marie-Claire, 248.
Mariés de la tour Eiffel, Les (Cocteau), 9.
MARLITT, Eugénie, 36.
Martine, 20.
MARTINEZ FRUCTUOSO, José, 110, 229.
Marxisme, 275.
Mary Poppins (Travers), 16, 38, 202, 232.
MAST, Marie-Madeleine, 111, 209-210.
Mathurins (théâtre des), 169.
MAULNIER, Thierry, 252, 255, 265, 268.
MAUPASSANT, Guy de, 184.
MAURIAC, François, 279.
MCKECHNIE, Donna, 166.

MCMANNERS, Joseph, 171.
Mélancolie, 222-223, 266.
MELVILLE, 244.
Merchandising, 165.
Mère (rapport à la), 111-113.
MEREDITH, Burgess, 186.
MERLEAU-PONTY, Maurice, 78-79.
MERMOZ, Jean, 253.
Merveilleux voyage de Nils Holgersson à travers la Suède, Le (Lagerlöf), 38, 89.
Métamorphoses, Les (Ovide), 86.
MEUNG, Jean de, 273.
MGM, 203.
MICHAUX, Henri, 25.
Michel (théâtre), 170.
MIKALAJUNAS, Evaldas, 165.
Mille et Une Nuits, 219.
MILLOT, Jean-Claude, 178.
MIRBEAU, Octave, 102.
Mise en pages, 26, 62, 124, 230.
Misérables, Les (Hugo), 188, 190.
MITCHELL, Margaret, 138.
MOHAMMED VI, 146.
Mole (La), 107.
Mon chat (Beucler), 21.
Monde, 102.
MONNIER, Adrienne, 241, 246.
Montagne, 107, 130.
MONTANDON, Alain, 40.

Morale, 67-68, 234, 237, 244, 251, 254, 256-257, 265-269, 277-278.
Moreno, Dario, 278.
Moreu, René, 30.
Morihien (Éditions), 26, 33.
Morrissey, 191.
Mort, 53, 71, 81, 228, 242-243, 247, 260, 269, 273, 279-280, 282.
Mouloudji, Marcel, 178.
Mouton, 30, 37, 71, 109, 130, 237, 264, 290.
Mozart, 178, 233, 246.
Multimedia, 179.
Musée Saint-Exupéry (Hakone, Japon), 130.
Musique, 81, 83, 175.
My Fair Lady, 166.

Nausée, La (Sartre), 48, 138.
Navire d'argent, Le, 241, 244.
Nazisme, 57.
NBC, 185.
Néogravure-Desfossés (photograveur), 62.
Nerval, Gérard de, 37, 256.
New York Herald Tribune, 16, 236.
New York Times, 16, 237.
Nickelodeon, 168.
Nietzsche, Friedrich, 261, 265, 266.
Nihilisme, 267.
Nin, Anaïs, 192.
Noble, Anne-Solange, 136.
Nocher, Jean, 278.

Nourissier, François, 274, 277-278.
Nouvelle librairie de France, 65.
Nouvelle Revue française (La). *Voir* : Gallimard (Éditions).

Occupation, 18, 105, 205, 225, 244.
Odyssée (Homère), 73.
Oiseau mort, L' (Grimm), 282.
Oliver Twist (Dickens), 188.
On vous l'a dit (Anselme), 34.
Opéras, 171-174.
Orgueil, 145.
Ourliac, Édouard, 36.
Ovide, 86.

Palmarès, 188.
Paluel-Marmont, 18.
Papillons (chasseur de), 222-223.
Parabase (Goethe), 71.
Parain, Nathalie, 21.
Paramount, 166.
Paroles nouvelles françaises, 262.
Participation, 269-270.
Pascal, Blaise, 74, 266.
Pascal, Jean-Claude, 178.
Patachou, petit garçon (Derème), 36-39.
Paulhan, Jean, 58-59.
Pavilion Classics Books, 148.
Pays, Le, 247.

Paysage dimanche, 247.
PÉGUY, Charles, 19, 178, 275.
PELAYO, Sylvie, 177.
PÉLISSIER, Georges, 226, 230.
PERRAULT, Charles, 35, 256, 290.
PERRIN, Philippe, 190.
PERROT, Jean, 41.
Personnages, 30.
Pétain (maréchal), 18.
Petit Chaperon rouge, Le (Perrault), 35.
Petit Chose, Le (Daudet), 35.
Petit Grandisson, Le (Berquin), 35.
Petit Poucet, Le (Perrault), 35.
Petit Prince est revenu, Le (Bécaud), 180-181.
Petit Prince, Le (Froment), 36.
Petite Duchesse, La (Fleuriot), 35.
Petite Fadette (Sand), 35.
Petite Princesse des bruyères, La (Marlitt), 36.
Petite Princesse, Shirley Temple, 36.
Petite Sirène, La (Andersen), 35, 38, 41, 205.
Petit-Odéon (théâtre), 169.
« Petits Livres d'or, Les », 20.
Petits Princes et petites princesses (Foa), 36.
PÉTRARQUE, 85.
PFEFFER, Larry, 173.

PHILIPE, Gérard, 176-177, 295.
PHILLIPS, John, 228.
PIÉPLU, Claude, 178.
Pilote de guerre (Saint-Exupéry), 46-47, 106, 116, 122, 203, 212, 221, 225, 236, 244-245, 253, 269, 278.
Pinwheel, 168.
Pirates (éditions), 150.
PLATON, 72.
Pommier, 130.
PONT, Jean-Claude, 135.
PORTMAN, Rachel, 171, 175.
POUJOULY, Georges, 176-177, 295.
POURRAT, Henri, 19.
POURTALÈS, Guy de, 20.
POWER, Annabella, 38, 51, 128, 204.
POWER, Tyrone, 51, 204.
PRATT, Hugo, 113.
Prépublication, 63.
Présence, 271.
PRÉVERT, Jacques, 19, 192.
PRÉVOST, Jean, 10, 241, 245.
PRÉVOT, André, 108.
Prince Coqueluche, Le (Ourliac), 36.
Princesse Brambilla (Hoffmann), 258.
Proprette et Cochonnet (Houville), 30.
Proust, Marcel, 70, 85, 107, 170, 259.

Psychanalyse, 111-113, 213, 279.
Puits, 97, 138, 270.

RABIER, Benjamin, 40.
Raisons d'être (Éditions), 19.
RATISBONNE, Louis, 35.
RAUDNITZ, Michèle, 208.
Reine des neiges, La (Fénelon), 41.
REINHARDT, Max, 203.
Relation, 270.
Religion, 241, 278-283.
RÉMY, Éric, 178.
Renard, 27, 30, 37, 40-41, 71, 75, 77, 80, 82, 109, 138, 145, 166, 174, 177-178, 234, 236, 239, 242, 261-262, 267, 272, 282, 288, 290, 295.
Renard dans l'île, Le (Bosco), 34.
RENAULT, Tom, 170.
RENOIR, Jean, 61, 205, 215.
Responsabilité, 81, 106, 255, 265-269, 290.
REVEL, Jean-François, 273.
Reynal & Hitchcock (Éditions), 15, 49, 53, 55, 67, 114-115, 117-123, 220, 229, 247.
REYNAL, Élisabeth, 49.
REYNAL, Eugene, 198, 220.
REYNAL, Thérèse, 238, 241.
RHODES, Teddy Tahu, 171.
RICARDOU, Jean, 274.
RICŒUR, Paul, 78.
RILKE, Rainer Maria, 258.
RIMBAUD, Arthur, 255.
Rites, 80-81, 262.
RIVIÈRE, Louis-Yves, 136-137, 139, 165.
RKO (studio), 185.
ROBERTSON, Cliff, 167.
ROBIDA, Albert, 25.
ROCHE, Aude, 18.
Roi, 71, 90, 92, 97, 259-260.
Roi Lear, Le (Shakespeare), 93.
ROLLAND, Romain, 102, 138.
Roman de Renart, 40.
Romantisme, 255-262.
RONSARD, Pierre de, 273.
Rose, 30, 37, 71, 76, 78, 81-83, 94, 96, 107-113, 130, 138, 145, 166, 173-174, 177-178, 193, 210, 239, 242, 249, 256, 258-260, 263-264, 268, 273, 290.
ROUCHAUD, André, 219.
ROUGEMONT, Denis, 15, 30, 109, 216, 219.
ROUSSEAU, Jean-Jacques, 261.
ROUX, Michel, 177.
ROUZAUD, René, 179.
RUY-VIDAL, François, 34.

Sahara, 107, 109, 219, 237, 239, 253, 258.
Saint-Exupéry : la dernière mission (Enrico), 53.
SAINT-EXUPÉRY, Consuelo de, 47, 50, 55, 90, 104, 109,

113, 128, 193, 206, 216-218.
SAINT-EXUPÉRY, Marie de, 111-113.
SAINT-EXUPÉRY, Simone de, 210.
Saint-Maurice-de-Remens, 107, 212.
SALAN, 278.
SALLÉE, André, 177.
Salut, 280.
SALVADOR, Henri, 176, 179.
SAMIVEL, 25.
SAND, George, 35.
Sapeur Camember, Le (Christophe), 25.
SARTRE, Jean-Paul, 48, 65, 76, 138.
SCHAPFL, Nikolaus, 173-174.
SCHIFF, Stacy, 49.
SCHIFFRIN, Jacques, 20-21.
SCHLUMBERGER, Jean, 10.
SCHWEITZER (docteur), 274-275.
SCOULLAR, John, 170.
SENDAK, Maurice, 44.
Serpent, 50, 92, 97, 112, 138, 145, 166, 174, 177, 236, 240, 261, 264, 273, 279, 288.
SEYFFERT, Gregor, 175.
SHAKESPEARE, William, 266.
SHERMAN, Béatrice, 16, 236-237.
« Signes de piste », 277.
SIMENON, Georges, 142, 230.
SIMON, Pierre-Henri, 269, 272.

Six personnages en quête d'auteur (Pirandello), 93.
Six petits enfants et treize étoiles (Paluel-Marmont), 18.
Smiths (The), 191.
Solitude, 51, 106, 232, 236, 239, 253, 259-260, 263, 279.
Sources littéraires, 35-39.
Souvenirs de la vie de Paradis (Duhamel), 264.
STAHL, P.-J. (pseud. de Pierre-Jules Hetzel), 35.
STERNE, Hedda, 51.
STEVENSON, R. L., 74.
Struwwelpeter (Hoffman), 25.
SUBOVICI, Carla, 170.
SUDREAU, Pierre, 109.
Swifty (oiseau), 168.
Sylvie (Nerval), 256.
Symbolisme, 228, 279, 283.

TANASE, Virgil, 85, 170.
Tartuffe (Molière), 93.
TAVERNIER, René, 274.
TAYLOR, Eunice, 241.
TCHEKHOV, Anton P., 21, 97, 170.
Tel Quel, 139.
Télévision, 168.
Temps. *Voir :* Durée.
TENGER, Robert, 60.
TENNIEL, Jogn, 25.
Tentation de saint Antoine, La (Flaubert), 86.
Terre de Feu, 107.

Terre des hommes (Saint-Exupéry), 39, 50, 60, 67-68, 71, 103, 116, 122, 186, 198, 221, 233, 236, 244, 253, 266, 288.
Théâtre, 85-98, 169-171.
Tigre, 203.
Timée (Platon), 72.
Tintin (Hergé), 288.
Tirage (chiffre de), 63-64, 115.
TOLSTOÏ, 21.
TOPART, Jean, 178.
TÖPFFER, 25.
Traductions, 69, 135-162, 237.
TRAVERS, Pamela L., 16, 232.
Trente-trois jours (Werth), 105.
TRINTIGNANT, Jean-Louis, 178, 223, 297.
Tristesse, 80, 108, 126, 130, 238, 256.
TUAL, Denise, 214.
Tulipe (Gary), 264.

Un américain à Paris, 166.

VALÉRY, Paul, 218.
Vaniteux, 71, 90, 250-251, 260.
VAUVENARGUES (marquis de), 218.
VELHO, Lara, 176.
Vente (chiffre de), 63-64, 66, 221.
Vichy (idéologie de), 276.
VICTOR, Paul-Émile, 213.
Vie de Jésus-Christ, La (Dickens), 21.

Vieil Homme et la mer, Le (Hemingway), 188.
VILLEPIN, Dominique de, 191.
VINTON, Will, 167.
VIVIER (Colette Duval, *dit* Colette), 20, 262, 264.
VLADY, Marina, 178.
VOETS, Jo, 143.
VOGÜÉ, Nelly de, 46, 50, 58-59, 108, 110-111, 220.
Voix du silence, Les, 213.
Vol de nuit (Saint-Exupéry), 68, 103, 116, 122, 198, 203, 220-221, 228, 236, 245, 253, 266.
Volcans, 37, 83, 138, 145, 239, 258.
Voyageurs de l'espérance, Les (Duhamel), 19.

WAKEMAN, Alan, 148.
Warner, 166.
WARNER, Steven, 166-167.
WEIGLE, Sebastian, 173.
WELLES, Orson, 168, 185-187.
WELLS, H.G., 187.
WERTH, Léon, 17, 101.
WERTH, Suzanne, 104.
WILDER, Alec, 184.
WILDER, Gene, 166.
WITTGENSTEIN, Ludwig, 73.
WOODS, Katherine, 54.
WRIGHT, Nicholas, 171-172.

ZAMBELLO, Francesca, 171, 175.
ZANUCK, Darryl F., 36.
ZEBRIŪNAS, Arūnas, 165.

Introduction 9

NOUVELLES LECTURES

Un livre pour enfants ?
  par ANNIE RENONCIAT 15

Le Petit Prince, *une histoire américaine,*
  par JEAN-PIERRE DE VILLERS 45

*1946-2006 : quelques précisions
  sur l'édition française du* Petit Prince,
  par ALBAN CERISIER 56

Réflexions sur Le Petit Prince,
  par THOMAS DE KONINCK 69

Le Petit Prince *au théâtre,*
  par VIRGIL TANASE 85

LE CABINET DE CURIOSITÉS
textes d'Alban Cerisier

*Qui était Léon Werth ?
  Quand un livre en cache un autre...* 101

Débats sur la rose...   107

*« Le petit prince et le corbeau »,
ou comment reconnaître une édition originale,*
suivi de *Les cotes*
et de *De quelques coquilles et variantes*   114

*Ce que révèlent les manuscrits :
chapitres inédits et dessins...*   127

Du haut de Babel : les traductions du Petit Prince,
suivi de l'*Inventaire sommaire des langues,
pays, éditeurs et alphabets*   135

Écouter et voir Le Petit Prince *: les adaptations*,
suivi de Le Petit Prince *en chansons
(Bécaud, Manson, Art Mengo)*   163

*Deux Américains et un livre :
James Dean et Orson Welles*   184

Le Petit Prince *dans le cœur des Français :
de palmarès en palmarès*   188

Brèves   190

DITS ET ÉCRITS

Naissance d'un prince

Les bonnes fées

PEGGY HITCHCOCK, *l'éditrice*   198
ADÈLE BREAUX, *le professeur d'anglais*   199
SILVIA HAMILTON, *la confidente aimée*   202
ANNABELLA, *l'actrice*   204
CONSUELO DE SAINT-EXUPÉRY, *l'épouse*   206
ANNE MORROW LINDBERGH,
   la femme du pilote   206
MICHÈLE RAUDNITZ, *la jeune lectrice*   208

MARIE-SYGNE CLAUDEL,
une autre jeune lectrice 208
MARIE-MADELEINE MAST,
la femme du résident 209
SIMONE DE SAINT-EXUPÉRY,
la sœur aînée 210

Les parrains

PAUL-ÉMILE VICTOR, *l'explorateur* 213
JEAN-GÉRARD FLEURY, *un camarade* 214
RENÉ CLAIR, *le cinéaste* 215
DENIS DE ROUGEMONT, *le philosophe* 216
ANDRÉ MAUROIS, *le romancier* 217
PIERRE LAZAREFF, *l'homme de presse* 220
CURTICE HITCHCOCK, *l'éditeur* 220
MAX GELÉE, *le général* 221
JULES ROY, *l'écrivain pilote* 224
JEAN AMROUCHE, *l'homme de radio* 225
GEORGES PÉLISSIER, *le docteur* 226
PIERRE GUILLAIN DE BÉNOUVILLE,
le résistant 226
PIERRE ORDIONI, *l'éditeur qui a dit non* 227
JOHN PHILLIPS, *le photographe* 228

Son Petit Prince

229

Lectures critiques

Des échos d'Amérique

PAMELA LYNDON TRAVERS, *11 avril 1943* 232
BEATRICE SHERMAN, *11 avril 1943* 236
HARRY LOUIS BINSSE, *19 novembre 1943* 238
THÉRÈSE REYNAL, *15 août 1944* 238
ADRIENNE MONNIER, *mai 1945* 241
EMYL CADEAU, *14 septembre 1945* 246

CLARA MALRAUX, *1945* — 247
PAUL BRINGUIER, *28 novembre 1945* — 248

Lectures françaises

ROBERT KANTERS, *27 avril 1946* — 249
THIERRY MAULNIER, *2 mai 1946* — 252
PIERRE BOUTANG, *14 mai 1946* — 255
COLETTE VIVIER, *2 juillet 1946* — 262
ROBERT KANTERS, *1947* — 264
THIERRY MAULNIER, *sd* — 265

Prolongements critiques

PIERRE-HENRI SIMON, *1950* — 269
MARCEL ARLAND, *1954* — 272
JEAN-LOUIS BORY, *1967* — 273
FRANÇOIS NOURISSIER, *1967* — 277
EUGEN DREWERMANN, *1992* — 279

LEUR PETIT PRINCE

PIERRE ASSOULINE — 287
FRÉDÉRIC BEIGBEDER — 290
TAHAR BEN JELLOUN — 292
PHILIPPE DELERM — 295
SOPHIE FONTANEL — 297
PATRICK POIVRE D'ARVOR — 300

Quelques phrases pour grandir.
Florilège d'un apologue — 303

Index — 307

COLLECTION FOLIO

Dernières parutions

6305. Henry David Thoreau — *De la simplicité !*
6306. Érasme — *Complainte de la paix*
6307. Vincent Delecroix/ Philippe Forest — *Le deuil. Entre le chagrin et le néant*
6308. Olivier Bourdeaut — *En attendant Bojangles*
6309. Astrid Éliard — *Danser*
6310. Romain Gary — *Le Vin des morts*
6311. Ernest Hemingway — *Les aventures de Nick Adams*
6312. Ernest Hemingway — *Un chat sous la pluie*
6313. Vénus Khoury-Ghata — *La femme qui ne savait pas garder les hommes*
6314. Camille Laurens — *Celle que vous croyez*
6315. Agnès Mathieu-Daudé — *Un marin chilien*
6316. Alice McDermott — *Somenone*
6317. Marisha Pessl — *Intérieur nuit*
6318. Mario Vargas Llosa — *Le héros discret*
6319. Emmanuel Bove — *Bécon-les-Bruyères* suivi du *Retour de l'enfant*
6320. Dashiell Hammett — *Tulip*
6321. Stendhal — *L'abbesse de Castro*
6322. Marie-Catherine Hecquet — *Histoire d'une jeune fille sauvage trouvée dans les bois à l'âge de dix ans*
6323. Gustave Flaubert — *Le Dictionnaire des idées reçues*
6324. F. Scott Fitzgerald — *Le réconciliateur* suivi de *Gretchen au bois dormant*
6325. Madame de Staël — *Delphine*
6326. John Green — *Qui es-tu Alaska ?*

6327. Pierre Assouline — *Golem*
6328. Alessandro Baricco — *La Jeune Épouse*
6329. Amélie de Bourbon Parme — *Le secret de l'empereur*
6330. Dave Eggers — *Le Cercle*
6331. Tristan Garcia — *7. romans*
6332. Mambou Aimée Gnali — *L'or des femmes*
6333. Marie Nimier — *La plage*
6334. Pajtim Statovci — *Mon chat Yugoslavia*
6335. Antonio Tabucchi — *Nocturne indien*
6336. Antonio Tabucchi — *Pour Isabel*
6337. Iouri Tynianov — *La mort du Vazir-Moukhtar*
6338. Raphaël Confiant — *Madame St-Clair. Reine de Harlem*
6339. Fabrice Loi — *Pirates*
6340. Anthony Trollope — *Les Tours de Barchester*
6341. Christian Bobin — *L'homme-joie*
6342. Emmanuel Carrère — *Il est avantageux d'avoir où aller*
6343. Laurence Cossé — *La Grande Arche*
6344. Jean-Paul Didierlaurent — *Le reste de leur vie*
6345. Timothée de Fombelle — *Vango, II. Un prince sans royaume*
6346. Karl Ove Knausgaard — *Jeune homme, Mon combat III*
6347. Martin Winckler — *Abraham et fils*
6348. Paule Constant — *Des chauves-souris, des singes et des hommes*
6349. Marie Darrieussecq — *Être ici est une splendeur*
6350. Pierre Deram — *Djibouti*
6351. Elena Ferrante — *Poupée volée*
6352. Jean Hatzfeld — *Un papa de sang*
6353. Anna Hope — *Le chagrin des vivants*
6354. Eka Kurniawan — *L'homme-tigre*
6355. Marcus Malte — *Cannisses* suivi de *Far west*
6356. Yasmina Reza — *Théâtre : Trois versions de la vie / Une pièce espagnole / Le dieu*

	du carnage / Comment vous racontez la partie
6357. Pramoedya Ananta Toer	*La Fille du Rivage. Gadis Pantai*
6358. Sébastien Raizer	*Petit éloge du zen*
6359. Pef	*Petit éloge de lecteurs*
6360. Marcel Aymé	*Traversée de Paris*
6361. Virginia Woolf	*En compagnie de Mrs Dalloway*
6362. Fédor Dostoïevski	*Un petit héros. Extrait de mémoires anonymes*
6363. Léon Tolstoï	*Les Insurgés. Cinq récits sur le tsar et la révolution*
6364. Cioran	*Pensées étranglées précédé du Mauvais démiurge*
6365. Saint Augustin	*L'aventure de l'esprit et autres confessions*
6366. Simone Weil	*Pensées sans ordre concernant l'amour de Dieu et autres textes*
6367. Cicéron	*Comme il doit en être entre honnêtes hommes...*
6368. Victor Hugo	*Les Misérables*
6369. Patrick Autréaux	*Dans la vallée des larmes suivi de Soigner*
6370. Marcel Aymé	*Les contes du chat perché*
6371. Olivier Cadiot	*Histoire de la littérature récente (tome 1)*
6372. Albert Camus	*Conférences et discours 1936-1958*
6373. Pierre Raufast	*La variante chilienne*
6374. Philip Roth	*Laisser courir*
6375. Jérôme Garcin	*Nos dimanches soir*
6376. Alfred Hayes	*Une jolie fille comme ça*
6377. Hédi Kaddour	*Les Prépondérants*
6378. Jean-Marie Laclavetine	*Et j'ai su que ce trésor était pour moi*
6379. Patrick Lapeyre	*La Splendeur dans l'herbe*

6380.	J.M.G. Le Clézio	*Tempête*
6381.	Garance Meillon	*Une famille normale*
6382.	Benjamin Constant	*Journaux intimes*
6383.	Soledad Bravi	*Bart is back*
6384.	Stephanie Blake	*Comment sauver son couple en 10 leçons (ou pas)*
6385.	Tahar Ben Jelloun	*Le mariage de plaisir*
6386.	Didier Blonde	*Leïlah Mahi 1932*
6387.	Velibor Čolić	*Manuel d'exil. Comment réussir son exil en trente-cinq leçons*
6388.	David Cronenberg	*Consumés*
6389.	Éric Fottorino	*Trois jours avec Norman Jail*
6390.	René Frégni	*Je me souviens de tous vos rêves*
6391.	Jens Christian Grøndahl	*Les Portes de Fer*
6392.	Philippe Le Guillou	*Géographies de la mémoire*
6393.	Joydeep Roy-Bhattacharya	*Une Antigone à Kandahar*
6394.	Jean-Noël Schifano	*Le corps de Naples. Nouvelles chroniques napolitaines*
6395.	Truman Capote	*New York, Haïti, Tanger et autres lieux*
6396.	Jim Harrison	*La fille du fermier*
6397.	J.-K. Huysmans	*La Cathédrale*
6398.	Simone de Beauvoir	*Idéalisme moral et réalisme politique*
6399.	Paul Baldenberger	*À la place du mort*
6400.	Yves Bonnefoy	*L'écharpe rouge* suivi de *Deux scènes et notes conjointes*
6401.	Catherine Cusset	*L'autre qu'on adorait*
6402.	Elena Ferrante	*Celle qui fuit et celle qui reste. L'amie prodigieuse III*
6403.	David Foenkinos	*Le mystère Henri Pick*
6404.	Philippe Forest	*Crue*
6405.	Jack London	*Croc-Blanc*
6406.	Luc Lang	*Au commencement du septième jour*

6407.	Luc Lang	*L'autoroute*
6408.	Jean Rolin	*Savannah*
6409.	Robert Seethaler	*Une vie entière*
6410.	François Sureau	*Le chemin des morts*
6411.	Emmanuel Villin	*Sporting Club*
6412.	Léon-Paul Fargue	*Mon quartier et autres lieux parisiens*
6413.	Washington Irving	*La Légende de Sleepy Hollow*
6414.	Henry James	*Le Motif dans le tapis*
6415.	Marivaux	*Arlequin poli par l'amour et autres pièces en un acte*
6417.	Vivant Denon	*Point de lendemain*
6418.	Stefan Zweig	*Brûlant secret*
6419.	Honoré de Balzac	*La Femme abandonnée*
6420.	Jules Barbey d'Aurevilly	*Le Rideau cramoisi*
6421.	Charles Baudelaire	*La Fanfarlo*
6422.	Pierre Loti	*Les Désenchantées*
6423.	Stendhal	*Mina de Vanghel*
6424.	Virginia Woolf	*Rêves de femmes. Six nouvelles*
6425.	Charles Dickens	*Bleak House*
6426.	Julian Barnes	*Le fracas du temps*
6427.	Tonino Benacquista	*Romanesque*
6428.	Pierre Bergounioux	*La Toussaint*
6429.	Alain Blottière	*Comment Baptiste est mort*
6430.	Guy Boley	*Fils du feu*
6431.	Italo Calvino	*Pourquoi lire les classiques*
6432.	Françoise Frenkel	*Rien où poser sa tête*
6433.	François Garde	*L'effroi*
6434.	Franz-Olivier Giesbert	*L'arracheuse de dents*
6435.	Scholastique Mukasonga	*Cœur tambour*
6436.	Herta Müller	*Dépressions*
6437.	Alexandre Postel	*Les deux pigeons*
6438.	Patti Smith	*M Train*
6439.	Marcel Proust	*Un amour de Swann*
6440.	Stefan Zweig	*Lettre d'une inconnue*

Composition Nord Compo
Impression Maury-Imprimeur
45330 Malesherbes
le 18 avril 2018.
Dépôt légal : avril 2018.
1er dépôt légal dans la collection : mars 2006.
Numéro d'imprimeur : 226548.

ISBN 978-2-07-033674-3. / Imprimé en France.